insel taschenbuch 4856
Tatjana Kruse
Schwund

AF185533

Überall in Deutschland tauchen Leichen auf, die nicht einfach nur tot sind, sondern tätowiert, skalpiert beziehungsweise nach dem Tod neu frisiert und anschließend von Kopf bis Fuß in Plastik eingeschweißt wurden. Das erinnert an die perfiden Morde berüchtigter Serienkiller, die nie gefasst wurden, inzwischen allerdings Greise sind und wohl kaum noch mal zugeschlagen haben. Als dann zusätzlich Drogen ins Spiel kommen und ein Bandenkrieg droht, verlangt die Staatsanwaltschaft von der SoKo Resultate.

Die Leiter der SoKo, drei Männer und eine Frau, folgen der Spur der Morde von Berlin bis in die Alpen. Wohin auch immer das Team kommt, gibt es »Schwund«, sowohl an Zeugen als auch an Verdächtigen. Und an Leuten, die mit allem gar nichts zu tun haben.

In einer abgelegenen Berghütte kommt es zum filmreifen Showdown. Bei dem sich herausstellt: Es war alles ganz, ganz anders!

Tatjana Kruse ist leidenschaftliche Krimödienautorin. Sie lebt und arbeitet in Schwäbisch Hall, der Stadt der Bausparkasse, und wurde für ihre Krimis bereits mit dem Marlowe Preis der Raymond-Chandler-Gesellschaft, dem Fancy Media- und dem Nordfälle-Preis ausgezeichnet. Mehr unter: www.tatjanakruse.de.

Im insel taschenbuch sind von ihr außerdem erschienen: *Der Gärtner war's nicht* (it 4565), *Meerjungfrauen morden besser* (it 4655), *Manche mögen's tot* (it 4710) und *Zwei Schwestern für ein Halleluja* (it 4796).

Tatjana Kruse

SCHWUND

Ein Thriller, aber in heiter

Insel Verlag

Erste Auflage 2021
insel taschenbuch 4856
Originalausgabe
© Insel Verlag Berlin 2021
Vertrieb durch den Suhrkamp Taschenbuch Verlag
Umschlag: zero-media.net, München
Umschlagabbildung: FinePic®, München
Druck: CPI books GmbH, Leck
Printed in Germany
ISBN 978-3-458-68156-4

WARNUNG

Niemand von uns übersteht das Leben … äh … lebendig. Da darf man ruhig auch mal ein Auge zudrücken. Oder zwei. Und das dritte Auge gleich mit!

Für John Finnemore

Es leben derzeit 7 754 847 000 Menschen auf dem Planeten. *Der Schwund* lichtet den Bestand, und zwar deutlich! Na ja, nicht wirklich deutlich. Aber es wird immerhin eine unschöne Schneise geschlagen. Vier Menschen werden darüber zu einem Team und wollen sich beweisen.

Dieses Buch beruht auf wahren Geschichten. Nur die Namen wurden geändert. Und die Orte. Und die Fakten. Aber es <u>hätte</u> sich so abspielen können …

»*Ich hätte dieses Buch gelesen!*«
Marcel Reich-Ranicki

Willkommen in euren künftigen Alpträumen!

BERLIN,
VERLASSENES FABRIKGELÄNDE

»Sie können sich Ihren *Magnum*-Schnauzer aus Erkältungs-
salbe gleich wieder abwischen, die hier riecht nicht«, rief
Doktor Kinzig, die Gerichtsmedizinerin. Bestimmt grinste
sie unter ihrem hellgrünen Mundschutz von einem mehrfach gepiercten Öhrchen zum anderen. Sie kannte ihre Pappenheimer. Immerhin rief sie es gut gelaunt. Sie hatte eine
Schwäche für Fabian Messner. Alle anderen hätte sie dermaßen pampig angebrüllt, dass die Schutzanzüge geknittert hätten. Nicht ihn.

»Duftneutral? Ehrlich?« Fabian Messner blieb als personi-
fizierter Zweifel in der Tür stehen.

Das hier war eigentlich genau das, was er am ersten Tag nach
seinem Urlaub nicht brauchte: der Geruch der Verwesung.
Ein unverwechselbares Bouquet aus Fäulnis und anderen
biochemischen Prozessen, die in ihrer Gesamtheit wider-
wärtig waren und noch stunden-, manchmal tagelang in der
Nase saßen und einem den Genuss am Essen und am Leben vermiesen konnten: Dimethyltrisulfide, Buttersäure, Tri-
methylamin, Hexanal, Indol und Butanol – was wie die
Mischung eines überteuerten Pariser Parfums klang. Es fehlte nur noch Moschus, das getrocknete und pulverisierte
Sekret aus den haarigen Hodensäcken des gleichnamigen
männlichen Paarhufers.

Deswegen strich er sich, immer bevor er an den Tatort eines Tötungsdelikts oder in die Sezierarena der Gerichtsmedizin ging, eine handelsübliche Mischung aus Kampfer und Eukalyptus unter die Nase. Das trieb ihm zwar die Tränen in die Augen, weswegen ihn altgediente Kollegen anfangs gern die ›Heulsuse‹ nannten, aber es half. Also, ein bisschen. Na gut, wenn man dran glaubte, und das tat er. Vorsichtig reckte er den Kopf in die Halle wie eine Schildkröte, die aus ihrem Panzer lugt, und holte tief Luft. Die Kinzig hatte recht – es roch nur nach altem, morschem Gemäuer. Allerdings hatte er sofort das Gefühl, ihm würden die Nasenhaare einfrieren. Es war arschkalt. Draußen sowieso, aber hier in der Halle gefühlt noch zehn Grad kälter.

»Pass auf, wo du hintrittst«, riet Sisu, die ihn überholte und auf den Matten – extra ausgelegt, damit keine Spuren verwischt wurden – zur Leiche schritt.

Sisu stand für *Die Schöne*, was sie auch war – und wie! –, aber in ihrem Ganzkörperschutzanzug sah sie aus wie alle anderen. Männer, Frauen, Außerirdische. Gleichgeschaltet. Wie Kegel. Mit Ausnahme von Doktor Kinzig, der Gerichtsmedizinerin, die aufgrund ihrer Körperform eher an eine Kugel als an einen Kegel erinnerte. Und sich auch so benahm, will heißen, als Kugel gern mal alle neune niederkegelte. Und auch jetzt rief sie ihrem Team lauthals zu: »Wird das heute noch was? Los schon, schießt die Fotos!«

Das Gummiband seines Schutzanzugs schnitt ihm ins Fleisch, die Hände in den Einmalhandschuhen schwitzten trotz der Kälte. Er war zur Mordkommission gegangen, weil ihm die Aura von Abenteuer und *Gerechtigkeitsliga* gefiel. Aber in ruhigen Momenten gestand er sich hin und wieder ein, dass er nicht aus dem Hartholz geschnitzt war, das für diesen Job notwendig war.

Fabian dackelte Sisu hinterher.

Die Luft stand. Und schien zu schwer zum Atmen. Ein Stück vor ihnen kündigte ein Lichtkreis ihr Ziel an. Unter grellen Flutlichtlampen standen mehrere weißgekleidete Kegel auf einer Insel aus Trittplatten. Einer schoss Fotos von dem, was da auf dem Boden lag.

Die Kugel namens Kinzig drehte sich zu den Neuankömmlingen um. Der sichtbare Teil ihres Gesichts glänzte. Sie trat zur Seite.

Und nun sahen sie es. Etwas Längliches, eng in Plastik eingehüllt, an einen eingerollten Teppich erinnernd. Am oberen Ende war die Plastikplane aufgeschnitten und teilweise abgezogen. Darunter rötliches Fleisch, leere Augenhöhlen, ein menschlicher Kopf. Skalpiert.

»Willkommen in euren künftigen Alpträumen«, sagte die Rechtsmedizinerin.

Und grinste.

BODYCOUNT: 1

Unverhofft kommt oft.

IMMER NOCH BERLIN, DIESELBE FABRIK

»Skalpiert?« Fabian – der heimliche Dünnhäutige, Sensible – musste nicht so tun, als könnten ihm grausam entstellte Leichen nichts anhaben. Das war das Schöne, wenn man Masken trug – und wenn man mit Frauen zusammenarbeitete. Da durften einem die Gesichtszüge ruhig entgleiten – erstens sah man kaum was unter der Maske, und zweitens wussten die Mädels Empathie zu schätzen. Ihnen gegenüber musste er nicht den Silberrücken markieren, nur um seine Position im Rudel nicht zu gefährden. »Skalpiert und *entäugt*?« Seine Stimme brach.

Doktor Kinzig ging in die Knie und schlug die Plastikplane noch ein Stück weiter zurück. »Richtig. Er wurde skalpiert, man hat ihm die Augäpfel entnommen, und er wurde tätowiert. Alles nach Eintritt des Todes.«

Sisu beugte sich interessiert vor. Fabian blieb kerzengerade stehen. Wie eine Duftkerze, Geschmacksrichtung Erkältungscreme. Ihm reichte es, wenn er die Details später am Computer sah.

»Bi … ba …«, las Sisu ab.

»Ich muss die Leiche bei mir zu Hause natürlich erst noch genauer untersuchen«, unterbrach sie Doktor Kinzig, die mit zu Hause ihr Labor meinte, »aber aus den Wörtern, die man so schon sehen kann, schließe ich auf den Text von *Bi-Ba-Butzemann*.«

»Es tanzt ein Bi-ba-Butzemann in unserm Haus herum, fidebum?« Sisu sang es, allerdings mit ihrem üblichen, unbeweglichen Pokerface.

»Er rüttelt sich, er schüttelt sich, er wirft sein Säcklein hinter sich«, fiel Doktor Kinzig ein. Im Gegensatz zu Sisu lächelte sie dabei fröhlich und schunkelte mit dem Oberkörper, mehrheitlich aber mit ihren Körbchen in Doppel-F.

Fabian, der in die leeren Augenhöhlen des Toten wie in einen Abgrund schaute und förmlich spüren konnte, wie der Abgrund zurückschaute, war es absolut unbegreiflich, wie sich die Mär hatte herausbilden können, dass Frauen das schwächere Geschlecht seien.

Er trat ein paar Schritte zurück und lehnte sich an die Wand. Nicht zum ersten Mal fürchtete er, an einem Tatort in Ohnmacht zu fallen. Die Frage war nicht ob, sondern wann.

Sisu drehte sich zu ihm um. »Siehst du das?«

Er nickte stumm.

»Der Mord ist auf keinen Fall hier passiert«, erklärte Doktor Kinzig. »Die Leiche wurde hier nur abgelegt.«

»Wer hat ihn gefunden?«, erkundigte sich Sisu und sah sich um. Am anderen Ende der leeren Fabrikhalle stand eine Gruppe von Männern und rauchte sich das Trauma des Leichenfunds von der Seele, darunter ein paar Uniformierte.

»Ein Kollege von der Streife?«

»Nein, einer vom privaten Wachdienst. Von denen schaut offenbar jeden Morgen jemand zwischen sechs und sieben auf dem Gelände vorbei.« Die Kinzig sah zu dem schmalen Pferdeschwanzträger in der Uniform einer Security-Firma mit dubiosem Renommee, der mit der Zigarette zwischen den Fingern heftig gestikulierte. Man konnte nichts hören, aber die Körpersprache verriet, dass er offenbar weiterziehen wollte.

»Er sagt, dass er normalerweise nur draußen die Runde macht, aber eine der Eingangstüren war aufgebrochen, darum schaute er herein. Das war kurz vor sieben. Also muss der Tote hier zwischen gestern Morgen und heute früh hier abgelegt worden sein. Ich kann aber jetzt schon sagen, dass unsere Leiche sehr viel länger tot ist. Der Tote ist gefroren. Die letzten Nächte hatte es immer deutlich unter null Grad. Ich werde mit der Obduktion warten müssen, bis er wieder ganz aufgetaut ist.« Kleine Atemwölkchen stiegen hinter ihrer Maske auf.

»Dabei wäre das hier das ideale Gelände für einen Mord.« Sisu schaute sich um. Ein verlassenes Fabrikgebäude – zwar mitten im ehemaligen Osten von Berlin, aber trotzdem nur von anderen, ebenfalls verlassenen Industriebauten umgeben. Bis hierher war die Stadtviertelsanierung noch nicht vorgedrungen. Wer hier schrie, verhallte ungehört. Außer natürlich ein Obdachloser oder Junkie wäre zufällig zugegen gewesen. Sisu nahm sich vor, das überprüfen zu lassen.

»Meine Großeltern haben hier ganz in der Nähe gewohnt.« Doktor Kinzig stemmte die Fäuste auf die rubenesken Hüften. »Ich kann mich erinnern, wie ich als ganz kleines Kind regelmäßig hier vorbeigekommen bin. Es war eine Wurstfabrik. Mit Verkaufsraum. Für mich fiel immer eine Scheibe zum Probieren ab.«

Kinzig war die einzig echte Berlinerin von ihnen, Sisu und Fabian stammten aus dem Westen. Fabian hatte sich wegen dem Gotham-City-Ambiente hierher versetzen lassen, Sisu wegen der Hauptstadtzulage.

Eine Kakerlake trippelte vorbei. Sisu kickte sie mit ihrem Springerstiefel aus dem Lichtkegel der Scheinwerfer. Das machte der Kakerlake nichts. Kakerlaken konnten das ab. Wenn jemand die Apokalypse überlebte, dann die Kakerlaken. Weil Sisu aber nur trat und nicht zielte, landete die Kakerlake nicht an der Wand, sondern traf einen der Spurensicherer.

»He!«

Sisu zuckte desinteressiert mit den Schultern. »Das war hier eine Wurstfabrik?«, fragte sie die Kinzig.

Man sah es der Halle nicht an. Es hätte auch eine ehemalige Trabantmontagefabrik oder ein Sportstudio sein können. Völlig entkernt, wie sie war, strahlte sie eine unglaubliche Neutralität aus. Wie die Schweiz. Oder Schweden. Nur als Gebäude.

Fabian wippte auf seinen Sneakern. Er brauchte Bewegungswärme. Wenn er noch länger einfach so dastand, würde er zur Eissäule. Er hätte sich definitiv wärmer anziehen sollen. Aber wer jeden Tag in der Mucki-Bude schwitzte und deswegen aussah wie der David von Michelangelo, der hüllte sich nicht in figurvertuschende Kuschelklamotten. Unter seinem Einmalanzug trug er daher nur ein hautenges T-Shirt und eine sexy Bikerjacke.

Neben Fabian hing eine Eisenkette von der Decke. An ihrem unteren Ende befand sich ein Holzgriff, der ihm nachgerade zuzuzwinkern schien.

»Was ist das hier?«, fragte er, im Takt zu seinem Wippen. Die Frauen drehten sich zu ihm um. Dann folgten ihre Blicke der Kette bis zur Decke.

Offenbar konnte man mit ihr eine Falltür öffnen. Sisu zuckte nur wieder mit den Schultern – sie war eher der maulfaule Typ und fand, dass eine Geste mehr sagte als tausend Worte – und inspizierte wieder die Leiche. Auch Doktor Kinzig verlor das Interesse und winkte einen ihrer Subalternen zu sich.

Nur Fabian wollte der Sache auf den Grund gehen. Seine Neugier war sein größter Trumpf als Ermittler. Folglich packte er den Griff der Kette und zog.

Erst passierte rein gar nichts. Irgendwas klemmte. Fabian zog fester. Sein Ehrgeiz war gepackt.

Mit einem metallischen Knirschen und ächzenden Scharnieren öffneten sich die Deckenluken nach unten, in die Halle hinein.

»Was …?«, rief Fabian noch, als er sah, dass offenbar etwas auf den Luken gelegen hatte. Etwas, das gleich darauf nach unten purzelte.

Erst eins, dann zwei, dann drei, dann vier, dann fünf … dann konnte Fabian nicht mehr mitzählen, weil ihm abrupt speiübel wurde. Er riss sich die Maske vom Gesicht und erbrach sein Frühstück.

Es waren Leichen, die da von der Decke fielen.

In transparentes Plastik eingehüllte Leichen.

Skalpiert, entäugt, tätowiert …

BODYCOUNT: 9

Was immer du tust, tu es mit der Selbstsicherheit
eines Vierjährigen im Superman-Pyjama.

POLIZEIPRÄSIDIUM BERLIN, DEZERNAT »DELIKTE AM MENSCHEN«

»*Bi-Ba-Butzemann*? Auf allen neun Leichen?«
Dezernatsleiter Kinski trommelte nervös mit den Fingern auf seiner Schreibtischplatte. »Warum der Bi-Ba-Butzemann?«
»Was sonst? Die Lottozahlen von nächster Woche?« Sisu lehnte mit verschränkten Armen an der Wand. Sie klang pampig. Weil sie mit Kinski nicht konnte.
Konrad Kinski konnte ebenfalls nicht mit Sisu Demirkan. Was nicht an ihr lag, sondern an ihm. Er war ein Stinkstiefel. Das wusste er auch. Aber er lebte nach der Sonnenkönig-Devise: *Le département, c'est moi.* Das Dezernat bin ich.
»Wenn Sie nichts Konstruktives beisteuern können, dann halten Sie bitte schön den Mund!«, bellte er jetzt. »Und mit Kakerlaken nach einem Kollegen von der Spurensicherung zu werfen? Geht's noch? Entschuldigen Sie sich gefälligst bei dem Mann.«
»Ich habe nicht geworfen. Es war ein Unfall.«
»Die Umstände interessieren mich nicht. Tun Sie einfach, was ich sage!« Kinski erhob sich und tigerte durch sein Büro. Das winzig war, trotz seiner leitenden Stellung. Darum bestand sein Tigern aus Ausfallschritt, Ausfallschritt, Ende. Es wurde Zeit für seine nächste Beförderung. Die stand auch

demnächst an. Im Grunde war es eine reine Formsache. Er hatte auch schon für das Namensschild an der Tür des geräumigen Eckbüros im Polizeipräsidium Maß genommen. Und dann das. Ausgerechnet jetzt! Neun Leichen, offenbar kultisch präpariert. Darauf hätte er seine besten Leute ansetzen müssen, aber die standen in einem spektakulären Promi-Mord kurz vor der Auflösung und konnten unmöglich abgezogen werden. Dann also dieser Messner und die Demirkan. Der Schönling und das Mannweib.

»Was können Sie mir jetzt schon zu dem Fall sagen?« Kinski baute sich vor Fabian auf und wandte sich dezidiert nur an ihn.

»Die Leichen müssen in der Nacht angeliefert worden sein. Frau Demirkan hat Kollegen von der Streife rundgeschickt. Soweit sich feststellen ließ, gibt es keine Zeugen im Obdachlosen- oder Junkie-Milieu der Umgegend.«

»Ich will nicht wissen, was Sie *nicht* herausfinden konnten«, knurrte Kinski nur Millimeter von Fabians Nase entfernt. »Ich bin nur an Ergebnissen interessiert!«

Fabian stieß selten auf so viel Antipathie. Normalerweise surfte er easy und lässig durch zwischenmenschliche Beziehungen aller Art. Frauen wollten ihn verführen. Männer, die Männer mochten, wollten ihn verführen. Hetero-Männer wollten so sein wie er. Frauen, die keine Männer mochten, sahen in ihm den kleinen (oder großen) Lieblingsbruder. Er eckte so gut wie nie an. Das mochte an seiner beinahe makellosen Schönheit liegen oder an den Pheromonen, die er verströmte, oder einfach daran, dass er so ein urguter, sympathischer Kerl war.

Aber all das prallte an Kinski ab. Kinski, der Kriminaler, teilte sich mit Kinski, dem Schauspieler, nicht nur den Nachnamen, sondern auch den explosiv-cholerischen Charakter.

»Doktor Kinzig konnte mittlerweile verifizieren, dass es sich bei den posthum zugefügten Tätowierungen um den Text des Kinderlieds *Bi-Ba-Butzemann* handelt«, sagte Fabian, weil das ein Ergebnis war, und danach hatte der Chef ja gefragt.

Kinski schlug mit der Faust auf die Schreibtischplatte. »Verdammt noch eins, was will uns dieses Butzemannzeugs sagen?«, verlangte er lautstark zu wissen.

Kinski war nicht immer ein unausstehlicher Stinkstiefel, manchmal war er auch nur ein ganz normaler Arsch. Aber jetzt, wo er seine zügige Beförderung gefährdet sah, traten seine unschönen Seiten noch deutlicher zutage als sonst. Dann mutierte er zum Zorn Gottes und bohrte sich wie Rumpelstilzchen in den Parkettboden oder schoss wie das HB-Männchen an die Decke. Oder hämmerte Dellen in seinen Schreibtisch.

Sisu blieb cool. »Könnte es nicht sein, dass die Toten einem Pädophilen-Ring angehörten, und ein ehemaliges Opfer hat sich an ihnen gerächt?« Sie lehnte immer noch mit verschränkten Armen an der Wand.

»Wie bitte?«, röhrte Kinski, der meistens nur seinen eigenen Gedanken, nicht seinen Gesprächspartnern zuhörte. Er sah zu Sisu.

»Nur so eine Idee.« Sisu zuckte mit den Schultern. Das tat sie oft. Obwohl sie dreimal die Woche ins Studio ging, waren ihre Schultern womöglich das Durchtrainierteste an ihr.

»Der Rachefeldzug eines ehemaligen Pädophilen-Ring-Opfers«, wiederholte Fabian.

Kinski legte die Stirn in Falten, was immer der Fall war,

wenn es in ihm dachte. »Gar nicht so abwegig, Herr Messner, gar nicht so abwegig. Interessante Idee!«

»Es war die Idee von Frau Demirkan«, stellte Fabian richtig, aber die Ohren von Kinski waren längst wieder eingeklappt.

»Kranke Kreaturen, die sich an Kindern vergreifen und ihnen während der Taten etwas vorsingen. Und jetzt, Jahrzehnte später, rächt sich eins der Opfer, bringt die Täter um und ritzt ihnen ebendieses Kinderlied in die Haut!« Kinski tigerte zurück zu seinem ergonomischen Schreibtischstuhl, in den er sich schwer fallen ließ. »Frau Demirkan, überprüfen Sie alle ungelösten Fälle von Kindesmissbrauch.«

»Soll ich, wenn ich schon dabei bin, auch gleich den Wannsee mit einem Teelöffel auslöffeln?« Sisu lächelte nie, und ganz besonders nicht, wenn sie ihrem Vorgesetzten gegenüber sarkastisch abätzte.

Fabian eilte zur Rückendeckung. Dazu waren Partner schließlich da. »Frau Demirkan meint, ob wir uns nicht erst darauf konzentrieren sollten, die Identität der Toten herauszufinden, um punktgenauer ermitteln zu können.«

Fabian, der Mediator. Er hätte in den diplomatischen Dienst gehen sollen, wie sein Vater.

»Sie kennen noch nicht einmal die Identität der Toten?«, röhrte Kinski. Er merkte ja selbst, dass er völlig hohl drehte, aber er konnte nicht anders. Wenn es mit der Beförderung dieses Mal wieder nicht klappte, war er raus aus dem Rennen. Er war nicht mehr der Jüngste, und die Konkurrenz atmete ihm schon heiß in den Nacken. Es ging um alles!

Sekretär Ingo stürmte mit einer frisch aufgebrühten Tasse Beruhigungstee herein. Laut einer Studie lebten Teetrinker länger – wenn Kinski seinen Johanniskraut-Passionsblumen-Baldrian-Tee trank, lebten vor allem die anderen länger. Ingo Grabowski kannte seinen Herrn und Meister und stand bei solchen Briefings immer schon Wasserkocher bei Fuß. Er ließ die Tür hinter sich auf. Was sich gleich darauf als segensreich herausstellen sollte.

Kinski brüllte nämlich: »Ich werde der Sonderkommission persönlich vorstehen! Und ich werde herausfinden, welches Schwein neun Menschen tötet und sie dann auch noch tätowiert!« Er nahm einen Schluck vom Beruhigungstee, aber an einem Tag wie diesem verstand es sich fast von selbst, dass er sich am heißen Tee den Mund verbrühte. »Scheiße!«

Fabian, Sisu und Ingo warfen sich einen Blick zu. Sie wollten gerade alle das Büro vom Chef verlassen, aber in der offenen Tür stand Kollege Berger.

»Guten Abend, Chef«, sagte Berger, obwohl es erst Mittag war. Berger teilte sich jedoch mit Kollegin Weber ein fensterloses Kabuffbüro gleich neben dem Kopierraum, da konnte man schon mal den Überblick über die Tageszeit verlieren. »Habe ich da gerade was von tätowierten Toten gehört?«

Kinski atmete nur finster aus, sagte aber nichts. Berger war der Älteste im Stock, stand gewissermaßen mit einem Bein schon in der Rente, wenn nicht gar im Grab. Er war Anfang sechzig, sah aber mindestens zehn Jahre älter aus. Das machten vierzig Jahre im Polizeidienst mit einem. Wann immer sie ihn sahen, fürchteten die Männer, so könnte auch ihre Zukunft aussehen: vorzeitig vergreist und auf dem fensterlosen Abstellgleis.

Ängste, die Sisu fremd waren. Und das nicht nur, weil sie eine Frau war. »Richtig belauscht. Neun Leichen. Skalpiert. Tätowiert. Entäugt«, fasste sie zusammen.

»Aha!« Berger klatschte sich auf den Oberschenkel. »Der Indianer!«

Sie stutzten alle. Meinten, sich verhört zu haben.

»Der Indianer hat wieder zugeschlagen!« Berger nickte in die Runde.

»Ein indigener Nordamerikaner?« Fabian hob eine Augenbraue.

»Was?« Auch Bergers Augenbrauen schossen nach oben.

»Natürlich, jetzt erinnere ich mich wieder!« Kinski schlug mit der flachen Hand auf den Schreibtisch. Er klang fast fröhlich. »Ein Cold Case um einen Mehrfachmörder, der seine Opfer zu tätowieren pflegte.«

»Nicht nur zu tätowieren, da war noch mehr. Deshalb haben wir ihn den *Indianer* genannt, weil er seine Opfer skalpiert hat. Neben allen möglichen anderen Schrecklichkeiten, aber das Skalpieren war halt was Besonderes.« Berger nickte. Es kam nicht mehr oft vor, dass er etwas derart Entscheidendes zu einer laufenden Ermittlung beizutragen hatte. Nicht weil er nicht mehr konnte. Sondern weil man ihn nicht mehr ließ.

»Mit Kinderliedern tätowiert?«, fragte Fabian.

Berger schürzte die Lippen. Daran konnte er sich nicht erinnern.

Kinski dafür umso besser. »Es waren Zitate aus Kinderbüchern!« Er schlug wieder auf die Schreibtischplatte, leider etwas zu weit nach rechts, deshalb erwischte er die Teetasse. Es spritzte und schepperte.

»Ich hole einen Lappen!«, rief Ingo dienstbeflissen und lief zur Kaffeeküche.

Kinski rieb sich das Kinn. »Der Indianer hat wieder zugeschlagen!« Cold Case gelöst – er konnte die Schlagzeile förmlich vor sich sehen.

»Wie jetzt? Der Fall ist gelöst?« Enttäuschter als Sisu in diesem Moment konnte man kaum klingen. Zu wissen, wer es war, und das nur noch beweisen zu müssen, war für sie das Langweiligste überhaupt. Sie war eine Amazone – für sie lag der Reiz in der Jagd!

»Also, eher nicht«, meinte Berger. »Die Fälle liegen ja schon Jahre zurück. Das war …«

Kinski sah Berger an, Berger sah Kinski an.

»Vor vierzig Jahren«, murmelten sie unisono.

Fabian zuckte mit den Schultern – da war er ausnahmsweise schneller als Sisu. »Dann ist er jetzt Mitte sechzig oder so. Im besten Mannesalter.«

»Eher nicht. Es war einer der ersten Fälle, an denen ich mitarbeiten durfte, deswegen erinnere ich mich so genau«, hielt Berger dagegen. »Und ich weiß noch, dass man damals aufgrund diverser Indizien davon ausging, dass er kein ganz junger Mann mehr sein konnte.«

»Okay, dann ist er jetzt steinalt, will es aber noch mal wissen.« Sisu lag die Replik auf der Zunge, dass Berger doch sicher am besten nachvollziehen könnte, wie es ist, sich als Greis ein letztes Mal beweisen zu wollen, aber sie verkniff es sich.

»Prüfen Sie das nach«, brummte Kinski enttäuscht. Er erinnerte sich jetzt auch wieder, dass man von einem Täter in fortgeschrittenem Alter ausgegangen war. Aller Wahrscheinlichkeit nach also längst verstorben. »Vermutlich handelt es sich um einen Nachahmer. Jemand, der diesem Perversen ein Denkmal setzen will.«

Berger nickte. So sah er das auch. Allerdings ...

»Soweit ich weiß, wurde nur öffentlich gemacht, dass der Indianer seine Opfer skalpiert und tätowiert hat. Dass er ihnen mit einem Eisportionierer die Augäpfel entfernt hat, haben wir aus ermittlungstaktischen Gründen immer unter Verschluss gehalten.«

Stille senkte sich über den Raum. Wenn draußen in der Welt niemand die Details wissen konnte, dann ...

... bestand natürlich die Möglichkeit, dass der Original-Täter damals seine Memoiren geschrieben und seinem Enkel vermacht hatte, der nun die Familientradition fortsetzte. Ja, möglich war das.

Sehr viel wahrscheinlicher war aber, dass der jetzige Täter jemand war, der Zugang zu den Akten von damals hatte.

»Scheiße, es war einer von *uns*?« Sisu sprach aus, was alle dachten.

Aber nur Sisu sah dabei Kinski an ...

25 Dinge, die man als Frau nicht tun sollte
Erstens: Sich um die Meinung anderer Leute scheren.
2-25: siehe erstens

GERICHTSMEDIZIN BERLIN, OBDUKTIONSSAAL 3

»Ich habe hier etwas, das Sie interessieren dürfte!« Doktor Kinzig stand in ihrer prallen Rundheit vor einem der Seziertische und lächelte breit.

Sisu trat neben sie.

Die Fahrt zur Rechtsmedizin hatte sie in Rekordzeit absolviert. Um Dampf abzulassen. Wobei sie zugegebenermaßen immer schnell fuhr, auch wenn es nicht in ihr dampfte. Sie liebte den Rausch der Geschwindigkeit.

Sisu hasste es, dass sich Kinski mal ebenso zum Leiter der SoKo ernannt hatte. Mit ihm am Steuerruder konnte der Ermittlungsdampfer doch nur gegen einen Eisberg knallen. Nicht nur im Nordatlantik, auch im Mittelmeer. Es würde so oder so in einer Katastrophe enden.

Und dann gab es da noch den Elefanten im Raum, über den niemand reden wollte, obwohl sie es mehr als eindeutig angesprochen hatte und alle den Elefanten trompeten hörten: Es könnte einer von ihnen sein!

Das war verdammt schnell zum eigentlich Unvorstellbaren eskaliert.

Ihr war natürlich klar, dass Polizisten auch nur Menschen waren, aber diese Menschlichkeit sollte sich ihrer Meinung nach auf Ehebruch oder Nikotinsucht beschränken. Mord war da nicht inkludiert!

Sisu galt als kaltschnäuzig und gefühllos, doch ihr Gerechtigkeitssinn war so ausgeprägt wie der Bizeps von Dwayne *The Rock* Johnson. Will heißen: sehr! Gerechtigkeit, wohlgemerkt, nicht Recht und Gesetz. In Sisus Akte gab es mehrere Einträge, weil sie bei Verhören ausfallend geworden war. Oder auch schon mal die Tür zur Wohnung eines Verdächtigen, bei dem Verdunkelungsgefahr bestand, eingetreten hatte, noch bevor die Unterschrift auf dem Durchsuchungsbeschluss auch nur ansatzweise getrocknet war. Aber bei ihren »Ausfällen« kamen nur die zu Schaden, die es verdient hatten: Frauenschläger, Menschenhändler, Mörder. Sisu konnte sich daher jeden Morgen im Spiegel in die Augen schauen.

Während sie bei Dunkelgelb über Ampelkreuzungen gebrettert war und anhaltend gehupt hatte, wenn die Vollpfosten vor ihr fünfzig fuhren, wo siebzig erlaubt war, hatte sie unablässig über den Umstand nachgegrübelt, dass nur Angehörige der Exekutive von den Augapfelentfernungen des Tätowierers wissen konnten. Kacke! Aber vielleicht war es nur ein Zufall? Theoretisch konnten doch zwei Leute unabhängig voneinander auf dieselbe Idee kommen – das war bei der Erfindung des Telefons oder der Ausarbeitung der Evolutionstheorie doch auch so gewesen.

Doktor Kinzig richtete einen Strahler auf die Leiche auf dem Seziertisch.

»Wo ist denn Ihr Kollege?«, fragte sie und sah an Sisu vorbei zur Tür. »Oder sind Sie allein hier?« Sie wirkte enttäuscht. Wie jemand, der Himbeerkuchen mit Sahne bestellt hatte, dem dann aber nur ein Stück trockener Marmorkuchen serviert wurde.

»Studiert alte Akten. Entgegen der allgemeinen Ansicht sind wir nicht an der Hüfte zusammengewachsen«, brummte Sisu. Es nervte sie, dass ihr und Fabian ständig eine Affäre unterstellt wurde, nur weil sie beide auf demselben, für Normalsterbliche unerreichbaren Attraktivitätslevel unterwegs waren. Sisu hatte eine goldene Regel: Nie mit Kollegen! Rechtsmediziner waren allerdings für sie keine Kollegen.

»Wer ist der?« Erst jetzt hatte sie den Mann an der Spüle bemerkt. In der behandschuhten Linken hielt er etwas Längliches, in Blut Getränktes, in der Rechten einen kurzen, am Wasserhahn angebrachten Schlauch. Das Wasser lief ins Leere. Wie so ein hypnotisiertes Kaninchen starrte er Sisu an. Fabian war definitiv der Schönere in ihrem ohnehin augenschmeichelnden Doppel-Team, aber Sisu war eine Frau, die bei den richtigen Männern – und natürlich auch bei geneigten Frauen und allem dazwischen – einen Trigger auslöste. Die Lederjacke, die Springerstiefel, die definierten Muskeln, die strenge Kurzhaarfrisur: Mit jeder Pore strahlte Sisu weibliche Macht und Power aus. So stellte man sich Amazonenkönigin Penthesilea vor. Oder Keltenkönigin Boadicea. Oder Lara Croft, nur in angezogen.

Doktor Kinzig sah zur Spüle. »Ah, das ist mein Neuer. Arndt Niedlich. Arzt in Weiterbildung. Er will Facharzt für Rechtsmedizin werden, wenn er mal groß ist, aber da sehe ich schwarz, denn er besitzt die Aufmerksamkeitsspanne einer WÜHLMAUS.« Mit jedem Wort wurde ihre Stimme lauter. Die MAUS trompete sie im dreistelligen Dezibelbereich heraus.

Sofort konzentrierte sich Niedlich wieder auf seine Arbeit. Manche waren mit ihrem Nachnamen regelrecht gestraft. In diesem Fall passten Name und Mann jedoch zusammen. Er hatte in seiner Blondheit etwas von einem Golden Retriever. Fand Hundefreundin Sisu. Bevor sie sich ihrerseits wieder am Riemen riss.

»Okay. Was gibt es, das so interessant sein soll?«

Sisu mochte die Kinzig. Sie waren vom selben Schlag. Die Kinzig und sie tickten gleich. Von anderen als sympathisch eingestuft zu werden, fanden sie beide völlig überschätzt. Zudem war das Gefälligkeits-Gen bei der Karriere in einem Männerberuf ohnehin kontraproduktiv. Infolgedessen galten sie beide im Kollegenkreis als eiskalt und frigide.

»Und warum riecht es hier so?« Sisu schnupperte und zog angewidert die Nase kraus.

Laien neigten oftmals zu der Annahme, bei einer Obduktion würde es immer extrem nach Fäulnis riechen, aber dem war nicht so. Der durchschnittliche Tote war genauso geruchsneutral (oder geruchsintensiv) wie der durchschnittliche Lebende. Sisu wusste das.

»Die Kollegen hatten eine Wasserleiche. Drei Monate in der Spree. Sie haben die ganze Nacht gelüftet, und heute Morgen haben wir alle unsere Frühstückszigarette hier drin geraucht, aber den Geruch kriegt man so schnell nicht weg.«

Sisu hatte schon viele Leichen gehabt, aber noch nie eine Wasserleiche. Sogar sie fand den Gestank nur schwer zu ertragen. Gut, dass Fabian mit den Archivakten über den Indianer-Schrägstrich-Tätowierer beschäftigt war – hier drin hätte ihm nicht einmal ein Vollbart aus Eukalyptussalbe geholfen.

»Also gut, jetzt zum interessanten Teil.« Doktor Kinzig rieb sich die Hände.

»Geht's um ihn hier?« Mit dem Kinn zeigte Sisu auf die menschlichen Überreste vor ihr. »Das ist der aus der Fabrik?« Da das Innere des Toten jetzt nach außen gekehrt schien, war die Frage berechtigt.

Sisu hatte keine Berührungsängste mit dem Tod. Auch nicht mit prä- oder post-obduzierten Überresten.

»Ja, aber nicht der vom Boden. Das ist eine der Leichen, die vom Himmel gefallen sind. Genauer gesagt, von der Decke.«

Der Brustkorb des Toten auf dem Labortisch klaffte weit auf, was mindestens ebenso spooky war wie die leeren Augenhöhlen. Alles in allem kein schöner Anblick. Obwohl das *Bi-Ba-Butzemann* wirklich sehr schön in die Arm- und Beinhaut eintätowiert war. Da hatte jemand offenbar einen Kalligrafiekurs an der Volkshochschule belegt.

Sisu sagte nichts. Sie sagte ohnehin nie sehr viel. Man erfuhr weitaus mehr, wenn man die anderen reden ließ.

Doktor Kinzig füllte erwartungsgemäß die Stille. »Die Leichen sind bockelhart gefroren. Die lagen nicht einfach nur über Nacht in der Winterkälte, die wurden meiner Ansicht nach kryokonserviert und in einem Tiefkühllaster angekarrt. Deswegen kann ich auch noch keine Angaben zum Todeszeitpunkt machen. Oder zu den Todesursachen. Eine erste Inaugenscheinnahme hat zumindest keine Anzeichen für eine äußere Gewalteinwirkung zutage gefördert. Vielleicht Gift?« Sie betrachtete die Toten mit einem fast entzückt zu nennenden Lächeln. »Diese Toten stellen eine echte Herausforderung dar. Mal was ganz anderes. Aber das Beste kommt noch …«

»Keine äußere Gewalteinwirkung?«, unterbrach Sisu und sah zu dem Toten vor ihr auf dem Seziertisch. In seiner Stirn klaffte ein Loch. Man sah sogar noch eine Kugel aus der grauen Masse herausragen, die offenbar das Gehirn war. Sisu ging sehr davon aus, dass dieser Umstand ursächlich zum Tod des Mannes geführt hatte.

Stumm zeigte sie auf Loch und Kugel.

»Ah ja, er hier ist die Ausnahme. Er war als Einziger schon deutlich angetaut. Deshalb habe ich mit ihm angefangen. Die Schusswunde in der Stirn wurde ihm eindeutig post mortem zugefügt.« Doktor Kinzig wackelte zweimal mit den Augenbrauen, wie Tom Selleck in *Magnum*.

»Der Mörder hat auf die Leiche geschossen?« Sisu verzog skeptisch das Gesicht.

»Richtig. In einem Aufwasch mit dem Skalpieren, der Entnahme der Augäpfel, dem Tätowieren und dem Einwickeln in Plastikfolie.« Die Ärztin juchzte fast.

Sisu fand das schon weit weniger euphorisch. »Die Kugel lassen Sie natürlich …«

»… von den Kollegen der Ballistik analysieren. Aber das ist noch nicht alles …« Doktor Kinzig grinste breit. Ihre Mimik ließ sich nur als lebhaft bezeichnen, es war pure Gesichtskirmes.

»Können Sie etwas zu der Folie sagen?«, warf Sisu ein, die nur einen einzigen Gesichtsausdruck hatte. Nämlich angefressen.

Doktor Kinzig zog an einer Ecke der Folie, in der die Leichen wie in Geschenkpapier eingewickelt waren. »Das ist eine handelsübliche, transparente Stretch-Folie. Sie ist relativ robust. Mit Folien wie dieser werden normalerweise Waren auf Paletten für den Transport fixiert. Sehr hohe Dehnungsfähigkeit. Mit geringem Materialeinsatz kommt man da sehr weit. Ideal für diesen Zweck.«

»Perfekt. Ich lasse alle Hersteller kontaktieren.« Sisu nickte zackig. Es tat ihr gut, wenn sie eine konkrete Aufgabe hatte. Da war sie wie ein Pitbull, dem man »Fass!« zurief. Loslaufen, zubeißen, fertig.

»Na, viel Glück. So eine Folie bekommt man überall. Sogar bei Amazon. Das wäre reine Beschäftigungstherapie.« Die Ärztin schaute skeptisch.

Sisu brummte unzufrieden. Wie man als Pitbull so brummt, wenn einem das Leckerli wieder weggenommen wird, bevor man seine Zähne darin versenken konnte. »Warum bin ich hier?«, fragte sie daher ungnädig. »Das hätten Sie mir doch auch alles am Telefon erzählen können.«

Oder besser noch in einer Mail, dachte Sisu, sprach es aber nicht aus. So wenig zwischenmenschlicher Kontakt wie möglich, das war ihre Devise. Blöd, dass sich die anderen so selten daran hielten.

»Ich würd's Ihnen ja sagen, wenn Sie mich mal ausreden ließen.« Doktor Kinzig ließ sich nicht beirren. »Kurzum ich habe etwas gefunden. Etwas, das ich für wesentlich halte ... und zwar glaube ich, dass unser Augenmerk nur einer bestimmten Leiche gelten muss, nämlich dieser hier.« Sie zeigte auf das Schussopfer. »Die anderen waren nur Ablenkung.«

»Telefon«, wiederholte Sisu. »Hätte genügt.«

An der Spüle quietschte etwas auf. Vermutlich drang der Laut aus der Kehle von Niedlich, der noch nie erlebt hatte, wie jemand seiner Chefin dermaßen kaltschnäuzig Paroli bot.

Doktor Kinzig trat an den Seziertisch und rollte die Leiche

in einer fließenden Bewegung auf den Bauch. Das dabei entstehende Geräusch erinnerte an einen tiefgefrorenen Truthahn, den man auf eine Küchentheke knallte. Definitiv nur an-, nicht aufgetaut.

Nicht gerade liebevoll tätschelte die Medizinerin eine der – ebenfalls tätowierten – Pobacken.

»Vielleicht gingen die Täter davon aus, bei der Menge an Leichen würden wir nur schludrig obduzieren. Oder sie haben es selbst übersehen.«

Sisu ahnte, was jetzt kam.

»Drogen natürlich, in ein Kondom verpackt und in der Kehrseite verstaut.« Doktor Kinzigs Augen blitzten schelmisch auf. »Ich vermute, ursprünglich waren es fünf Päckchen. Das ist die gängige Anzahl. Vier hat der Täter rausgefischt, eins steckte noch drin. Niedlich!« Letzteres bellte sie wie ein »Bei Fuß!«.

Der junge Arzt eilte herbei. In der Hand das längliche Etwas, das Sisu vorhin schon aufgefallen war. Ein Etwas, das Wassertropfen auf den Laborboden regnen ließ. Es war ein Kondom, prall gefüllt mit weißem Pulver. Er hielt es Sisu entgegen.

Die Kinzig hob eine Augenbraue und sah Niedlich nur stumm an.

Der eilte zurück, legte das Kondom auf ein Tablett und kehrte reumütig zurück. Wenn er dabei die Linke auf den Rücken gelegt hätte, wäre er von einem Kellner in einem Drei-Sterne-Restaurant an Eilfertigkeit nicht zu unterscheiden gewesen. Niedlich war mit den Gedanken eindeutig woanders. Er vermied es angelegentlich, Sisu anzusehen.

Die rollte mit den Augen. »Was soll ich damit?«

»Wir haben eine Probe des Inhalts zur chemischen Analyse

in die forensische Toxikologie gegeben. Die Kollegen dort sollten uns baldmöglichst Bescheid geben können, woher der Stoff stammt.« Die geographische Zuordnung war nie das Problem.

Doktor Kinzig zog ihre Handschuhe aus und warf sie in den Entsorgungsbehälter. »Ich muss jetzt für kleine Königstigerinnen. Und danach rauche ich draußen auf der Feuertreppe noch eine Zigarette. Oder zwei.« Sie zwinkerte Sisu zu und ging.

Sisu drehte sich zu Niedlich und musterte ihn mit ihren samtbraunen Augen.

Er wurde rot. Das Tablett mit dem Kondom immer noch im Anreiche-Modus.

Da er in voller Labormontur vor ihr stand, sah man nicht wirklich viel. Aber auf die Optik legte Sisu keinen Wert. Sie suchte Substanz. Die meisten Männer waren für sie Idioten. Nicht alle, klar, aber man wusste vorher eben nie, wer einer von den Guten war. Göttin sei Dank scheute sie kein Risiko.

Sie hob den Arm und winkte ihn mit ihrem Zeigefinger näher zu sich.

Gleich darauf lag das Kondom auf dem Boden und für Niedlich wurde eine Männerfantasie wahr.

POLIZEIPRÄSIDIUM BERLIN, COLD CASE ARCHIV

»Buh!«

Fabian Messner zuckte so sehr zusammen, dass sich sein Hintern vom Stuhl löste. Es war so kinderleicht, ihn zu erschrecken. Vor allem, wenn er gerade tief in Tatortfotos versunken war.

Berlin war sexy, aber arm. Längst nicht alle Akten des vorigen Jahrhunderts waren bereits digitalisiert worden. Die zwei faustdicken Akten über den Tätowierer musste man noch händisch bearbeiten.

Was Fabian seit zwei Stunden tat.

Als Teenager hatte er Horrorfilme geliebt und glaubte sich seitdem allem gewachsen, was es an Schrecklichkeiten geben mochte. Aber es machte doch einen Unterschied aus, ob es sich nur um CGI handelte oder ob das, was man sah, tatsächlich geschehen war. Der Tätowierer hatte »nur« drei Personen umgebracht, die aber mit unvorstellbarer Grausamkeit. Und der Fotograf, der damals alle Opfer im Bild festgehalten hatte, war seiner Arbeit offenbar mit großer Schussfreudigkeit nachgegangen: alles in mindestens dreifacher Ausfertigung, aus allen denkbaren Perspektiven, und immer auch in Großaufnahme.

Und gerade, als Fabian sich über eins der Fotos gebeugt hatte, weil er herausfinden wollte, ob der gelbgrüne Fleck in einer der leeren Augenhöhlen eine Made war oder nicht, atmete ihm jemand in den Nacken und raunte »Buh!«.

»Scheiße, Sisu, was soll das!« Er pustete sich eine blonde Locke aus der Stirn. Wenn ihm etwas peinlich war, machte er auf aggro. »Und warum warst du so lange weg?«

Sisu grinste nur, sagte nichts, drehte den zweiten Holzstuhl um und setzte sich breitbeinig darauf.

Die muffige Abstellkammer mit den Metallregalen, in der sich die alten Akten befanden, bot gerade mal genug Raum für zwei Stühle und einen Beistelltisch. Ein Fenster gab es nicht. Damit ihm seine Stauballergie keinen Erstickungstod bescherte, hatte er die Tür offen gelassen. Gefühlt alle fünf Minuten schaute eine der Sekretärinnen vorbei und fragte, ob er irgendeinen Wunsch habe. Kaffee? Kekse? Einen Knutschfleck? Schönheit war ein Fluch!

»Was hat die Kinzig gesagt?«, fragte er jetzt und schaute fast ängstlich zur Tür. Und ja, da lugte auch schon lächelnd die kleine Verhuschte herein, die sich als besonders hartnäckig erwies. Sie hatte sich ihm als Biggi Kellermann vorgestellt. Als sie Sisu sah, erstarrte ihr Lächeln. Immerhin fragte sie: »Möchten Sie auch einen Kaffee?«

Sisu schüttelte den Kopf. »Einer der Toten war ein Drogenkurier«, sagte sie zu Fabian.

»Noch einen Keks?«, fragte Biggi. Diesmal meinte sie Fabian.

»Sehr freundlich, aber ich bin pappsatt.« Er klopfte sich auf den Waschbrettbauch. Die Kekse waren staubtrocken gewesen. Er hatte sie nicht gegessen, nur in die Hosentasche zur späteren Entsorgung geschoben.

»Ach, einer geht doch immer. Ich bringe Ihnen noch ein paar.« Biggi enteilte, bevor er ablehnen konnte.

Normalerweise blieb man für sich, wenn man es – dank

Zugangsberechtigung – erst einmal ins Archiv geschafft hatte. Es gab sogar einige, die behaupteten, wenn man hier einen Herzinfarkt erlitt, würde man unentdeckt liegenbleiben, bis man nur noch ein Skelett war, weil selbst der Putzdienst nur alle zwei, drei Jahre zum Staubsaugen vorbeikam. Aber Fabian war wie das Licht – wo er war, flatterten die Motten in Gestalt schmachtender Frauen herbei. Es war Sisu unerklärlich. Sie sah in ihm nur den Kollegen. Schnuffig und ein ganz Lieber, aber erotisch auf einer Skala von eins bis zehn höchstens eine zwei.

»Drogenkurier, sagst du?«, fragte Fabian jetzt.

Sisu nickte.

»Bist du von der Rechtsmedizin hergejoggt?« Fabian guckte skeptisch. »Du wirkst so aufgelöst!«

»Was? Nein!«

Fabian grinste, sagte aber weiter nichts. Obwohl er schwören könnte, dass sie wieder genascht hatte. Sisu sprach aber nicht über ihr Privatleben. Hin und wieder erlaubte er sich augenzwinkernd eine Anspielung, aber Sisus Geduld kannte Grenzen. Und er wollte diese Grenze lieber nicht überschreiten. Zumindest nicht mehr, seit er gesehen hatte, was Sisu mit dem Kollegen gemacht hatte, der ihr ein »Mäuschen, bring mir mal einen Kaffee!« zugerufen hatte. Fabian fand sich definitiv zu jung für dritte Zähne …

»Doktor Kinzig gibt Bescheid, sobald die Toxikologie die Drogen zugeordnet hat«, sagte Sisu. »Und? Hast du hier was herausgefunden?« Sie sah auf den Doppelaktenhügel vor ihm.

Fabian atmete schwer aus. »Nein. Der Tätowierer hat nie *Bi-ba-Butzemann* eingeritzt. Einmal *Alle meine Entchen* und zweimal *Zehn kleine Negerlein*.«

»Die Taten waren rassistisch motiviert?«

Fabian schüttelte den Kopf. »Nee, die waren damals so drauf. Wir sprechen vom vorigen Jahrhundert. Einer der Gutachter hat geschrieben, dass der Täter alle Merkmale eines schweren Kriegstraumas aufzeigt. Seiner Meinung nach ist der Täter als junger Mann im Krieg gewesen.«

Sisu schaute fragend.

»Zweiter Weltkrieg.«

»Dann wäre er heute …«

»Vermutlich tot. Oder weit über 100.« Fabian nickte. »Er muss zum Tatzeitpunkt schon älter oder sogar richtig alt gewesen sein. Hat der damalige Handschriftensachverständige erklärt. Und die Opfer waren auch alles sehr junge Männer. Nicht wie bei uns. Er hat ihnen K.-o.-Tropfen verabreicht, darum war er körperlich in der Lage, sie zu überwältigen.«

Von den neun Leichen, die im Kühlraum lagen, war die Hälfte augenscheinlich über sechzig. Aber es waren alles Männer. Und wenn der Täter jetzt über 100 war, dann stellten Sechzigjährige für ihn junge Burschen dar. Sisu schüttelte diesen Gedanken wieder ab. Das war Quatsch.

»Also scheidet der Original-Tätowierer als Täter aus.« Sisu klang nicht einmal unglücklich. Bei null anzufangen machte mehr Spaß, als olle Kamellen zu lösen.

Fabians Diensthandy klingelte. Er ging ran. »Messner?«

Man konnte es süß finden, dass Fabian sich immer mit einem fragenden Tonfall am Telefon meldete, als sei er selbst nicht ganz sicher, ob er wirklich Messner war oder nicht. Man konnte es aber auch nervig finden. Sisu gehörte der zweiten Fraktion an.

Während er lauschte und nur hin und wieder »Ja« und »Ach«

sagte, kam Biggi mit einem Teller Kekse vorbei. Sisu wollte ihr den Teller abnehmen, aber Biggi ließ nicht los. Es entspann sich ein kurzes Tauziehen.

Schließlich sagte Fabian: »Ist okay, wir sind schon so gut wie unterwegs.« Er sprang auf und zog seine Jacke an.

»Das war Kinski. Man hat drei weitere Leichen gefunden – genauso wie unsere: skalpiert, entäugt, tätowiert, in Plastik gehüllt. Und es gibt einen Verdächtigen! Er hat sich verschanzt, aber sie sind an ihm dran. Wir sollen uns das ansehen.« Er schenkte Biggi ein Lächeln. »Danke, dass Sie sich so nett um mich gekümmert haben! Ich muss leider los. Kann ich die Akten mitnehmen?«

»Haben Sie den Vordruck ausgefüllt, den ich Ihnen gegeben habe?«

»Aber ja.« Er schenkte ihr ein zähneblitzendes Lächeln und zeigte auf das Blatt Papier an der Stelle, an der sich die Akten befunden hatten.

Biggi schmolz dahin wie ein Langnese-Eis in der Sonne. Gleich würde es eine Pfütze geben. Sie kicherte und strich sich eine fatzenglatte Haarsträhne hinters Ohr. »Dann sehr gern. Nehmen Sie alles mit, was Sie wollen.«

Sisu rollte mit den Augen. »Komm schon, wir fahren mit meinem Auto.«

»Wir fahren mit dem Zug«, stellte Fabian richtig. »Die drei neuen Leichen liegen in Halle.«

BODYCOUNT: 12

HALLE AN DER SAALE, HAUPTBAHNHOF GLEIS 6

»Kollegin Demirkan? Kollege Messner?«

Auf diese Reaktion – also Ungläubigkeit pur – stießen sie öfter. Das war das Problem, wenn man aussah wie Fotomodelle in lässiger Streetwear. Deswegen hatten sie bei dem viral gegangenen Bewerbungsaufrufvideo für die Berliner Polizei auch keine Rolle bekommen, weil sie »zu gut« aussahen, das »wirke nicht authentisch«.

Sisu und Fabian nickten.

»Prima. Mir nach, ich parke direkt vor dem Eingang.«

Der Schlaks, der sie keine zweieinhalb Stunden später vom Bahnhof in Halle an der Saale an Gleis 6 abholte, hieß Blaschek. Die schütteren, schulterlangen Haare und der Kinnbart, noch schütterer, erinnerten stark an den jungen Konfuzius. Blaschek gab jedoch keine staatstragend philosophischen Statements von sich, sondern spuckte Schokoladencroissantkrümel. »'tschuldigung, ich habe heute den ganzen Tag noch nichts gegessen.« Er klang, als käme er gerade nach vier Wochen Fasten aus der Wüste, dabei war es jetzt erst mittelspäter Nachmittag. Er schob sich mit der Linken, noch kauend, das Croissant bis zum Anschlag in den Mund und biss ab, während er sich mit der Rechten am Lenkrad durch den halleschen Feierabendverkehr fädelte. Was relativ problemlos ging, weil er das Blaulicht eingeschaltet hatte. Wenn er so lebte, wie er aß, dann war er eindeutig jemand, der mit Gusto und Leidenschaft an alles heranging, was er anpackte.

Sisu und Fabian nahmen hinten im VW-Polizeitransporter Platz. Schon um nicht in Krümelspuckweite zu sitzen.

»Ist der Verdächtige inzwischen in Gewahrsam?«, rief Fabian nach vorn.

Blaschek schüttelte den Kopf. »Nee, noch nicht. Aber so gut wie. Er hat sich in der Moritzburg verschanzt. Der Mediator und die Bombenentschärfer sind dran.«

Sisu beugte sich abrupt so weit vor, wie es ihr Gurt erlaubte. »Er hat eine Bombe?«

Fabian warf Sisu einen mahnenden Blick zu. Sie hätte nicht so begeistert klingen sollen – das könnte Anlass zu Fehlinterpretationen geben. Aber Blaschek interpretierte nicht. Er war damit beschäftigt, sich ebenfalls nach vorn zu beugen, um den mittlerweile sichtbehindernden Krümelteppich auf der Windschutzscheibe mit dem Handrücken wegzuwischen. Weil er dabei aber immer noch das Croissant festhielt, gab es nicht weniger Krümel, nur mehr Fettschlieren.

»Er behauptet zumindest, dass er eine Bombe hat. Wir wissen auch, wie er heißt – Rolf Kaiser. War früher bei der Bundeswehr. Ist bislang noch nie auffällig geworden. Allerdings ist er seit ein paar Jahren vom Radar verschwunden. Gurkt mit einem alten Off-Road-Camper durch die Lande.«

Blaschek schob sich den allerletzten Rest des Croissants in den Mund und wischte seine krümelverklebte Hand am Sitz ab. Das würde den Kollegen freuen, der nach ihm den Transporter fuhr. Gleich darauf hörte man es knistern und rascheln, und er zog ein zweites – oder drittes? – Schokocroissant aus der Tüte des Bahnhofsbäckers. »Sdswsn«, sagte er.

Weil das Ermitteln ihr Beruf war und weil sie gut in ihrem Beruf waren, schlossen Sisu und Fabian, dass *sdswsn* so viel heißen sollte wie »So, da sind wir schon«. Außerdem half es, dass sich die Moritzburg in all ihrer Pracht vor ihnen erhob.

Blaschek brachte den Transporter am Rand des Parkplatzes zum Halten, der sonst immer proppenvoll mit Touristenautos stand. Jetzt sah man nur Einsatzfahrzeuge. Ein Abschleppwagen fuhr gerade mit dem letzten Zivilfahrzeug davon.

Am anderen Ende des Parkplatzes sah man einen sportlichen Camper. Keine besondere Lackierung, keine Aufkleber, nur leicht verschlammt. Eigentlich völlig unauffällig – mal abgesehen von seiner Größe.

Sisu und Fabian stiegen aus. Ein durchtrainierter Mittvierziger kam mit selbstsicheren Ich-habe-hier-das-Sagen-Schritten auf sie zu. Blaschek nuschelte irgendwas, vermutlich eine Vorstellung, es war aber unverständlich. Demosthenes hatte ja angeblich mit dem Mund voller Kieselsteine noch artikuliert reden können, Blaschek scheiterte schon an einem durchgespeichelten Croissantrest.

»Manfredi«, sagte der Durchtrainierte und reichte Sisu und Fabian die Hand. »Ich leite den Einsatz. Sie sind die Kollegen aus Berlin?«

Auch er geriet beim Anblick von Sisu und Fabian ins Zweifeln. Aber vielleicht taten sie ihm Unrecht, und er zweifelte nicht wegen ihres Aussehens, sondern weil Blaschek schon des Öfteren wahllos irgendwelche Passanten statt der erwarteten Ankömmlinge eingesammelt hatte.

»Messner«, stellte Fabian sich vor und zeigte dann auf Sisu. »Und Demirkan.«

Manfredi zuckte unter dem markigen Druck von Sisus Hand nicht zusammen. Das gefiel ihr. Pheromone schwängerten die Luft. Es war an diesem Tag in Halle genauso arschkalt wie in Berlin, aber hier stand wenigstens die Sonne am Himmel. Was die Moritzburg in bestem Licht erstrahlen ließ. Über die Steinbrücke, die vom Parkplatz zum Innenhof führte, marschierte gerade die Truppe von der Bombenentschärfung. Zwei von ihnen in schweren, grünen Schutzanzügen. Sie wirkten ein bisschen wie Aliens auf dem Weg zur Invasion denkmalgeschützter Artefakte.

»Er hat sich mit den Leichen verbarrikadiert?«, fragte Fabian, bevor seine Partnerin und Manfredi wie Bonobos übereinander herfielen.

»Nein.« Manfredi löste seinen Blick von Sisu und trat neben ihn. »Die Leichen liegen im Café. Als die Kollegen ihn in seinem Camper ansprachen, flüchtete er in Richtung Innenhof und lief durch eine offen stehende Tür in den Verwaltungstrakt. Dort hat er sich jetzt in einem der Büros verschanzt.«

Fabian, der die Konzentrationsfähigkeit eines fünf Wochen alten Labrador-Welpen besaß, entdeckte etwas, das ihn unendlich faszinierte: einen rollenden Roboter.

Er wollte schon loslaufen, aber Manfredis Arm fuhr wie eine Schranke nach oben und bremste ihn ab.

»Wir müssen Abstand halten. Die Kollegen von der Bombenentschärfung prüfen noch, ob sich im Camper womöglich ein scharfer Sprengkörper befindet.«

Die hintere Tür des schlammverkrusteten Campers stand offen. Das Team von der Bombenentschärfung hatte Schienen angelegt, auf denen der taktische Mini-Roboter mit Kamera jetzt hinaufrollte. Das Kind in Fabian hätte am liebsten mitgespielt. Aber sie waren ja nicht zum Vergnügen hier. Mit aller Kraft versuchte er, sich wieder auf den Einsatzleiter zu konzentrieren.

»Die ersten Leichen wurden heute früh von einer Mitarbeiterin der Reinigungsfirma im Café entdeckt«, sagte Manfredi. Er strich sich über die dunkelbraunen Locken. Alles an ihm – Name, Haare, samtbraune Augen, der animalische Magnetismus – ließ auf einen italienischen Familienhintergrund schließen, aber wenn er den Mund aufmachte, hörte man nur Sachsen-Anhalt.

»Die ersten Leichen?«, hakte Sisu nach. Sie konnte den Blick nicht von ihm abwenden.

»Ja, drei männliche Tote. Posthume Fremdeinwirkung wie bei Ihren Toten. Nicht hier vor Ort, die eigentlichen Morde wurden anderswo begangen. Genauso präpariert wie Ihre Toten. Deswegen haben wir uns auch mit dem Leiter Ihrer SoKo in Verbindung gesetzt. Kinski, richtig?«

Sisus Pokerface bekam einen Riss. Fabian schnaubte. Sich mit Kinski nicht nur als Chef, sondern auch als aktivem Einsatzleiter abzufinden, fiel beiden nicht leicht.

»Kinski, genau. Er sagte uns, dass es den Anschein habe, als ob der Täter einen Teil der Leichen in Berlin abgelegt hat und anschließend hierher zu Ihnen gekommen ist.«

Manfredi nickte. »Stimmt. Zum Ablegen der Leichen hatte der Täter bei uns nur ein ganz kurzes Zeitfenster – irgendwann zwischen zwei Uhr nachts und sechs Uhr früh.«

Manfredi strich sich über das Kinn. Es knusperte. Den Stoppeln nach zu schließen hatte es in der Früh nicht zum Rasieren gereicht.

Fabian sah zu Sisu. Schnurrte die etwa gerade? Ihr Blick war fest auf das Knusperkinn gerichtet.

»Zeitlich passt das«, lenkte Fabian ab. »Wenn er in Berlin so um Mitternacht tätig war, hätte er passend zum Zeitfenster hier sein können.«

Manfredi brachte sein Kinn erneut zum Knuspern. »Halle–Berlin ist ja keine Strecke. Viele hier pendeln. Ich auch. Der Typ aus dem Camper …«

»Der Täter«, warf Sisu ein.

Manfredi runzelte die Stirn. »Höchstwahrscheinlich, aber mit absoluter Sicherheit lässt sich das zum jetzigen Zeitpunkt noch nicht sagen.«

»Wer vor der Polizei flieht, hat immer Dreck am Stecken.« Für Sisu war die Welt schwarz-weiß. Und bei ihr gab es keine Unschuldsvermutung – jeder galt so lange als schuldig, bis der Beweis des Gegenteils erbracht war.

Manfredi sammelte sich kurz. Offenbar war er es nicht gewohnt, unterbrochen zu werden. Dennoch schenkte er Sisu ein Lächeln. Man merkte deutlich, dass sie bei ihm einen Stein im Brett hatte. »Der Täter – bei dem es sich möglicherweise um den Typ aus dem Camper handelt – hat sich sehr versiert Zugang zum Gelände verschafft und die Opfer im Café deponiert. Die Leichen befinden sich bereits in der Gerichtsmedizin.«

»Und warum hat er sich danach nicht aus dem Staub gemacht?« Fabian fand, dass er hier und jetzt als Einziger noch klar dachte. »Wieso wartet er in seinem Camper gemütlich ab, bis die Polizei anklopft?«

»Er ist vor Erschöpfung eingeschlafen? Zwölf Leichen, das bastelt man ja nicht mal eben schnell.« Sisu zuckte mit den Schultern.

Manfredi lächelte. »Dreizehn, um genau zu sein. Der Hausmeister hat vorhin noch eine weitere Leiche gefunden. Unten, im Burggraben.«

»Können wir uns die trotz Explosionsgefahr ansehen?« Abwarten und Teetrinken war keine Kernkompetenz von Sisu. Sie scharrte beinahe schon mit den Füßen.

Manfredi überlegte, dann nickte er Blaschek zu. Der lotste Sisu und Fabian gleich darauf auf dem kürzesten Weg in den Burggraben.

»Der Hausmeister wurde stutzig, als er die Bauplane im Burggraben sah«, erzählte er unterwegs. »Die Plane stammt von der Baustelle neben dem Parkplatz. Und wie er die Plane entfernen will, findet er darunter die vierte Leiche.«

Im Burggraben sah man so gut wie keinen Müll. Dafür schon das erste Grün. Bald würde der Frühling wieder sein blaues Band flattern lassen.

Die Mitarbeiter der Spurensicherung nickten Fabian und Sisu nur wortlos zu. Die Leiche, die vom Hals abwärts unter der Plane hervorlugte, erinnerte in ihrem Plastik-Kokon tatsächlich sehr an die Berliner Toten aus der Fabrik.

»Unser Gerichtsmediziner war schon weg, als wir die hier fanden. Wir haben ihn jetzt zurückgerufen.« Blaschek steckte beide Hände in die Hosentaschen. Er trug trotz der Kälte keinen Mantel. Ihn wärmte womöglich die Verdauungshitze der Croissants in seinem Magen-Darm-Trakt.

»Sind Ihre Toten auch eisgekühlt? Und hat Ihr Gerichtsmediziner Drogen in den Körpern gefunden?«, wollte Sisu wissen, obwohl in der Kürze der Zeit noch keine Obduktion durchgeführt worden sein konnte. Aber vielleicht war ja eine der drei Café-Leichen schon aufgetaut und schnittfertig gewesen.

»Eisgekühlt?« Blaschek legte den Kopf schräg. »Drogen?«
»O ja, nicht nur Mord, auch Drogen – das volle Programm«, warf Fabian ein, der auch mal was gesagt haben wollte. »Eine unserer Leichen war offenbar ein Drogenkurier. Das Übliche, Rektalkondom.«
Blaschek guckte wie ein Dreirad. So langsam. Seine Denkprozesse steckten in Kinderschuhen. »Keine Ahnung. Müsste ich nachprüfen.«
Weil er sich so gar nicht rührte, hakte Fabian nach. »Und wann genau machen Sie das?«
»Wir warten damit am besten, bis der Gerichtsmediziner wieder hier ist. Dann kann er uns das selbst sagen, und wir sparen uns den Mittelsmann.« Blaschek strahlte, als hätte er das Gelbe vom Ei gefunden.
»Was für einen Mittelsmann?«
Blaschek hob sein Handy hoch. »Kollege Technik!«
Fabian überlegte kurz, ob er von Blaschek verarscht wurde. Aber nein, der tickte so.
Sisu hatte sich schon längst Einmalhandschuhe übergestreift, war in die Knie gegangen und hatte die Bauplane vom Kopf der Leiche gezogen.
Irgendwie nahm es einen mehr mit, wenn man eine so schlimm zugerichtete Leiche im hellen Sonnenschein sah, als wenn sie in einer düsteren Halle lag. Als ob es ein sehr viel schlimmeres Sakrileg wäre.
Fand zumindest Fabian. Sisu verzog keine Miene. Sie klappte die über dem Gesicht aufgeschnittene Plastikhülle auf. »Scheint mir die identische Vorgehensweise zu sein. Keine Ausfransungen an der Kopfhaut – das Messer, das zum Skalpieren verwendet wurde, war offenbar scharf.« Sie öffnete

die Plastikumhüllung noch etwas weiter. »*Bi-Ba-Butzemann*, wie bei unseren Leichen. Ja, passt alles.«

Sisu erhob sich wieder. »Und Sie denken, es war dieser … wie heißt er gleich noch mal?«

»Kaiser. Rolf Kaiser. Er hat in seinem Camper geschlafen, oben auf dem Parkplatz. Offenbar bekam er das Halligalli nach dem Leichenfund gar nicht mit. Als die Kollegen von der Streife bei ihm an die Scheibe klopften, drehte er hohl.« Blaschek redete sich warm. Jetzt, wo keine Croissants mehr im Spiel waren, ging das auch krümel- und spuckfrei. »Er schrie irgendwas von wegen, ›*ihr kriegt mich niemals lebend, ich geh nicht in den Knast*‹, und lief dann mit umgeschnalltem Sprengstoffgürtel los.«

»Er hatte den Sprengstoffgürtel schon umgeschnallt? Im Schlaf?« Sisu schaute skeptisch.

Blaschek nickte. »Allzeit bereit!«

»Aber warum läuft er *in* die Moritzburg?« Sisu zweifelte. »Dem muss doch klar gewesen sein, dass er da nicht wieder rauskommt. Warum ist er nicht in Richtung Innenstadt gelaufen?«

Blaschek zuckte mit den Schultern. Ein typischer Sisu-Move. Was sie noch mehr verärgerte als die Dummheit eines flüchtigen Mörders. Verzeihung, *mutmaßlichen* Mörders.

Sie verschränkte die Arme und trat ein paar Schritte zur Seite, um mehrmals tief durchzuatmen. Eine Taktik, die ihr der Psychologe empfohlen hatte, bei dem sie nach dem letzten »Vorfall« mit einem Verdächtigen ein Anti-Aggressions-Training absolvieren musste.

Die alberne Therapieübung machte sie allerdings unaufmerksam, und irgendetwas auf dem Grün war allerdings glitschig. Sie kam ins Rutschen, entschränkte die Arme wieder, um mehr Halt zu haben, und machte einen Ausfallschritt nach hinten. Unter ihrem linken Springerstiefel war es jetzt nicht mehr glitschig, sondern irgendwie weich. Sie sah nach unten. Unter ihrem Stiefel klebten … Haare. Keine losen Haare. Eine Kopfhaut mit Haaren.

»Ist das …?«, rief Fabian.

Sisu kannte natürlich den Ausdruck »grün im Gesicht werden«, und sie kannte auch das entsprechende Emoji, aber in natura sah sie es jetzt zum ersten Mal. Fabians Gesichtshaut schimmerte tatsächlich grünlich. Wie so ein Marsmännchen. Es war ein Farbton, der seinem Teint nicht schmeichelte. So was von gar nicht.

»Können Sie nicht aufpassen!«, blaffte einer der Spurensicherer. Er kniete neben Sisu und entfernte vorsichtig den Skalp von der Sohle.

»Soll ich Ihnen einen Kaffee holen?«, fragte Blaschek, der vielleicht nicht der Hellste und definitiv nicht der Tischmanierlichste war, aber ein gutes Herz besaß.

Fabian schüttelte den Kopf. »Es geht schon.« Er trat ein paar Schritte zur Seite, den Blick fest auf den Boden gerichtet, falls da noch mehr Skalps herumlagen, und lehnte sich an einen der Bäume.

Weiter links taten sich drei Nilgänse am Gras gütlich. Auch wenn die Luft noch nach Winter schmeckte und es eigentlich noch viel, viel zu früh dafür war: Die Natur war schon am Erwachen – überall knospte und grünte und graste es. Danke, Klimakatastrophe!

Blaschek sah zur Bruchsteinwand. Wenn ihn sein Orientierungssinn nicht trügte, musste sich hinter einem der oberen Fenster der Verrückte mit dem Sprengstoffgürtel befinden. »Da oben hat er sich verschanzt«, sagte er. »Ein Mediator vom BKA ist per Telefon mit ihm verbunden. Toller Typ. Also, der Mediator, nicht der Kaiser. Neulich war ein Interview mit ihm in der *Mitteldeutschen Zeitung*. Der quatscht ihn weich, keine Frage.«

Der Spurensicherer hatte den Skalp von Sisus Sohle gekratzt und gab ihr mit einem angedeuteten Kopfnicken grünes Licht. Sie durfte sich wieder bewegen.

Oben auf dem Parkplatz hörte man eine Stimme »CLEAR!« rufen.

»Ah, der Camper ist freigegeben.« Blaschek strahlte. Aufregende Zeiten – und er war mittenmang dabei. »Dann können Sie sich jetzt darin umsehen. Kommen Sie?« Er sah zu Sisu.

Sisu sah zu Fabian. Der lehnte immer noch am Baum, allerdings nicht mehr grün, sondern bleich. In diesem Leben würde er nicht mehr lernen, wie man mit Leichen und Leichenteilen klarkam. Vielleicht war es doch am besten, wenn er sich einen anderen Job suchte.

Eine der Nilgänse näherte sich ihm scheinbar angstfrei. Sie schnatterte. Un-glaub-lich. Die natürlichen Pheromone, die Fabian ausströmte wie andere Männer Rasierwasser oder Deo, wirkten offenbar nicht nur bei Humanoiden, sondern auch bei Gänsen. Sisu atmete genervt aus. Sie wollte ihm gerade ein »Du kommst doch klar, oder?« zurufen und ihn zurücklassen, um sich im Camper umzusehen, als das Handy in der Innentasche ihrer Lederjacke vibrierte.

Eine Textnachricht von Kinski.

»Der Chef hat einen Fallanalysten hinzugezogen. Von dem liegt eine erste Einschätzung vor.« Sie steckte das Handy wieder weg. Die Einschätzung war so kurz, dass man sie

auch ohne Mnemo-Techniken problemlos behalten konnte. Sisu kannte den Profiler, der es hasste, wenn man ihn
Profiler nannte, weil das Profil des Täters der letzte Bau-
stein seiner Arbeit war. Und in der Regel bestand er auch
immer auf genügend Zeit für eine saubere Analyse. Aber
ungewöhnliche Umstände erforderten übers Knie gebro-
chene Einschätzungen. Vermutlich hatte Kinski ihm zuge-
setzt.

Weil Fabian nicht zuhörte, sagte sie zu Blaschek gewandt:
»Männlicher Täter, zwischen zwanzig und vierzig, profilie-
rungssüchtig, übertrieben selbstbewusstes Auftreten, möglicherweise kein ganz gesellschaftskonformes Äußeres. Trifft
das auf diesen Kaiser zu?«

Bevor Blaschek antworten konnte, hallte ein Schrei durch
den Burggraben.

Die Spurensicherer und Blaschek zuckten zusammen, nur
Sisu blieb cool. Oben von der Brücke schauten zwei Streifenbeamte nach unten, die Hand am Waffenholster. »Alles
okay da unten?«

Es war Fabian, der geschrien hatte.

»Die Gans hat mich gebissen«, gellte er jetzt.

Was so nicht ganz korrekt war, die Nilgans hatte ja kein
Gebiss. Es war also mehr ein Schnappen. »Kusch!«, rief
Fabian.

Die Gans, über einen halben Meter groß und gut genährt,
will heißen: kräftig, sah ihn aus roten Zorro-Augen unbe-
eindruckt an. Sie schnatterte leise.

Blaschek grinste, wie man nach einem plötzlichen Schreck
übersprungshandelnd so grinste, und sah wieder zu Sisu.
»Was haben Sie mich gerade gefragt?« Das Adrenalin hatte sein Kurzzeitgedächtnis gelöscht.

»Ob der Bomber zwischen zwanzig und vierzig ist und nicht-gesellschaftskonform aussieht?«

»Nein, dieser Kaiser ist bestimmt sechzig. Und was soll ›nicht-gesellschaftskonformes Äußeres‹ bedeuten?«

Sisus Schultern zuckten wieder.

Blascheks Schultern zuckten mit. Synchronschulterzucken al fresco. Bestimmt bald olympische Disziplin.

»Kaiser sieht aus wie ein ganz normaler Sechzigjähriger. Wenn man sich den Sprengstoffgürtel wegdenkt.«

Fabian schrie wieder. Die Gans zeigte ein ungewöhnlich großes Interesse an seiner Leistengegend. Sie pickte danach. Wenn sie nicht pickte, schnatterte sie. Es war kein verliebtes, mehr ein forderndes Schnattern. Da aber keiner der anwesenden Hominiden gänsisch sprach, war das auch keinem klar.

Sisu fehlinterpretierte das Verhalten der Gans und grinste anzüglich. Sie grinste nicht oft, jetzt aber schon. Ihr imponierten Frauen, die sich nahmen, was sie wollten. Falls das eine weibliche Gans war. Sisu kannte sich mit Vögeln nicht so aus. Also, mit Federträgern.

»Die mag dich«, rief Sisu.

»Weg mit dir!«, brüllte Fabian. Er zückte seine Waffe und hielt sie der Gans entgegen.

»Haben Sie etwas in der Hosentasche, das sie anzieht?«, erkundigte sich Blaschek. »So was wie Katzenminze, nur für Gänse?«

Fabian sah ihn genervt über seine Schulter hinweg an. »Ich pflege kein Gänsefutter mit mir herumzutragen!«

»Heute schon!« Sisu marschierte auf ihn zu und fasste ihm in die Hosentasche. Sie fischte den Keks heraus, den er im Archiv eingesteckt und dann vergessen hatte. Der Keks hatte sich längst in seine Krümelbestandteile aufgelöst. Die warf Sisu ins Gras, wo sie sofort freudig von der Gans aufgepickt wurden.

Fabian ließ seine Waffe sinken.

In diesem Moment knallte es!

Nicht einfach nur laut, sondern urknallmäßig dezibelstark. Alle duckten sich, auch Sisu.

Der Bombengürtel von Kaiser war doch keine Attrappe gewesen. Und die Wucht der Explosion legte Zeugnis von Kaisers Können als Sprengstoffexperte ab.

Gleich darauf segelten Bruchsteinstücke und Scherben und menschliche Überreste durch die Luft und landeten im Burggraben.

Mehrheitlich auf Fabian Messner.

BODYCOUNT: 14 ¼

Am Ende wird alles gut. Und wenn es nicht
gut ist, ist es nicht das Ende.

MORITZBURG, BURGGRABEN

Fabian Messner wusste, dass er tot war.

Er schwebte sacht, wie in Watte eingepackt, dem gleißenden Licht entgegen, das hoch über ihm leuchtete, ihn lockte, ihn zu sich zog. Er spürte keinen Schmerz, kein Bedauern. Es war ein gutes Leben gewesen – kurz zwar, aber doch mehrheitlich gut. Ob seine Großmutter ihn dort oben erwarten würde? Hoffentlich die mütterlicherseits, die andere war ein Besen gewesen.

»Omama«, flüsterte er mit seiner Dreijährigenstimme.

»Fabian«, rief eine Frauenstimme becircend, wie aus weiter Ferne.

Es war ein Moment purer Glückseligkeit. Eben noch in der Kälte der Welt, jetzt warm und wohlig eingehüllt. Als ob man in den Schoß der Mutter zurückkehrte, wissend, dass man alles Schlimme, alles Böse zurückließ. Ein bisschen fühlte er sich wie auf Droge. Seine neunzig Kilo Lebendgewicht waren von ihm abgefallen, die restlichen 23 Gramm Seele schwebten dem Himmel entgegen.

Und dann sah er Gottvater, umstrahlt von einem luminösen Heiligenschein. Weiße Haare, weißer Bart, ein Willkommenslächeln auf den Lippen.

Es stimmt also doch, dachte Fabian, am Ende wird alles,

alles gut. Er schloss die Augen und gab sich diesem Glücks-
gefühl ganz und gar hin.

»DAS DAUERT JA EWIG, KANN ICH IHM KEINE OHRFEI-
GE GEBEN? NUR EINEN KLEINEN KLAPS, ZUM AUFWA-
CHEN«, brüllte Sisu. Sie beugte sich über die Schulter von
Doktor Ranzinger, dem zuständigen Rechtsmediziner des
UKH.

Allen, die sich in unmittelbarer Nähe der Explosion aufge-
halten hatten, vibrierten immer noch die Trommelfelle. Und
was macht man, wenn man nichts hört? Man brüllt. Als ob
alle anderen ebenfalls taub wären. Was sie auch waren, nur
Ranzinger nicht, der saß zum Zeitpunkt der Explosion noch
in seinem Dienstwagen. Deswegen zuckte er unter Sisus Ge-
brüll zusammen.

»Ich kümmere mich um Ihren Kollegen«, sagte Ranzinger
mit all der Freundlichkeit, die ihm in diesem Moment möglich war. Ja, es war ein Klischee, aber er hasste die Lebenden, die waren immer lästig. »Sie sollten einen heißen, sü-
ßen Tee trinken, das beruhigt die Nerven.«

»WAS?«

Ranzinger guckte sie finster an. Sisu kannte diesen Blick –
sonst war sie es stets, die ihn einsetzte. Sie sah zu Fabian. Der
war nicht hinüber, nur ausgeknockt. Da ihr Mutterglucken-
instinkt nicht nur nicht ausgeprägt, sondern quasi nicht-
existent war, sah sie keine Veranlassung, hier noch länger
abzuhängen. »ICH SEHE MICH IM CAMPER UM. HALTEN
SIE MICH AUF DEM LAUFENDEN!«

Ranzinger nickte. Und brachte sogar ein unverbindliches
Lächeln zustande. Was Sisu gar nicht mehr mitbekam, sie
stieg bereits über die leblose Nilgans hinweg.

Der Bomber, dem erst mal keiner eine Träne nachweinte,

war nicht das einzige Opfer. Es hatte die verfressene Gans mit den Zorro-Augen erwischt. Sie lag neben einem besonders großen Mauerbruchstück. Einige ihrer Daunen umkränzten ihren Gänseschädel wie ein Heiligenschein. Aber wenigstens war sie happy, mit Kekskrümel im Schnabel, in die ewigen Schnattergründe übergegangen, dachte Sisu beim Drüberwegsteigen.

Die Detonation hatte nicht nur das Fenster, vor dem Kaiser mit seinem Bombengürtel bei der Entzündung gestanden hatte, in zigtausende Scherben zersplittert, sondern überdies ein Loch in die Außenmauer gerissen. Kaiser verstand sein Handwerk. Gott sei Dank waren die Kollegen und Kolleginnen weit genug entfernt gewesen. Und der Mediator am Telefon ja sowieso.

Fabian hatte ebenfalls Glück im Unglück. Ein paar Schürfwunden, ein paar blaue Flecke. Ranzinger tippte allenfalls auf eine leichte Gehirnerschütterung. Das würde sich problemlos feststellen lassen, sobald der Mann zu sich kam.

So konnte sich Ranzinger auf seine eigentliche Aufgabe konzentrieren: die Reste von Kaiser von Fabian zu klauben.

Sein Assistent hatte schon alles vorbereitet. Vorsichtig fasste Ranzinger mit beiden Gummihänden unter den Darm, der sich um Fabian geschlungen hatte, ruckelte ihn frei und legte ihn auf das Tablett.

Fabian schlug erneut die Augen auf. Die Scheinwerfer blendeten ihn. Es war mitten im Winter, die Dämmerung dräute, obwohl es noch Nachmittag war. Ohne künstliches Licht ging bei der Tatortsicherung nun nichts mehr.

»Bin ich im Himmel?« Fabian sah zu Ranzinger.

Ein gutes Zeichen, fand der Mediziner – sein Patient konnte beide Augäpfel koordinieren.

»Sind Sie Gott?«, hauchte Fabian.

Ranzinger war nicht methusalemisch alt, aber doch sichtlich um die sechzig und somit für Fabian ein Greis. Der weiße Haarschopf und der weißgrau gesprenkelte Bart taten ihr Übriges.

Damals, als Ranzinger Medizin studiert hatte, da gab es noch den einen oder anderen Chefarzt, der sich durchaus für einen Halbgott in Weiß gehalten hatte – oder wenigstens für Sauerbruch. Ihm lag das »Ja« nicht auf den Lippen.

»Nein, ich bin nicht Gott. Ich bin Doktor Ranzinger. Der Verdächtige hat sich in die Luft gesprengt. Sie wurden von einem Trümmerteil getroffen. Erinnern Sie sich?«

Fabian atmete enttäuscht aus. Er war also noch am Leben. Und verdammt, ja, er erinnerte sich. »Scheiße, die Bombe!« Er wollte sich aufrichten. Ranzingers Assistent drückte ihn sanft ins Gras zurück.

»Wie heißen Sie?«, fragte Ranzinger. Natürlich wusste er, dass Fabian Fabian hieß, aber er wollte herausfinden, ob das Mauerstück, das ihn ausgeknockt hatte, nicht nur eine Delle in den markanten Männerschädel gedrückt, sondern womöglich auch das Gehirn erschüttert hatte.

»Ich versteh's nicht ... warum hat er sich in die Luft gesprengt?« Fabian schaute grübelnd. Fast ein wenig fassungslos.

»Es ist müßig, sich als geistig Gesunder zu fragen, was in geistig Kranken vor sich geht«, dozierte Ranzinger. »Haben Sie Kopfschmerzen?«

Fabian fühlte in sich hinein. »Nein. Aber mir ist kalt.«

Die vor Ort anwesenden Sanitäter hatten ihn – aus Gründen – nicht in die alubeschichtete Wärmedecke hüllen können, und mit Anbruch der Dämmerung wurde es in Bodennähe empfindlich kalt.

Es sah gut für den Patienten aus, dachte Ranzinger. Er erinnerte sich an die Ereignisse kurz vor der Explosion, konnte sich flüssig artikulieren und hatte offenbar keine Kopfschmerzen.

»Wir sind gleich fertig«, versprach Ranzinger und beugte sich mit einer Pinzette über Fabians Brust.

Erst jetzt hob Fabian den Kopf und sah an sich herunter. »FUCK!«

Er wollte aufspringen und sich schütteln, wie man es eben machen will, wenn die Eingeweide von jemand anderem an einem kleben, aber aus dem sanften Druck des Assistenten wurde ein eiserner Griff. Fabian realisierte, dass es sich bei ihm mitnichten um einen verhuschten Medizinstudenten handelte, sondern um jemand, der regelmäßig Gewichte stemmte. Vermutlich regelmäßiger als er selbst, denn er hatte keine Chance gegen den Typ.

»Ich hab's sofort!«, versprach Ranzinger. Die Altmännerzunge lugte zwischen den schmalen Lippen hervor, während sich der Mediziner darauf konzentrierte, etwas von Fabians Hemd zu kratzen, was höchstwahrscheinlich einmal eine Gallenblase gewesen war.

»Kann ich mich nicht einfach ausziehen? Behalten Sie meine Sachen, die zieh ich eh nie wieder an.« Die Kälte war dem Ekel gewichen. Selbst die Aussicht, gleich im Adamskostüm dazustehen, war für Fabian erträglicher als … das hier. Als Ranzinger einen Teil des Darmes anhob, gab es ein flatschendes Geräusch. Fabian mutierte farblich wieder zum Frosch. Ihm war, als sei er in seinem schlimmsten Alptraum aufgewacht.

Sein Flehen ging bei Ranzinger links rein und rechts wieder raus. »Ganz ruhig, Herr Messner, gleich ist es vorbei«, sagte er automatisch.

Gleich ist allerdings ein dehnbarer Begriff. Für Fabian schien der Begriff der Ewigkeit neu definiert zu werden, während für Ranzinger gerade mal zwei, drei, maximal vier Sekunden vergingen.

»Das ist doch albern. Der Typ ist explodiert, das wissen Sie, auch ohne dass Sie alle Einzelteile einsammeln. Oder wollen Sie ihn wieder zusammensetzen?« Fabian wurde nicht oft muffig, aber das hier schien ihm der passende Moment für Muffigkeit zu sein. »Er hat zwölf Menschen umgebracht! Kann man den nicht einfach in den Kehricht fegen und gut?«

»Ah, ich sehe, es geht Ihnen gut.« Einsatzleiter Manfredi schaute vorbei. Er schien in der letzten halben Stunde um zehn Jahre gealtert zu sein. Oder vielleicht lag es auch am grellen Licht der Scheinwerfer, die Ranzinger hatte aufstellen lassen, damit sein Team selbst Klein- und Kleinstteile von Kaiser finden und sichern konnte.

»Gut geht anders!«, moserte Fabian. Ranzinger und Manfredi tauschten einen wissenden Blick aus – wer noch rumjammern konnte, war so schlimm nicht dran.

»Die Explosion hat uns alle ein wenig überrascht«, räumte Manfredi ein. »Glücklicherweise ging es glimpflich aus. Nur Kaiser ist tot.«

Und natürlich die Nilgans. Manfredi ging keineswegs leichtfertig über deren Tod hinweg – er war leidenschaftlicher Kleingärtner und züchtete auf seiner Datsche Hühner und Brieftauben. Aber er war Profi genug, um zu wissen, dass nicht jeder so sensibel auf das Ableben eines Gefiederträgers reagierte wie er. Manchmal war es einfach besser, wenn man nur die menschlichen Opfer betrauerte und bezüglich aller anderen die Klappe hielt. Manfredi erlaubte sich nichts weiter als einen verhaltenen Seufzer.

Die beiden überlebenden Nilgänse saßen auf der Burggrabenmauer und schnatterten. Vermutlich ein Abschiedsgruß für ihren gefallenen Kameraden.

Fabian war gedanklich noch woanders. »Gründe genug für einen Suizid gab es ja. Ein halbes Dutzend Leute bestialisch zu ermorden …«, fing er an.

»… zu ermorden und sich posthum an den Leichnamen zu vergehen«, unterbrach Ranzinger, der schon berufsbedingt immer sehr an Genauigkeit interessiert war. »Wir wissen noch nicht, wie genau die Männer zu Tode kamen, aber skalpiert und tätowiert wurden sie gesichert erst nach ihrem Ableben.«

»Ich persönlich bin keineswegs davon überzeugt, dass Kaiser der Täter war. Er drapiert neun Leichen in Berlin und vier bei uns und legt sich dann – vor Ort, wohlgemerkt – gemütlich in seinen Camper, um ein Schläfchen zu halten?« Manfredi guckte skeptisch.

»Genau das habe ich auch gesagt!« Fabian wollte sich automatisch wieder aufrichten, wurde aber vom Muskelprotz-Assi wieder ins Gras gedrückt. Und eigentlich war es ja Sisu gewesen, die an Kaiser als Täter gezweifelt hatte, aber er hatte innerlich natürlich mitgezweifelt.

»Ich frage mich auch, wie er all die Toten transportiert haben soll?«, warf Ranzinger ein. »Hochkant im Camper? Theoretisch möglich. Aber praktisch zu verwerfen, denn die Toten waren steifgefroren. Hätte er sie in seinem Camper transportiert, müssten sie schon viel weiter aufgetaut sein.«

Manfredi – dessen Gesicht wieder im Normalbetrieb lief – nickte. »Meine Leute überprüfen bereits, ob irgendwo ein Kühllaster entwendet wurde.«

Die Gänse schnatterten lauter.

»Aber wenn Kaiser mit den Morden nichts zu tun hatte, dann hatte er ja noch viel weniger einen Grund, sich umzubringen! Hat der Mediator nichts in Erfahrung bringen können?« Fabian, den das Gerede über tiefgefrorene Leichen und Kühllaster daran erinnerte, wie eisig es im Burggraben war, fing an zu zittern. Sein Kopf funktionierte jedoch noch einwandfrei. »Vielleicht war er nicht der Täter, aber ein Mitwisser. Oder sogar ein *Enabler*.«

Fabian erinnerte sich trotz Bibberns deutlich an seine Ausbildung und an sogenannte Enabler, also Möglichmacher, die die Täter anfeuerten, unterstützten, deckten. Für die Morde selbst reichte ihr Mut nicht, aber das war ja nicht nötig, dafür hatten sie den Täter, den sie durch ihr Verhalten immer weiter anstachelten. Das gab ihnen den Kick. Im wirklichen Leben war er so jemandem noch nicht begegnet, aber dieser Kaiser böte sich für die Rolle an.

»Der Mediator meinte, dass Kaiser gewaltige Schuldgefühle mit sich herumschleppte. Er tippte auf einen Tabu-Bruch«, sagte Manfredi. »Ich will nicht gefühllos klingen, aber Mord wird gemeinhin nicht als Tabu betrachtet. Da muss irgendetwas Schlimmeres dahinterstecken.«

In Fabian dachte es nach. Plötzlich schien die sprichwörtliche LED-Leuchte über seinem Kopf aufzustrahlen. »Ha, ich hab's!«, rief er.

Er rief es eigentlich gar nicht so laut, aber offenbar laut genug, um die tote Gans vom Ufer des Styx zurückzuholen, wie Orpheus seine Eurydike. Schiefes Bild. Die Gans war nie tot gewesen, nur in Schockstarre. Bewusstlosigkeit durch detonationswellenbedingten Schreck.

Jetzt erwachte sie leise schnatternd zu neuem Leben. Ihre Gefährten flatterten zu ihr. Daunenfedern flogen auf. Gänsehälse wogten. Es war eine anrührende Szene für alle Beobachter. Es beobachtete nur niemand.

Auch Fabian interessierte diese wundersame Wiederauferstehung nicht. Er sinnierte laut: »Vielleicht hat er sich einen runtergeholt, während er die Leichen tätowiert hat. Wie nennt man das gleich wieder? Wenn man gern Sex mit Toten hat?«

»Nekrophilie«, offerierte Ranzinger. »Möglich wäre es. Ich werde bei der Obduktion auf Spermaspuren achten.«

Manfredi schüttelte den Kopf. »Ehrlich, es gibt einfach zu viele Perverse da draußen«, brummte er. Die Leute wären weniger verrückt, wenn sie mehr Hühner und Brieftauben züchten würden, dachte er. Er sah zu den Gänsen und freute sich mit.

Fabian lächelte zufrieden. Er hatte seinen Teil zur Aufklärung beigetragen. Jetzt wollte er nur noch schlafen.

»He, wach bleiben«, sagte Ranzinger, und sein Assistent ruckelte an Fabians Schulter.

»Sie haben hier ja alles im Griff, ich sehe mal, was die Durchsuchung des Campers ergeben hat.« Manfredi wollte gerade gehen, da tauchte Sisu wieder auf.

Es war nicht ihre Art, fröhlich zu strahlen. Und das war im Grunde auch nicht der Moment, in dem fröhliches Strahlen angemessen gewesen wäre. Aber als sie jetzt auf die Männer zukam, waren ihre normalerweise bügelbrettgeraden

Lippen in den Mundwinkeln doch mikroskopisch leicht nach oben gezogen. »DER TYP WAR NICHT DER MÖR-DER!«, brüllte sie.

Die wiedervereinten Nilgänse flogen davon.

Sisu hob triumphierend eine Beweismitteltüte mit Polaroid-fotos hoch. »ES GIBT JETZT EINEN PÄDOPHILEN WENI-GER AUF DIESER WELT!«

Das *HOSSA* verkniff sie sich. Es schwang aber mit.

BODYCOUNT: 14
(DIE NILGANS WURDE
WIEDER ABGEZOGEN)

Läuft!
Zwar rückwärts und bergab,
aber es läuft!

BERLIN,
EINSATZZENTRALE SOKO
TÄTOWIERER

»Der wahre Mörder ist Ihnen entwischt, aber dank Ihnen gibt es jetzt einen Pädophilen weniger?«

Das hätte durchaus begeisterter klingen können, fand Sisu. Aber andererseits strichen Fabian und sie hier unverdiente Lorbeeren ein. Kinderschänder Kaiser war ja nicht wegen ihnen tot. Er hätte sich so oder so in die Luft gesprengt: wegen schlechten Gewissens oder hypernervösen Auslösefingers.

Es war nach Mitternacht. In der ersten heißen Phase hatten Ermittler niemals Acht-Stunden-Tage. Kinski zwar normalerweise schon, aber für ihn ging es ja immer noch um alles. Es ging sogar um mehr als alles. In seinem Eifer, sich als beförderungswürdiger Kandidat zu profilieren, hatte er am frühen Abend eine Pressekonferenz abgehalten und dort vollmundig erklärt, der Täter, der in Berlin und Halle dreizehn Menschen auf abartige Weise zu Tode gebracht habe, sei so gut wie gefasst. Seine Freude darüber, dass es jetzt einen Pädophilen weniger gab, hielt sich daher in Grenzen.

Kinski hatte Besprechungsraum eins für »seine« *SoKo Täto-*

wierer requiriert. Das war nicht nur der größte und luftigste Raum, es war auch der einzige mit einer eigenen Kaffeestation.

Nicht einmal sein Sekretär Ingo hätte sagen können, den wievielten Espresso Kinski gerade kippte, aber es waren definitiv zwei über zu viel.

»Die ganze Aktion war nichts weiter als ein Schlag ins Wasser!«, brummte er finster.

Sisu fand das keineswegs. Die Anwesenheit von Kaiser am Auffundort der Leichen war reiner Zufall gewesen und für die Ermittlungen nicht relevant. Aber unterm Strich stimmte das Ergebnis so für sie: Kaiser war tot, und die Kinder dieser Welt waren einen Ticken sicherer.

»Immerhin ein Kinderschänder weniger«, widersprach Sisu Kinskis Ansicht.

Fabian neben ihr schnatterte nur. Ihm war immer noch kalt, obwohl er in den Umkleideräumen in der Polizei-Inspektion Halle ewig lange heiß geduscht und unterwegs im Zug eine heiße – na ja, lauwarme – Schokolade nach der anderen gekippt hatte. Jetzt stand er in den beiden Sweatshirts, der Jogginghose und dem Paar Sneakern neben Sisu, die er sich von den Kollegen in Halle ausgeliehen hatte. Seine Sachen, inklusive Unterwäsche und Loafern, waren in die Rechtsmedizin gewandert, falls doch noch ein Fingernagel oder Ähnliches von Kaiser an ihnen klebte. Weil er keine Unterwäsche trug – wer lieh sich schon Unterwäsche aus? –, rutschte ihm die Jogginghose jedes Mal, wenn er sich bewegte, in die Ritze. Irgendwann war er es leid, sie wieder herauszuklamüsern. Ein Umstand, den die eine oder der andere im Besprechungsraum durchaus zu schätzen wusste.

»Wollen Sie mit dieser Nebensächlichkeit die Tatsache schönreden, dass Sie sich einen Ausflug aufs Land gegönnt haben?«, röhrte Kinski. Die Espressi wirkten auf sein ohnehin cholerisches Naturell wie Brandbeschleuniger.

Die Anweisung, sich sofort nach Halle zu begeben, damit im Falle einer Ingewahrsamnehmung des Täters auch seine eigenen Leute dabei waren, hatte Kinski höchstselbst erteilt, aber weder Fabian noch Sisu schien es eine gute Idee, ihn jetzt darauf hinzuweisen.

»Es war aus guten Gründen davon auszugehen, dass die Kollegen in Halle unseren Tatverdächtigen gestellt hatten«, sagte Sisu. Sie war zu müde, um aggressiv zu reagieren. Sie brüllte auch nicht mehr, weil es zwar immer noch leise in ihren Ohren rauschte, aber das tinnitöse Trommelfellvibrieren war verklungen.

Kinski tigerte vor der Magnetwand auf und ab, an der eigentlich Tatortfotos hängen sollten, an der sich aber nur die Wochenspeisekarte der Polizeikantine befand.

»Warum sind die Stellwände noch leer?«, blaffte er seinen Sekretär an. »Ich will hier Tatortfotos sehen! Listen mit den Namen Verdächtiger! Querverweise!«

Ingo Grabowski, dem nichts davon vorlag, nahm die Speisekarte ab und ersetzte sie durch zwei Polaroid-Gruppenbilder von Mitgliedern der SoKo.

»Dann haben wir also nach einem Tag nichts weiter vorzuweisen als einen toten Pädophilen, der mit unserem Fall absolut nichts zu tun hat? Wo doch die ersten vierundzwanzig Stunden einer Ermittlung die wichtigsten sind!« Kinski redete sich in Rage. »Wir sind hier nicht in einer Kita-Spielgruppe. Ich erwarte Ergebnisse! Oder wenigstens Vermutungen!«

»Also …«, meldete sich Fabian zu Wort.

Kinski schaute überrascht zu ihm. Sein Blick sprach Bände. *Es lebt!*

Fabian war auf der Rückfahrt und bis jetzt mit Frieren beschäftigt gewesen. Nach der langen Zeit des Liegens im eisigen Burggraben hatte er eine Ahnung, wie sich die tiefgefrorenen Leichen fühlen mussten. Nur dass die den Vorteil hatten, schon tot zu sein und somit mutmaßlich temperaturneutral.

Nicht nur Fabians Hirn war flächendeckend auf Eis gelegt, auch sein Sprachzentrum. Aber jetzt erwachte er zu neuem Leben. Er sah zu Sisu.

Die legte den Kopf schräg.

»Also … wir wissen doch, dass eigentlich nur ein Kollege genügend Insiderwissen haben konnte, um die Tätowierermorde so detailgetreu nachzuahmen …«, fuhr Fabian fort, noch ein wenig stockend und verbal grobmotorisch. »Und wir haben einen Kollegen getroffen, der in Berlin wohnt und in Halle arbeitet.«

Sisu trat demonstrativ einen Schritt zur Seite. Sie zog ihr Handy heraus und tat beschäftigt. Wenn es etwas gab, womit sie nichts zu tun haben wollte, dann war das Kollegendiffamierung.

Fabian schaute sich unsicher um. »Ich will niemandem ans Bein pinkeln, ich meine ja nur. Wenn die Möglichkeit besteht, dass es einer von uns war, müssen wir uns dem stellen, oder?« Er gehörte zu der Generation junger Polizisten, die ganz bewusst den alten Mief vertreiben wollten. Bei Vertuschungen würde er nicht mitmachen. »Ich beschuldige den Kollegen Manfredi nicht, aber er pendelt zwischen Berlin und Halle. Das hat er uns selbst gesagt. Es ist doch nur zu seinem Besten, wenn wir feststellen, wo er heute Nacht war. Und ob er sich in letzter Zeit im Cold-Case-Archiv die Akten des Tätowierers angesehen haben könnte.«

Fabian guckte fast ein bisschen trotzig.

Sisu steckte ihr Handy weg und schüttelte den Kopf.

»Sie beschuldigen den Einsatzleiter aus Halle?«, stellte Kinski klar, nur für den Fall, dass es noch mehr Manfredis geben sollte.

»Wenn wir zügig ausschließen können, dass er es war, dann ist das doch nur von Vorteil!« Fabian verschränkte die Arme. Das Adrenalin in seinen Adern sorgte dafür, dass es ihm jetzt nicht mehr eiskalt war, nur noch kalt.

Es war jetzt totenstill im Besprechungsraum.

In die Stille hinein klingelte ein Telefon. Kinskis Sekretär Ingo nahm ab.

»Hören Sie mir mal zu, Herr Messner …«, fing Kinski an. Er baute sich vor Fabian auf. Sein Atem ging kurz und abgehackt, wie bei einem Maikäfer, der pumpt, bevor er losfliegt. »Hier einfach den Namen eines verdienten Kollegen auszuposaunen …«

Kinski hatte eben noch verlangt, dass man ihm – wenn schon keine Ergebnisse, dann wenigstens Vermutungen mitzuteilen habe. Aber was interessierte ihn, was er vor fünf Minuten gesagt hatte. »Ich lasse nicht zu …!«, röhrte er, aber da rief Sekretär Ingo: »Chef!«

»Jetzt nicht!«, bellte Kinski, der es immer hasste, unterbrochen zu werden, aber noch mehr, wenn er zu einer Tirade ansetzen wollte.

»Ich habe Hamburg am Apparat«, fuhr der Sekretär ungerührt fort. Seine Versetzung war bewilligt worden – ab dem nächsten Ersten diente er einem anderen Herrn und Meister. Es kratzte ihn daher nicht länger, was Kinski von ihm dachte. »Die Kollegen sagen, sie haben auch zwei tätowierte Tote in Plastik!«

BODYCOUNT: 16

Zähl keine Kalorien, zähl deine Orgasmen!

BERLIN, MOTZSTRASSE

»Fabian, verdammt! Mach auf, wir sind spät dran!«
Keine sechs Stunden später donnerte Sisu mit der Faust an die Wohnungstür von Fabian. Ihr Geduldsfaden war längst gerissen: Sie hatte unten an der Haustür geklingelt, hatte versucht, ihn auf dem Handy zu erreichen, aber das war ausgeschaltet, hatte – als einer der Mieter zur Arbeit eilte – das Haus betreten und stand nun vor seiner Tür. Die Zeit des höflichen Klingelns war vorüber. Ihre Faust kam wieder schwer auf dem Holz auf.

Sie hatte ihn erst ein einziges Mal in seiner Wohnung besucht, aber immerhin wusste sie, dass es sich um eine Ein-Zimmer-Butze handelte. Das ehemalige »Mädchenzimmer« im obersten Stock eines Jugendstilbaus in Kudamm-Nähe. Nur deswegen konnte er sich diese Adresse überhaupt leisten, weil sein urbanes Apartment nichts weiter war als ein schlecht isoliertes Wohn-Klo. Ihr Klopfen müsste ihn eigentlich aus seinem Klappbett katapultieren.

»FABIAN!«, röhrte sie.

»Ist ja gut, ich bin ja schon da. Mach nicht so einen Lärm!«
Hinter Sisu ging eine Tür auf. Fabian kam mit verwuschelten Haaren heraus. Er war splitterfasernackt. Die Sneakers und den Jogginganzug von gestern hielt er in den Händen. Eine Frau, die selbst im Bettlaken eine enorm elegante Erscheinung war, wie eine römische Senatorin in Toga, hauchte

Fabian einen Kuss auf die Wange. »Pass auf dich auf«, gurrte sie und schloss die Tür hinter ihm.

Fabian ging an Sisu vorbei in seine Wohnung. Die Tür war nicht abgeschlossen. Es gab bei ihm nichts, was einen Einbrecher interessieren könnte. Im Gegenteil, potenzielle Einbrecher würden wahrscheinlich einen Mitleids-Hunni auf seiner durchgesessenen Aufklappcouch deponieren. Zusammen mit einem Zettel: »Kauf dir was Ordentliches davon.«

Sisu folgte Fabian in die gute Stube, die daraufhin voll war. »Das glaube ich einfach nicht. Du hast gerade mal fünf Stunden, um zu schlafen, und die verbringst du mit Matratzengymnastik?«

Fabian schlüpfte in neue Boxershorts. Mit Comicaufdruck. Sisu kannte sich nicht so aus, aber das Motiv war definitiv ein Superheld. Batman. Oder Ironman. Oder Pacman.

»Ich habe Julia im Treppenhaus getroffen, als ich nach Hause kam, und sie meinte, ich würde aussehen, als ob ich ein heißes Bad gebrauchen könnte, und ich sagte, dass ich leider nur eine Dusche habe, und da hat sie mich in ihre Wanne eingeladen.«

»Ich wusste gar nicht, dass du eine Affäre mit deiner Nachbarin hast.«

»Hab ich nicht. Wir kannten uns nur vom Sehen.«

Sisu schüttelte nur den Kopf. »Ich glaub's einfach nicht.«

»Willkommen in meinem Leben.« Er meinte das nicht prahlerisch oder überheblich. So sah sein Alltag wirklich aus. Es war ein bisschen erschöpfend. Nicht zum ersten Mal überlegte er, ob er sich zur Ruhe setzen und eine Familie gründen sollte. Irgendwo, wo's keine Leichen gab.

»Du weißt schon, dass du auch nein sagen kannst.«

»Das sagt die Richtige.« Fabian grinste. Seine Garderobe

bestand aus Jeans und Shirts, da fiel die Entscheidung, was er heute anziehen sollte, nicht schwer. Folglich stand er gleich darauf angezogen vor ihr. »Wollen wir?«

Sisu lebte ebenso bescheiden wie Fabian, nur in einem sehr viel günstigeren Teil von Berlin. Ihr Gehalt floss fast in Gänze in die große Liebe ihres Lebens – ihren gepimpten, silbergrauen Matra-Simca Bagheera, gebraucht aus vierter Hand. Mit ihrem Onkel Ufuk hatte sie den schnittigen Oldtimer zu neuer Höchstleistung geschraubt. Oder, wie Spötter meinten, überhaupt zu Leistung.

Und in ihm düsten sie und Fabian nach Hamburg. Mit kurzem Zwischenstopp an der Raststätte Linumer Bruch, wo Sisu tankte und Fabian sich einen Frühstücks-Burger im Stehen reinzog, weil man in Sisus Auto nicht essen durfte. Der Bagheera war krümelfreie Zone. Immerhin erlaubte sie ihm, mit einem Coffee to go einzusteigen.

In Rekordzeit – wo es keine Geschwindigkeitsbegrenzung gab, fuhr Sisu grundsätzlich am Anschlag – bogen sie auf den Besucher-Parkplatz vor der Hamburger Mordkommission.

Der Kollege, der gestern spätabends angerufen hatte, erwartete sie bereits am Empfang. Ebenso unausgeschlafen wie sie, was man ihm allerdings deutlicher ansah.

»Schröder. Lucas Schröder. Gern einfach Lucas. Mit C. Hallo.«

Er war ein stämmiger Zweimeter-Mann in zerknittertem Polohemd und mit blonder Undercut-Frisur, die allerdings dringend nachgeschnitten gehörte. Statt eines Handschlags winkte er nur unbeholfen. Eine niedliche Geste für einen Kerl, der so wuchtig wirkte wie ein Wikingerhäuptling. Seiner Nase nach zu schließen, war er ein Ex-Boxer.

»Sisu«, sagte Sisu und nickte in Richtung Fabian. »Fabian.«
Schröder führte sie, nachdem sie sich am Empfang ausgewiesen und eingetragen hatten, direkt zur Einsatzzentrale
der hiesigen *SoKo Tätowierer*.

Kinski hatte es enorm gefuchst, dass die hiesige Sonder-
einsatzkommission ebenfalls *Tätowierer* hieß. Und dass deren Leichen noch vor seinen abgelegt worden waren. Letzteres empfand er als persönlichen Affront durch den Mörder.
Wenn schon spektakuläre Morde, dann doch bitte schön
als Erstes bei Kinski vor der Haustür. Immerhin hatte Kinski mit seinem Hamburger Pendant noch in der Nacht ausgehandelt, dass ihre SoKos zusammenarbeiten würden und
Sisu und Fabian sich in die Hamburger Ermittlungen ein-
klinken durften.

»Ein Ruderer hat unsere beiden vorgestern Abend entdeckt.
An der Anlegestelle vor einem geschlossenen Café an der
Außenalster«, erzählte Schröder im Gehen.

Sie betraten ein Großraumbüro.

»Moin!«, rief Fabian, der seine Mehrsprachigkeit unter Beweis stellen wollte.

Die Kolleginnen und Kollegen nickten ihm und Sisu zu. In
der Einsatzzentrale der hiesigen SoKo ging es ebenso hektisch zu wie in Berlin. Allerdings hatten die Magnetwände
hier mehr zu bieten als eine Kantinenspeisekarte und Er-
innerungsfotos an Workshopteilnahmen. Man sah unzählige Fotos von zwei im Wasser dümpelnden Plastikleichen,
alle aus unterschiedlichen Perspektiven. Ein Foto war sogar künstlerisch wertvoll – die Leichen im Vordergrund, dahinter die Außenalster bei Sonnenuntergang, gesprenkelt
mit kleineren und größeren Booten.

Sisu kannte die Außenalster. Wenn sie ihre Lieblingstante

in Hamburg besuchte, die als Hausdame in der Prachtvilla einer reichen Hanseatenfamilie arbeitete und dort eine kleine Einliegerwohnung hatte, pflegte sie täglich dreimal um die Außenalster zu joggen. Schönste Joggingstrecke der Welt. Mit Ausnahme ihrer eigenen Hausstrecke, versteht sich, rund um den Schlachtensee.

»Wie kann man unbeobachtet zwei Leichen an der Außenalster ablegen? Da herrscht doch immer ein Heidenbetrieb«, fragte sie jetzt.

Schröder zwinkerte ihr zu und zielte, die Hand wie zur Waffe geformt, mit dem Zeigefinger auf sie. »Volltreffer!«

Er ging zu einem der Computer – sehr viel neuere Modelle als ihre in Berlin, wie Fabian auffiel – und rief eine Zeugenaussage auf. »Das Café wird gerade umgebaut, darum ist da momentan niemand. Allerdings hat der Pächter massive Zahlungsschwierigkeiten, darum hat die Firma, die den Umbau macht, die Arbeiten vor sechs Wochen eingestellt. Ergo sind da nicht einmal Arbeiter. Dennoch hat eine Anwohnerin am fraglichen Tag einen Lastwagen gesehen. Sie dachte, der Umbau würde endlich weitergehen und der Dreck durch die Baustelle hätte ein Ende. Deswegen fiel ihr der Laster besonders auf.« Er sah sich auf seinem Schreibtisch um. Ein Kollege schob ihm ein Foto entgegen. »Ja, genau das hab ich gesucht. Danke, Herbert. Die Zeugin hat uns den Laster beschrieben. Es war möglicherweise dieses Modell hier.« Man sah einen relativ großen, weißen Kühllaster mit einem wulstigen Kühlaggregat über der Fahrerkabine. »Sie sagt, die Aufschrift auf dem Kühllaster sei merkwürdig gewesen. Sie hat den Begriff *Buchstabensalat* verwendet.«

»Wir vermuten daher, dass der Laster aus Polen oder Russland stammen könnte«, meldete sich Kollege Herbert vom Nachbarschreibtisch. »Ein entsprechender Fahndungsaufruf ist raus.«

»Wobei der oder die Täter den Wagen natürlich umlackiert haben könnten, um uns auf eine falsche Fährte zu locken«, wandte Schröder ein.

Auf einem Beistelltisch neben der größten Magnetwand standen mehrere Teller mit Franzbrötchen und zwei riesige Warmhaltekannen. »Darf ich?«, fragte Fabian, dessen Stoffwechsel regelmäßige Nahrungszufuhr erforderte.

»Klar, gern. Ich muss auch immer darauf achten, nicht in den Unterzucker zu kommen«, sagte Lucas Schröder und langte beherzt zu. »Für Sie auch was?« Er sah zu Sisu.

Die schüttelte den Kopf. Sie brauchte ihr Blut nicht im Verdauungstrakt, sondern im Gehirn. Sisu studierte bereits die Fotos von den Leichen an der Magnetwand. Auf den ersten Blick identisch mit denen in Berlin und Halle, aber irgendetwas störte sie …

»Ist Ihnen was aufgefallen?«, fragte Schröder mit Hamsterbacken, in denen sich angekaute Franzbrötchenreste befanden. Er stellte sich neben sie.

Sisu, die sich standhaft der Erkenntnis verweigerte, dass sie eine Lesebrille brauchen könnte, klebte mit der Nase fast an einem der Fotos. »Gibt es Detailaufnahmen von den Tätowierungen?«

»Äh, ja.« Schröder wühlte auf seinem Schreibtisch.

Fabian hatte sich quasi per Osmose schon ein Franzbrötchen einverleibt und trat jetzt mit einem Becher Kaffee neben sie. »Dir ist was aufgefallen?«, fragte auch er, was Sisu total nervte, weil es überrascht klang. Wenn wem in ihrem Zweierteam etwas auffiel, dann immer ihr!

Sisu erwiderte darauf aber nichts, sondern schnaubte nur und riss Schröder das Foto, das er ihr anreichte, aus der Hand. Man sah darauf eine der Leichen. Die Plastikhülle war bis zum Bauchnabel aufgeschnitten. Der Fotograf hatte sich an den Brustkorb herangezoomt, und die Tätowierungen waren deutlich zu erkennen.

Fabian nickte. »Yep, wie bei unseren Toten. Dasselbe Kinderlied. *Es tanzt ein Bi-ba-Butzemann.*«

»Stimmt, derselbe Text.« Sisu lächelte nicht, auch nicht in Momenten des Triumphs, so wie jetzt. Dabei hätte sie allen Grund dazu gehabt. »Derselbe Text, aber eine andere Handschrift!«

Im Leben geht es stets um die Balance –
zwischen Gut und Böse, Hell und Dunkel,
Gin und Tonic!

HAMBURG,
RECHTSMEDIZINISCHES INSTITUT

»Ich fress einen Besen, Sie haben recht!«
Doktor Hansen nickte Sisu anerkennend zu.
Sie befanden sich im rechtsmedizinischen Institut in Eppendorf. Vor ihnen lag eine der beiden Leichen. Sisu hielt ihr Handy mit dem Foto, das Doktor Kinzig ihr geschickt hatte, neben den Brustkorb des Toten. Sie wischte über das Display und zeigte das Foto, das sie von Doktor Ranzinger aus Halle bekommen hatte. »Berlin und Halle, absolute Schönschrift. Der hier ... krakelig, schief, unkonzentriert.«
»Vielleicht hat der Mörder an denen hier nur geübt?« Fabian stand etwas weiter weg. Er vermisste seine Eukalyptussalbe. Und außerdem war die zweite Leiche auf dem danebenstehenden Seziertisch bereits an-obduziert. Der Brustraum klaffte weit auf. Er wünschte sich, er hätte auf Unterwegs-Burger und -Franzbrötchen verzichtet. Beide stritten gerade in ihm darum, wer als Erstes hochkommen durfte.
»Das sieht mir sehr nach einem zweiten Tätowierer aus. Es ist eine völlig andere Handschrift.« Doktor Hansen – für Sisu der dritte Rechtsmediziner innerhalb von 24 Stunden – stellte deutlich unter Beweis, wie unterschiedlich Menschen sein konnten, die für ihr täglich Brot freiwillig Leichen auf-

schnitten. Er hier sah aus wie ein Rockstar, mit langen Haaren, die jetzt allerdings von einem Haarnetz gebändigt wurden, in Cowboystiefeln mit versilberten Spitzen, außerdem mit unzähligen Piercings und vermutlich mehr Tattoos als die beiden Toten auf den Seziertischen.

»Bingo!«, rief Schröder, der neben Fabian auf den billigen Plätzen ganz hinten stand, weil in ihm das Herz eines Hütehundes schlug, und wenn sich einer von der Herde entfernte, trieb es ihn automatisch hinterher. Jetzt machte er einen Schritt nach vorn, weil er natürlich auch gern die Vergleichsfotos sehen wollte, aber dann hörte er, wie Fabian schwer schluckte. Er tippte auf ekelbedingte Dehydration. Sofort nahm er den Schritt wieder zurück und raunte Fabian zu: »Ich weiß, wo hier der nächste Getränkeautomat steht. Wie wär's mit einer Cola?«

Fabian ließ sich zur Tränke führen.

»Der Arme«, sagte Doktor Hansen und sah ihnen nach.

»Nur kein Mitleid zeigen. Wenn einer zur Mordkommission geht, dann muss er Leichen abkönnen.« Sisu mochte ihren Partner – mehr, als sie zeigte –, aber Mitgefühl hatte sie keines.

»Was? O nein, ich meine nicht Ihren Herrn Messner.« Doktor Hansen beugte sich zu Sisu und flüsterte ihr leise – als ob die Toten mithören könnten – ins Ohr: »Herr Schröder wurde von seiner Frau verlassen. Ist noch keinen Monat her. Kurz vor Weihnachten. Sie hat die Kinder mitgenommen. Waren ja ohnehin nicht seine eigenen. Alles Beutekinder aus ihrer ersten Ehe. Aber das hat ihn sichtlich mitgenommen. Er hat sich über den Jahreswechsel ein paar Tage Sonderurlaub geben lassen. Wenn Sie mich fragen, bräuchte er noch deutlich mehr Zeit.«

Sisu zuckte nur mit den Schultern. »Arbeit lenkt ab. Tut ihm bestimmt gut, hier zu sein.« Eigentlich hatte sie immer gedacht, dass die Hanseaten zurückhaltender seien, was Klatsch und Tratsch unter Kollegen anging. Aber offenbar nicht. Und immer waren es die Männer, die sich als die größten Klatschbasen erwiesen. Und baumstarke Kerle wie dieser Schröder waren in aller Regel Sensibelchen. Die Welt war eine einzige Anhäufung von Klischees.

»Übrigens«, ergänzte Sisu, »halten Sie Ausschau nach Drogen.«

»Die Blutuntersuchung erfolgt in der Toxikologie.«

»Ich korrigiere mich – halten Sie Ausschau nach Drogen in einem Kondom.«

»Ah, verstehe.« Doktor Hansen – dessen optisch herausragendstes Merkmal der ausgeprägte Haarwirbel auf seinem Scheitel war, der ihn aussehen ließ, als tobte gerade tropischer Wirbelsturm über seinen Kopf – wollte noch etwas sagen, aber da kam Schröder zurück. Fabian blieb draußen. Man sah ihn durch die Scheibe in der Tür an seiner Dose nuckeln.

Schröder stellte sich neben Sisu. »Hab ich was verpasst?«

Er klang so niedlich-neugierig wie ein Vierjähriger, trotz Boxernase, Undercut und Bizeps. Bestimmt war sein Krafttier ein Nacktmull, der ihn in den Arm nahm und knuddelte, wenn er es brauchte.

Doc Hansen griff nach einer oszillierenden Autopsiesäge. »Nein, Sie kommen gerade richtig!« Er setzte die Säge an.

Vor der Tür zum Labor hörte man ein dumpfes Geräusch. Als Hansen, Sisu und Schröder zur Scheibe sahen, war das Gesicht von Fabian verschwunden …

Meine Definition von Glück?
Keine Termine und leicht einen
in der Krone haben.

HAMBURG, EINSATZZENTRALE SOKO TÄTOWIERER

»Ich bin nicht in Ohnmacht gefallen. Ich habe nur hin und wieder Kreislaufprobleme, wenn ich zu wenig esse.« Schröder nickte. Das kannte er aus eigener Erfahrung. Sisu schüttelte dagegen nur den Kopf. Sie wies Fabian aber nicht darauf hin, dass er zwei Frühstücke, einen gesüßten Kaffee und eine Cola intus hatte. Nun ja, eine halbe Cola. Der Rest der Dose zierte jetzt als brauner Fleck sein T-Shirt.

Schröder hatte jeweils ein Detailfoto von den Tattoos aller 15 Toten ausdrucken und sie Seite an Seite an die Magnetwand pinnen lassen.

»Hier links unsere beiden. Krakelig, Dann eure. Schönschrift. Dann die vier aus Halle. Ebenfalls Schönschrift.« Er drehte sich zu Sisu und Fabian um. »Haben wir es nur mit einem Täter zu tun, der erst üben musste, bevor er zur Höchstform auflief? Unwahrscheinlich.«

Sisu, die am Schreibtisch lehnte, nickte. »Ich gehe von zwei Tätern aus. Sind in den beiden Akten vom Original-Tätowierer auch Fotos?« Sie sah zu Fabian, der wie ein trotziges Kind breitbeinig auf dem Schreibtischstuhl saß.

»Schau selber nach. Sind in meiner Messenger-Bag. Und das war nur eine ganz dumme Koinzidenz, dass mein Kreislauf genau in dem Moment gestreikt hat, wo Hansen zur Säge griff.«

»Klaro.« Sisu fischte eine der beiden Akten aus Fabians Umhängetasche. Gleich darauf hatte sie eine alte Farbaufnahme gefunden, die sie an Schröder weiterreichte. Er pinnte sie ebenfalls an die Wand.

»Hm … ich habe noch nie jemanden tätowiert. Wie genau kann man mit der Nadel schreiben?«

»Sehr genau«, erklärte Sisu, die das aber nicht weiter ausführte. Sie hatte sich den Namen ihrer ersten großen Liebe in ihre linke Pobacke stechen lassen. Aus den Buchstaben hatte, exakt zwölf Monate später, ein begnadet guter Tätowierer ein sehr ansprechendes Mandala gemacht. Und Sisu war nicht nur von dem Glauben an die ewige Liebe geheilt, sondern auch von dem Wunsch, aus den Namen ihrer Lover Körperverzierungen zu machen.

Das Telefon des eilfertigen Kollegen am Nachbarschreibtisch klingelte. »Euer Graphologe ist da«, verkündete er. »Ich hole ihn am Empfang ab.«

Gleich darauf kam er mit einem sehr alten, sehr klapprigen Herrn in einem altmodischen, maßgeschneiderten Tweedanzug zurück. Trotz seines Alters blitzten seine Augen wach und vergnügt.

»Guten Tag, Schön«, sagte er mit brüchiger Alterstremorstimme. »Was für eine Freude, wieder einmal beratend tätig werden zu dürfen. Das hat mir gefehlt.«

»Sicher schon Jahre. Oder Jahrzehnte?« Schröder schüttelte dem Greis vorsichtig die Hand. Er hatte Sorge, die fragilen Altmännerhände zu zerquetschen. Aber der Griff des Alten war alles andere als fischig. Wenn überhaupt, dann hai-fischig.

»Knapp daneben. Es war im letzten November. Also vor drei Monaten.«

»Tatsächlich? Wer schreibt denn heute noch von Hand?« Sisu staunte.

»Menschen, die sich Notizen machen. Graffiti-Künstler. Und offenbar auch Ihr Mörder.« Schön zog ein Vergrößerungsglas aus einer der Tweedanzugtaschen und vertiefte sich in die Fotos an der Magnetwand. »Schön, sehr schön.« Sisu und Schröder tauschten einen Blick. Hieß der jetzt Schön oder fand er nur alles schön? Fabian schmollte noch. Der Kollege vom Nachbarschreibtisch hatte sich in die Kaffeepause verabschiedet.

Schröder bot auch dem Graphologen ein Heißgetränk an, aber der lehnte ab. Er stand vor der Magnetwand wie ein Jagdhund vor dem Dachsbau. Hätte er ein kupiertes Schwänzchen gehabt, er hätte damit gewedelt.

»Und?«, fragte Sisu ungeduldig. »Womit haben wir es zu tun? Mit einem Täter oder mit zweien?« Sie ging insgesamt von drei Tätern aus – dem Original-Tätowierer und zwei heutigen Nachahmern – Opa, Sohn und Enkel, eine Tätowiererdynastie –, aber sie wollte dem Graphologen keine Steilvorlage liefern. Der sollte für sein Beraterhonorar ruhig etwas tun.

Schön drehte sich um. Weil er das so wackelig tat, fuhr Schröder automatisch die Arme aus, um ihn gegebenenfalls aufzufangen. Schröder fand, dass er karmatechnisch noch was gutzumachen hatte, nachdem er bei Fabians Ohnmachtsanfall versagt hatte.

Aber Schön tat ihm nicht den Gefallen. Er behielt das Gleichgewicht, zog ein Brillenputztuch aus einer der anderen Tweedanzugtaschen und putzte damit sein Vergrößerungsglas. »Sie wissen, dass ich damals dabei war?«

Sisu war gleich klar, worauf er anspielte. »Sie waren in den Tätowierer-Fall involviert?« Schlagartig war ihr Interesse geweckt.

»Richtig. Obwohl wir damals noch vom Indianer sprachen.«

»Das sagt man heute nicht mehr«, warf Fabian ein, um auch mal was gesagt zu haben.

»Ich war ein junger, noch unzertifizierter Nachwuchsgraphologe«, fuhr Schön fort, als ob er Fabian nicht gehört hätte. Oder ihn womöglich schlichtweg ignorierte, weil ihn die politische Korrektheit der nachwachsenden Generationen nicht interessierte. »Mein großartiger Lehrer, Professor von Rehn, wurde damals hinzugezogen und hat mich mitgenommen. Gleich in medias res, wie er meinte. Man lernt nur durch Tun. Es war mein Einstieg in die dunkle Seite der Graphologie.« Schön seufzte, aber es war mehr so ein erinnerungschwelgendes ›Ach ja, die gute alte Zeit‹-Seufzen.

»Setzen Sie sich doch«, bot Sisu an und versetzte Fabian einen Schlag gegen den Oberarm. Der räumte seinen Stuhl. Mürrisch guckend, aber ohne verbale Gegenwehr.

»Jetzt darf es doch sicher etwas zu trinken sein?«, offerierte Schröder, beflissen wie ein ausnahmsweise blendend gelaunter Wiener Kaffeehauskellner, nur mit sehr viel weniger Schmäh. »Kaffee? Tee? Apfelsaft? Wasser?«

»Nur ein leeres Glas, bitte«, bat Schön, ließ sich auf dem Stuhl nieder und steckte Vergrößerungsglas und Brillenputztuch weg. »Ja, ich erinnere mich gut. Die Schrift des Täters offenbarte einen Blick in die tiefsten menschlichen

Abgründe. Wie lange ist das jetzt her?« Er sah zur Decke. »35 Jahre, nicht wahr? Oder vierzig? Der Indianer war mein erster Fall. Den ersten vergisst man nie.«

»So sagt man nicht mehr«, brummte Fabian leise.

Schön lächelte versonnen. Möglicherweise ignorierte er Fabian gar nicht absichtlich, sondern war einfach schwerhörig.

Schröder kam mit einem Wasserglas zurück. Schön zog aus einer anderen seiner unergründlichen Tweedanzugtaschen einen Flachmann und kippte den kompletten Inhalt in das Glas. Der seifige Duft von teurem Weinbrand waberte durch die Büroluft. Sisu fragte sich, ob man als Graphologe tatsächlich so viel verdiente, dass man sich Maßanzüge und teuren Weinbrand leisten konnte. Aber wahrscheinlich entstammte Schön einer betuchten Blankeneser Hanseaten-Familie. Oder hatte sich profitabel verheiratet.

»Könnte es sich um denselben Täter handeln?«, fragte Sisu.

Schön nahm einen ordentlichen Schluck und lächelte. »Völlig ausgeschlossen.« Er zeigte auf das Foto aus einer der Akten. »Sehen Sie die Schrift? Mein Lehrer, Professor von Rehn, konnte zweifelsfrei nachweisen, dass der Indianer zum Zeitpunkt der Tat bereits in fortgeschrittenem Alter sein musste. Seine Schreibschrift trug unverkennbare Hinweise darauf, dass er ursprünglich Sütterlin gelernt hatte, also vor 1945 die Grundschule besucht haben musste. Sehen Sie das g und das w? Diese Buchstaben sprechen Bände.«

Schröder und Sisu traten vor die Magnetwand. Die Buchstaben sahen sie wohl, aber die sprachen nicht mit ihnen.

»Es handelt sich Ihrer Ansicht nach also nicht um den Original-Tätowierer«, fasste Sisu zusammen. »Aber was sagen Sie zu den anderen Aufnahmen? Allein aus der Schrift zu schließen, mit wie vielen Tätern haben wir es hier zu tun?«

»Zwei. Gar keine Frage.« Schön nahm noch einen kräftigen Schluck. Zack, war das Glas halb leer. Der Mann hatte einen ordentlichen Zug am Leib.

»Sind Sie sicher?«, hakte Sisu nach. »Könnte es nicht sein, dass er bei den ersten Opfern noch geübt hat, und erst später wurde seine Schrift versierter?«

»Absolut ausgeschlossen. Die Tätowierhandschrift auf den beiden Fotos zur Linken deutet auf einen ungestümen Menschen hin, auf allen anderen Fotos sehen wir die Schrift eines sehr gewissenhaften, peniblen Schreibers.«

»Jung oder alt, Mann oder Frau, Hundefreund oder Katzenliebhaber? Und sind die beiden miteinander verwandt?«, unterbrach Fabian, diesmal so laut, dass ihn selbst Gehörlose verstanden hätten. Anhand der Schwingungen in der Luft.

Sisu zuckte zusammen. Ihre Augenbrauen mutierten stirnrunzelnd zu einer Monobraue. Vorwurfsvoll schüttelte sie den Kopf. Wie konnte er einen gebrechlichen Greis derart anbrüllen?

Schön bedachte Fabian jedoch nur mit einem altersmilden Blick. »Ich ahne, dass Sie mich in die Schublade alter, weißer Mann stecken wollen. Vermutlich ›glauben‹ Sie auch gar nicht an die Wissenschaft der Charakterdeutung mittels Handschrift?« Er lächelte, als er Fabians ertappten Blick sah. »Wollen wir den Test machen? Geben Sie mir ein handschriftliches Dokument von jemandem, den Sie kennen.«

»Soll das ein Witz sein?« Fabian blieb stocksteif stehen, aber Schröder holte ein Blatt Papier vom Nachbarschreibtisch.

»Ah ja, eine Einkaufsliste«, freute sich Schön. »Ich habe zu Hause eine kleine Sammlung von gerahmten Einkaufslisten. Von berühmten Persönlichkeiten. Unter anderem von Werner Pinzer, dem St.-Pauli-Killer. Auch Serienmörder müssen ja essen und trinken und brauchen Toilettenpapier.« Er stellte das Wasserglas mit dem Weinbrand ab und zog sein Vergrößerungsglas wieder hervor, mit dem er den Zettel studierte. »Ja, ich sehe schon, ein Mann mittleren Alters. Jemand, der vor kurzem einen schweren Schnitt in seinem Leben hatte. Der eine völlig neue Richtung eingeschlagen hat. Oder einschlagen musste. Die Bogenansätze sind kraftvoll, brechen dann aber ab. Eindeutig eine gequälte Seele. Jedoch charakterstark. Ausgeprägtes Verantwortungsgefühl und soziales Pflichtbewusstsein. Einer von den Guten. Aber man müsste auf ihn aufpassen – er steht im Moment unter großem Stress.« Schön legte den Zettel beiseite. Er nahm das Glas wieder zur Hand, leerte es auf ex und erhob sich auf seine tatterigen Altmännerbeine. »Wie ich sagte, es handelt sich um zwei Täter. Unzweifelhaft männlich. Der eine etwas älter als der andere. Und ich muss Sie eindringlich warnen: Es handelt sich trotz der Unterschiedlichkeit der Charaktere um zwei zielstrebige, zu allem entschlossene Täter. Die bei klarem Verstand sind.« Er verstummte, schob seine Lippen weit vor, noch etwas weiter, und als er sie dann öffnete, gab es einen Schmatzlaut. »Aber es ist auch die Handschrift zweier Menschen, die sich generell eher unterordnen, die tun, was man ihnen sagt. Womöglich steckt ein anderer Kopf hinter diesen Taten. Denkbar ist es.« Er legte den Kopf schräg. »Ich bin fast sicher, das Kinderlied dient nur der Ablenkung. Die beiden Männer haben sich keine tief sitzende Qual von der Seele geschrieben. Nein, nein, nein – das war kühl durchgeplant. Von jemand Drittem oder von den beiden selbst. Die Schriftanalyse deutet in beiden Fällen auf fehlende Reue hin – sie werden es wieder tun! Ohne Rücksicht auf Verluste!« Er nickte Messner, Demirkan und Schröder zu. Aus seiner ernsten, warnenden Kassandra-Rufer-Miene wurde abrupt ein altersmildes, freundliches Lächeln. »Es hat mich gefreut, wieder einmal behilflich sein zu können. Passen Sie gut auf sich auf.« Dann wackelte er davon. Zurück blieb nur ein Hauch von Weinbrand.

Als sich die Tür hinter ihm schloss, fragte Sisu: »Hat er recht mit der Einschätzung deines Kollegen?«

Schröder verschränkte die Arme. »Die Einkaufsliste stammt von mir. Und ich will nicht darüber reden.«

Wo Rauch ist, ist auch Feuer. Was hatte Schön über den Schreiber der Einkaufsliste gesagt? Einer von den Guten, der gerade unter Stress steht. Offenbar stimmte also das Gerücht, dass seine Frau ihn verlassen hatte.

Die anderen SoKo-Mitglieder, die das Geschehen am Rande mitbekommen hatten, sahen tunlichst auf ihre Bildschirme, nicht zu Schröder.

Nur Fabian erklärte noch einmal in aller Deutlichkeit: »Ich bin nicht in Ohnmacht gefallen. Das war ein Kreislaufversagen infolge von Mangelernährung!«

HAMBURG, POLIZEIKANTINE

Lucas Schröder war fast zwei Meter groß und ein Schrank von Mann. Das erforderte Höchstleistungen von seinem Stoffwechsel, und das hatte seinen Preis: Der Hunger machte sich in ihm nie ganz allmählich bemerkbar, sondern stellte sich immer plötzlich ein. Es lief stets gleich ab: satt, satt, HUNGERTOD. Dann rief eine Stimme in ihm: Iss jetzt, iss sofort! Und wehe, es gab nichts zu essen, dann rief die Stimme: *Iss den Kollegen, fang bei der Wade an, nomm, nomm, nomm, Hunger!* Anders als Fabian, dessen Stoffwechsel einfach regelmäßig etwas Kleines brauchte, um die Maschine Mensch am Laufen zu halten, benötigte Schröder in solchen Momenten die volle Tankfüllung.

Deswegen saßen sie – als Kinski kurz darauf anrief – alle drei an einem Tisch in der Polizeikantine. Als Einzige, weil es fürs Frühstück zu spät und fürs Mittagessen zu früh war. Sisu mit Salat, Fabian mit einem Low-Carb-Proteinriegel und Schröder mit einem Vier-Gänge-Menü aus Frühlingsrolle, Spaghetti Bolognese, roter Grütze und noch mal roter Grütze. Die dralle Frau in Kittel und Haarnetz an der Ausgabetheke kannte ihre Pappenheimer und hatte Schröder, ungefragt, noch drei Stück Marmorkuchen auf das Tablett gehäuft.

Fabian legte sein Handy – Kinski meldete sich nie bei Sisu, immer bei Fabian – auf den Tisch und stellte auf laut.

Wenn Kinski anrief, musste man aber im Grunde nie auf Lautsprecher stellen. Alle im Umkreis von fünf Metern hörten ihn auch so. Umso mehr, wenn er emotional war. Wie in diesem Moment.

»Man hat fünf weitere Leichen gefunden. In Goslar. Vor der Kaiserpfalz abgelegt!«, röhrte er aus der Sprechmuschel heraus quer durch die Polizeikantine.

Sisu, Fabian und Schröder hoben unwillkürlich die Augenbrauen. Der Tätowierer-Fall entwickelte eine spektakuläre Eigendynamik.

»Das wird der Fall des Jahrhunderts!«, röhrte Kinski mit fast kindlich zu nennender Begeisterung. Von nun an würde sein Name untrennbar mit der deutschen Polizeigeschichte verknüpft sein. Natürlich nur, wenn sein Team den Fall löste. Und je schneller der Fall gelöst wurde, desto ruhmreicher für ihn. »Fahren Sie hin und kommen Sie nicht ohne konkrete Spuren zurück!«

Sisu beugte sich zum Handy vor. Sie ließ es aber auf der Tischplatte liegen. Direkt am Ohr bestand die Gefahr, dass das Trommelfell Risse bekam. »Dank Kollege Schröder, hier aus Hamburg, haben wir jetzt einen Sachverständigenhinweis, dass es sich um zwei Täter handeln könnte. Beide männlich. Möglicherweise nur ausführende Organe. Oder Auftragsmörder.« Sie sah zu Schröder. Der nickte. Mit einem kleinen Bolognese-Schnurrbärtchen. »Wir würden den Kollegen Schröder gern mitnehmen. So bleiben beide SoKos immer auf dem neuesten Stand.«

In die relative Stille aus Besteckgeklapper und Kaugeräuschen hinein konnte man Kinski förmlich denken hören. Mittlerweile waren vier Bundesländer an den Ermittlungen beteiligt. Gegenseitige Unterstützung war durchaus üblich.

Meist fernmündlich oder per Computer. Hin und wieder auch mit persönlicher Anwesenheit. Das Sagen an den einzelnen Tatorten hatte aber immer die Landespolizei. Sollte der Fall gelöst werden, fiele der Ruhm zurück auf die komplette 1. Legion, 3. Kohorte, 1. Zenturie des 2. Manipels, wie es bei *Asterix und Obelix* hieß. Kurzum, er würde sich den Ruhm mit allen anderen beteiligten Einsatzleitern teilen müssen. In den Geschichtsbüchern würde dann »die Polizei« ermittelte den Täter stehen, nicht Konrad Kinski. Für Kinski war also das Wichtigste, dass es schnellstmöglich eine einheitliche, bundesweite *SoKo Tätowierer* gab, mit ihm an der Spitze.

»Ich kümmere mich um die Zusammenlegung der Sonderkommissionen. Finden Sie mir die Täter. Möglichst schnell! Am besten heute noch!« Er legte auf.

»Willkommen im Team, Schröder«, sagte Sisu zu Schröder.

»Gern Lucas. Mit C.« Er hielt den Daumen hoch. »Was bedeutet eigentlich der Name Sisu? Das ist türkisch, oder?«

»Finnisch!«, warf Fabian ein, bevor Sisu antworten konnte. »Der Name kommt aus Finnland. Es gibt keine direkte Übersetzung. *Sisu* bedeutet so viel wie außerordentliche Entschlossenheit, kombiniert mit der Kraft und dem Mut, sich selbst unter widrigsten Umständen stetig auf sein Ziel zuzubewegen.«

»Kraftvoll, mutig, zielstrebig. Passt super«, fand Schröder und häufte sich rote Grütze in den Mund. Dann ließ er die gläserne Nachtischschale sinken und wurde knallrot. »Ich meine – für den Job. Als Name für eine Polizistin … rein dienstlich …«

Sisu sagte nichts. Sie lächelte auch nicht, weil sie nie lächelte. Aber es gefiel Fabian nicht, dass sie nicht einfach mit den Schultern zuckte, wie sonst immer, sondern dass sie Schröder musterte.

Interessiert musterte.

BODYCOUNT: 21

Selbst wenn dein Leben nicht perfekt ist,
deine Haare sollten es sein!

GOSLAR, KAISERPFALZ

Eine Stunde, neunundfünfzig Minuten, dreißig Sekunden. So lange brauchten sie in Sisus Auto nach Goslar. Ein Rekord, der Fragen aufwarf.

Der Bagheera war ein Dreisitzer. Gebaut für drei normalgroße Menschen. Was in den siebziger Jahren als normalgroß galt. Mit einem Schröder hatte man damals nicht gerechnet. Gut, dass sowohl Fabian als auch Sisu eher schmal gebaut waren.

Fabian hatte auf dem mittleren Platz bestanden, zwischen Sisu am Steuer und Schröder auf dem Fensterplatz.

Die Männer entfalteten sich und krabbelten mit steifen Gliedern aus dem Wagen. Nur Sisu sprang frisch wie der junge Morgen – genau genommen, der mittelspäte Nachmittag – aus dem silbernen Sportflitzer.

Ein Uniformierter begleitete sie vom Parkplatz hinauf zur Kaiserpfalz. Weil sie sich dem beeindruckenden Bau zu Fuß näherten, wie die Pilger früherer Jahrhunderte, hatte das Ganze etwas von einer Zeitreise ins Mittelalter.

»Das Kaiserhaus ist der größte und zugleich besterhaltene Profanbau des elften Jahrhunderts in Deutschland. Er diente insbesondere den Salierkaisern als bevorzugte Aufenthaltsstätte. Der Pfalzbezirk gehört zum Weltkulturerbe der UNESCO«, las Schröder vom Display seines Handys ab. Er hatte Kinder, das weckte den Bildungsauftrag im Manne.

Was Fabian nervte. Wie ihn Schröder schon auf der Fahrt nach Goslar genervt hatte. Laut eigener Aussage besaß Schröder ein eidetisches Gedächtnis, und weil er das nicht mit wahllosen Inhalten wie beispielsweise Songtexten überfrachten wollte, hatten sie unterwegs nur klassische Musik ohne Gesang gehört. 235 Kilometer Mozart. Es war zum Krätzekriegen.

»Das Kaiserhaus ist mit 54 Metern Länge und 18 Metern Tiefe der größte Profanbau seiner Zeit«, las Schröder weiter vor.

Sisu war Architektur egal. Fabian fand den riesigen Bau zwar beeindruckend, aber angesichts der Großwetterlage hätte er sich gewünscht, dass der Ablageort nicht im Freien gewesen wäre. Auf den Stufen zu Füßen von Friedrich I. Barbarossa, um genau zu sein. Wie eine Opfergabe.

Und dann waren sie da.

Weil es demnächst dunkel wurde, hatte man mehrere Scheinwerfer aufgestellt. Deren Licht kam aber kaum gegen den Regen an. Die Leichen selbst lagen unter einem Zelt, dessen Wände vom Wind jedoch immer wieder aufgewirbelt wurden.

Der Himmel weinte an diesem Nachmittag nasskalt. Die drei hatten gerade mal die Hälfte der Strecke zurückgelegt, da waren sie schon bis auf die Knochen nass und durchgefroren.

Schröder blieb vor dem alten Rotbart auf seinem Ross stehen und meinte: »Außenalster, Moritzburg, Kaiserpfalz – wenn die Fabrik in Berlin nicht dabei wäre, könnte man glatt meinen, die Mörder machten eine Rundtour zu den schönsten Ausflugszielen Deutschlands.«

Fabian drängte es zum Widerspruch. Schon aus Prinzip. »Wer als echter Kenner Industriearchitektur zu schätzen weiß, für den kann auch eine stillgelegte Fabrik ein Highlight sein!«

Sisu kniete schon vor einer der Leichen. Alles wie gehabt: in Folie eingewickelt und skalpiert und entäugt und ... Moment mal. Sisu stutzte.

»Sehr richtig, nur eine der Leichen ist tätowiert.«

Die Stimme gehörte dem Rechtsmediziner. Nummer vier in zwei Tagen. Dem Ersteindruck nach der männliche Zwilling von Doktor Kinzig: kugelrund und streng.

»Faszinierend.« Sisu erhob sich. »Demirkan.«

»Angenehm, Doktor Schroeder«, stellte er sich vor.

»Ebenfalls Schröder«, sagte Schröder und lächelte breit. »Aber mit öööö.«

Weil er unterwegs, als Sisu mit teilweise über 200 Sachen bei schlechter Sicht und nasser Fahrbahn über die Autobahn gebrettert war, stets Gefahr lief, sich selbst einzunässen – nicht mit Regenwasser, räusper –, hatte Schröder sich mit seinem Handy abgelenkt und schon herausgefunden, wer vor Ort zuständig war. Und dass ein Beinahe-Namensvetter die Fahne der Rechtsmedizin hochhielt.

»Ach, sind Sie verwandt?«, purzelte es aus Fabian heraus, bevor der denkende Teil seines Großhirns ihn darauf hinweisen konnte, dass ein Verwandtschaftsverhältnis bei unterschiedlicher Schreibweise womöglich vorhanden sein könnte, aber schon lange, sehr lange zurückliegen musste. Ungefähr zur Bauzeit der Kaiserpfalz. Wenn man da schon Nachnamen gehabt hätte.

»Wohl kaum«, sagte Schroeder nur. Er kehrte Fabian den Rücken zu und unterhielt sich nur noch mit Sisu und Schröder. Für hirnamputierte Muskelamöben wie diesen Messner hatte er keine Zeit. »Ich habe mir bereits Akteneinsicht verschafft und kann Ihnen sagen, dass wir es mit höchster Wahrscheinlichkeit mit denselben Tätern zu tun haben. Der modus operandi ist – in allen Punkten bis auf das Tätowieren – derselbe. Zum Todeszeitpunkt kann ich noch nichts sagen, aber abgelegt wurden die Opfer in der Nacht.« Er zeigte auf eine dunkelgrüne Plane und vier Kübel. »Weil derzeit eine Landschaftsgärtnerei auf dem Gelände Baumpflege betreibt, haben die Zuständigen geglaubt, unter der Plane, die mit diesen Kübeln über den Leichen befestigt worden war, würden sich Gartengerätschaften befinden. Erst als heute Mittag ein Sturm aufkam und einer der Kübel umfiel, wurden die Leichen entdeckt.«

»Nur eine der Leichen wurde tätowiert?« Sisu richtete sich auf. »Das muss doch einen Grund haben.«

»Tätowierresistente Lederhaut?« Fabian hatte keine Ahnung, warum sein Sprachzentrum an diesem Tag solche Alleingänge hinlegte. Aber er gab instinktiv Schröder die Schuld. Dem mit ö.

Doktor Schroeder besaß zwar eine Unze Humor, aber nicht im Dienst. »Ich vermute, es liegt daran, dass es sich bei den vier anderen Toten um Frauen handelt.«

»Nein!«, entfuhr es Schröder. »Echt? Er bringt jetzt auch Frauen um?«

Einen Ticken zu melodramatisch, fand Fabian, und total sexistisch. Er sprach das aber nicht aus. Sein Mund hatte ab sofort Auszeit.

Sisu beugte sich vor, aber trotz der vorgebeugten Haltung sah sie nur geschlechtslose Plastikfolienmumien.

»Die Opfer sind meines Erachtens schon länger tot. Sie wurden tiefgefroren ...«

»Woran merkt man das?«, unterbrach Schröder.

»Am Gefrierbrand.« Schroeder mochte es nicht, wenn man ihn unterbrach. »Aufgrund der Kühlung kann ich zu den Todeszeitpunkten noch keine Aussage machen«, erklärte er. »Nur die Männerleiche ist schon weiter aufgetaut als die anderen. Mit ihrer Obduktion werde ich anfangen.«

Sisu stand breitbeinig vor den vier länglichen Plastikmumien, die angeblich weiblich sein sollten. »Die Täter haben also Probleme damit, Frauen zu tätowieren. Hm.«

In ihr dachte es in derselben Geschwindigkeit, wie sie sie beim Autofahren bevorzugte. Wie könnte man das interpretieren? Waren die Täter doch keine Nachahmer des ursprünglichen Tätowierers, der ja ausschließlich in Männerhaut Buchstaben gestochen hatte? Oder gehörten die Tätowierer einer Volksgruppe an, die noch Respekt vor Frauen hatte? Oder das genaue Gegenteil, überhaupt keinen Respekt vor Frauen besaß, weswegen ihnen nicht die Ehre der Tätowierung zuteilwurde?

»Man kann die Dinge auch überdenken«, warf Schröder mit Blick auf Sisu ein, als ob er in ihr wie in einem Buch lesen konnte. »Die Frage, die sich mir stellt, ist nicht, warum die Täter die Frauen nicht tätowiert haben. Ich frage mich vielmehr: Wie kommen die Täter an all die Leichen. Wieso gibt es keine Vermisstenmeldungen? Ich meine ... wie viele Tote haben wir jetzt? Die müssen doch irgendwo fehlen!«

Fabian schmollte. Wieso war ihm diese Frage nicht eingefallen?

Sisu verschränkte die Arme. Ausnahmsweise auch deshalb,
weil ihr kalt war. In ihrer Biker-Jacke sah sie verdammt cool
aus, aber warm ging anders. »Möglicherweise stammen alle
Opfer aus einem Milieu, in dem Vermisste nicht weiter auf-
fallen. Oder nicht gemeldet werden. Rotlichtleichen.« Sie
fuhr sich mit der Zunge über die Lippen. »Hat eine der Leichen ein Einschussloch?«

Schroeder sah zu dem männlichen Toten. »Ja, er hier. An
der Schläfe. Angesichts der Wundränder tippe ich jedoch auf
eine postmortale Verletzung.«

»Wenn Sie ihn auswickeln, nehmen Sie sich als Erstes seine
Kehrseite vor.«

»Wie bitte?« Schroeder zog eine buschige Augenbraue nach
oben.

»Aber natürlich!« Schröder schlug sich mit der flachen Hand
an die Stirn. »Bei allen Leichen mit Einschussloch wurde
bislang ein Kondom mit Drogen im Rektum gefunden!« Er
strahlte. »Das Einschussloch ist das Erkennungszeichen. Wie
bei einer Schnitzeljagd.«

Sein Beinahe-Namensvetter zog eine Art Skalpell aus seiner
Tasche und ging vor der Leiche in die Knie.

»Nee, oder?«, entfuhr es Fabian, dessen Mund das Aus
der Auszeit beschlossen hatte. »Sie schauen da jetzt nicht
nach?«

Schroeder drehte die Leiche auf den Bauch und ratschte die
Folie auf. Wie alle anderen Toten trug auch diese Leiche
keine Bekleidung. Man sah nur den eintätowierten *Bi-Ba-
Butzemann*-Text, der sich über den unteren Rücken und die
Pobacken zog.

Sisu, die sich mittlerweile auskannte, tippte anhand der Schrift auf den älteren der beiden Täter, denjenigen, der noch Schönschrift gelernt hatte.

»O nee«, sagte Fabian und drehte sich um, als Doktor Schroeder mit seinen behandschuhten Fingern an dem Ort herumstocherte, an dem die Sonne nie schien.

»Bingo!«, freute sich Schröder gleich darauf.

Lass dir nie von einem anderen den Tag ruinieren.
Es ist dein Tag – ruiniere ihn dir selbst!

BERLIN,
EINSATZZENTRALE SOKO
TÄTOWIERER

Fabian saß auf der Schüssel im mittleren Kubus der Herrentoilette und regte sich auf. Über diesen saublöden Spruch, den jemand mit wasserfestem Marker in Sitzhöhe an die Toilettenwand geschrieben hatte: *Lass dir nie von einem anderen den Tag ruinieren. Es ist dein Tag – ruiniere ihn dir selbst!* Okay, so ein Spruch war weitaus besser als die Penis-Bilder oder Telefonnummern von professionellen Blumen der Nacht, wie es früher als Klo-Kunst Usus gewesen war. Aber er hasste solche Zeitgeist-Binsen wie die Pest. Deswegen war er auch nicht auf Instagram. Weil's da von diesen Sprüchen nur so wimmelte.

Mehr noch regte er sich allerdings über sich selbst auf. Dieser Schröder war doch überhaupt nicht Sisus Typ. Sie stand nicht auf diese überdimensionierten Schränke, die aussahen wie ein Welpe nach einem Atombombenabwurf auf das Bikini-Atoll. Welpzilla. Es gab keinen Grund für ihn, eifersüchtig zu sein und Schröder nicht zu mögen. Außerdem war das zwischen ihm und Sisu nur rein beruflich. Und doch ….

»Kommst du endlich?«, rief Sisu im Vorraum und schreckte ihn damit aus seinen Überlegungen.

»He, Herrenklo!«, beschwerte sich ein Kollege am Urinal, dessen Strahl angesichts des plötzlichen Östrogenanstiegs in der Fliesenabteilung abrupt staute.

Sisu winkte seinen Einwand beiseite. Derlei Nebensächlichkeiten spielten für sie keine Rolle. »Die Verbindung steht! Es geht los!«

Noch auf dem Weg nach Berlin, der sich wegen hohen Verkehrsaufkommens endlos zog – zumindest für Sisu, die es hasste, wenn sie die Regelfahrzeit nicht unterbieten und sie wegen mehrerer Pannenfahrzeuge auch nicht mit Blaulicht über den Seitenstreifen brettern konnte –, hatten sie sich mit den betroffenen Toxikologie-Laboren in Verbindung gesetzt. Will heißen, mit deren Nachtschicht. Und jetzt brauchten sie jemanden vom Fach, der die Daten, die ihnen nunmehr vorlagen, interpretierte.

Als sie kurz nach zehn in der Einsatzzentrale eintrafen, war es Fabians Idee gewesen, den führenden Drogenexperten der Republik zu kontaktieren: Marcel Fassbinder. »Ich hab ihn vor einiger Zeit auf einem Deeskalations-Workshop getroffen, der ist echt gut.«

Es war ein Anti-Aggressions-Workshop gewesen, an dem Sisu ebenfalls teilgenommen hatte, aber sie hatte Fabian nicht korrigiert. Nach einem Tag wie diesem brauchte er seine kleinen Erfolgserlebnisse.

Fabian fand weniger die Fachkompetenz des Mannes faszinierend als dessen Ausstrahlung. Fassbinder sah aus wie Nosferatu in dem Fritz-Lang-Film – von vampirgleicher Blässe, hager, mit langen Fingernägeln. Ein echter Freak. Fabian liebte Freaks.

»Fassbinder?«, hatte Kinski noch eingewandt. »Der Name sagt mir nichts. Wollen wir nicht lieber …« Er nannte den

Namen eines interdisziplinären Suchtforschers, den man schon des Öfteren auf den privaten und öffentlich-rechtlichen Sendern gesehen hatte. Eine gutaussehende, bestens artikulierende Koryphäe.

»Chef, wir brauchen keine medial bekannte Lichtgestalt, die sich nur in Szene setzen will«, hatte Sisu gesagt, die die Achillesferse von Kinski kannte. In die Kameras der künftigen Pressekonferenzen durfte nur *ein* Gesicht schauen, nämlich seins. »Ich finde, wir benötigen jemanden, dem es nur um die Sache geht. Jemanden, der hinter den Kulissen solide Arbeit leistet.«

Natürlich befahl Kinski daraufhin, dass man diesen Jemand zu Rate ziehen sollte.

Dummerweise befand sich Marcel Fassbinder gerade in Urlaub. Für Fabian kein Grund, den Mann nicht auf dem Handy anzurufen, ihm die bislang vorliegenden Ergebnisse zu mailen und eine spontane Zoom-Konferenz anzusetzen.

Und nun starrte ihnen das ausgezehrte Gesicht des Drogenexperten von der großen Leinwand der Einsatzzentrale entgegen.

»Hat der Krebs? Oder Aids?«, fragte Kinski. »Oder hängt der selbst an der Nadel?«

»Chef, er kann Sie hören.«

Fassbinder hatte deutlich mehr Haare als Nosferatu. Blond und schütter. Außerdem trug er eine modische Brille mit knallrotem Gestell. Aber der Rolli und der Skinny-Anzug, in dem er steckte, hatten definitiv etwas Draculäisches. Auch wenn sie weiß, nicht schwarz waren. Der unheimliche Eindruck wurde nur durch den röhrenden Hirsch hinter Fassbinder gebrochen. Sie wussten nicht, wo genau er urlaubte – aber das Ölgemälde an der Wand des Hotelzimmers und die mit Schnitzereien verzierte Lehne seines Stuhles ließen auf Oberbayern schließen.

»Sie haben doch nichts dagegen, dass diese Session aufgezeichnet wird, oder?«, lenkte Fabian ab.

Fassbinder schüttelte den Kopf.

»Die Laborbefunde zu den Drogen liegen Ihnen vor?«, fragte Kinski.

Fassbinder nickte.

»Kann der sprechen?«, fragte Kinski in Richtung Fabian. Die Taktlosigkeiten Kinskis waren legendär. Und er stellte sie immer wieder gern unter Beweis.

»Ich bin durchaus der deutschen Sprache mächtig, ich warte nur auf das Signal für meinen Einsatz.«

Wenn man Fassbinder zum ersten Mal sprechen hörte, zuckte man unwillkürlich zusammen. Er hatte eine ungewöhnlich hohe, atonale Stimme. Wie Kreide, die über eine Schiefertafel schrammte. Weil Kinski nur fassungslos auf die Leinwand starrte und Schröder kicherte, erteilte Sisu ihm das Wort: »Ihr Einsatz, Herr Fassbinder.«

»Danke verbindlichst.« Fassbinder kratzte sich mit dem ausgestreckten Zeigefinger der rechten Hand über den Nasenrücken. Der Fingernagel war exorbitant lang, wenn auch sichtlich gepflegt. Um nicht zu sagen: manikürt.

»Ist der Typ echt?«, fragte Kinski.

Glücklicherweise hatte Kinskis Sekretär Ingo, der für die Technik zuständig war, einen Moment zuvor daran gedacht, die Stummschaltung zu aktivieren. Darum fing Fassbinder ungerührt mit seinen Ausführungen an.

»Mir liegen die chemischen Untersuchungen der sichergestellten Drogen von den jeweils zuständigen Toxikologien vor. Die Toxikologie von Hannover, die für Goslar zuständig ist, arbeitet unter Hochdruck. Ich erwarte deren Ergebnis morgen früh.«

Er kratzte sich erneut mit diesem gespenstischen Fingernagel. Man wollte nicht hinsehen, aber man musste – die Faszination des Grauens. Es war sogar ein leises, schabendes Geräusch zu hören.

Schröder kicherte wieder. Sisu rammte ihm den Ellbogen in die Seite. Was Fabian sah. Aus irgendeinem Grund fand er das nicht okay. Nicht, weil da ein Mitmann drangsaliert wurde, sondern weil auch Ellbogenrammen einen körperlichen Kontakt darstellte.

Fassbinder dozierte weiter. »Aufgrund der dünnschichtchromatographischen Analyse ließ sich feststellen, dass das in den Kondomen gefundene Diacetylmorphin …«

»Heroin«, übersetzte Sisu für Kinski.

»… in identischen Mengenverhältnissen mit Strecksubstanzen angereichert ist. Es ist davon auszugehen, dass der Inhalt aller bislang toxikologisch untersuchten Proben aus derselben Lieferung stammt.«

»Was soll das werden? Chemieunterricht?«, motzte Kinski, der weniger an Inhalten und mehr an Ergebnissen interessiert war.

»Sie haben eine Frage, Herr Kinski?«

Das war jetzt blöd. Sie waren zwar immer noch stummgeschaltet, aber Fassbinder hatte gesehen, wie Kinski die Lippen bewegte. Sekretär Ingo hob in Eigeninitiative die Stummschaltung auf.

»Sie müssen mir den Lösungsweg nicht erklären«, nörgelte Kinski notgedrungen, »ich will nur wissen, ob Sie uns sagen können, von wem die Drogen stammen.«

Fassbinder beugte sich zur Kamera seines Laptops vor. Das

ließ sein Gesicht schlagartig riesengroß erscheinen – sein hageres, ausgezehrtes Vampirfürst-Gesicht mit den blutunterlaufenen Augen, die so wässrig-blassblau waren, dass es schien, als habe er gar keine richtigen Pupillen. Unter diesem Blick kam man sich vor wie ein Bazillus in einer Petrischale.

Unwillkürlich traten Fabian, Schröder und Kinski einen Schritt zurück. Nur Sisu nicht. Virtuelle Vampire machten ihr keine Angst. Echte ebenfalls nicht.

»Ja, in der Tat kann ich Ihnen sagen, woher die Drogen stammen. Mir ist dieselbe chemische Zusammensetzung schon einmal untergekommen.«

In der Einsatzzentrale hielten alle kollektiv die Luft an. Sogar Sisu. Spannungsatemstillstand war wie Gähnen: ansteckend!

»Wir haben es mit Clan-Kriminalität zu tun. Das Heroin gehört dem größten und gefährlichsten Drogenclan Deutschlands.« Fassbinder lehnte sich wieder zurück.

»Deswegen hat niemand die Toten als vermisst gemeldet«, jubelte Schröder, »die gehören alle zum Clan. Oder … äh … zu einem Konkurrenz-Clan. Jedenfalls stammen sie aus dem Milieu.«

»Die meisten Toten sollen doch älteren Semesters sein. Seit wann erreichen Clan-Mitglieder ein Vorruhestandsalter?«, schmetterte Fabian Schröders Idee ab. Schon aus Prinzip.

»Meuterei? Oder Generationenwechsel?« Schröder ließ sich nicht beirren. »Die nachwachsenden Ehrgeizlinge haben alle Alten im Handstreich ausgemerzt.«

»Meine Herren weniger Comicheftlogik, mehr sachdienliche Logik!«, unterbrach Kinski. Dann wandte er sich wieder an Fassbinder. »Wissen wir, wo der Clan seinen Hauptsitz hat?« Es war eine rhetorische Frage. Kinski tippte auf Berlin. Die Hauptstadt war leider ein regelrechter Hotspot. Auf dem Lagebild der Clan-Kriminalität in Deutschland war Berlin ein riesiger roter Fleck. Noch bevor Fassbinder antworten konnte, befahl er seinem Sekretär: »Ingo, fordern Sie einen Kollegen von der Abteilung für organisiertes Verbrechen für die SoKo an!«

Fassbinder lächelte fein. »Das wird nicht nötig sein. Ich kann Ihnen ganz genau sagen, wo Sie den Clanchef finden. Er wohnt fußläufig von Ihrer Einsatzzentrale entfernt.«

Kinski runzelte die Stirn. Kriminelle Großfamilien trugen meist arabisch klingende Namen, waren in den siebziger und achtziger Jahren aus dem Libanon oder Palästina eingewandert. Das Präsidium befand sich aber nicht in einem Kiez, der von diesen Familien frequentiert wurde. »Wir haben hier im Viertel keine Drogenclans«, sagte er, wahllos einige arabische Nachnamen herunterleiernd, die er im Zusammenhang mit Clan-Kriminalität schon gehört hatte.

»Wenn es um Drogen geht, gibt es in Deutschland nur einen Namen, den man kennen muss«, erklärte Fassbinder mit einer Überzeugung in der Stimme, die keinen Widerspruch duldete.

»Und der wäre?«

»Meier!«

Laissez les bon temps rouler!

BERLIN, BONHOEFFERUFER

Die bunte Reihe an Mehrfamilienhäusern am Bonhoefferufer mit Blick auf das Schloss Charlottenburg strahlte gut-
bürgerliche Anständigkeit aus. Zu beiden Seiten der Straße
parkten Autos, eng an eng.

Auf der anderen Seite der Spree stand der Dienstwagen von
Kinski. Der Chef lehnte in filmreifer James-Bond-Positur
gegen die Kühlerhaube, während ein Mann, der noch kleiner war als Kinski – und das wollte was heißen –, mit einem
Fotoapparat um ihn herumwuselte.

»Was macht der da?« Schröder war ein bisschen fassungslos.

»Er lässt sich von seinem PR-Agenten beim Einsatz fotogra-
fieren.« Sisu nippte an ihrem dreifachen Espresso.

Als es in der Nacht zuvor darum ging, wo Schröder unter-
kommen sollte, hatte Fabian sofort »Bei mir!« gerufen. Bevor Sisu es tun konnte.

Fabian sah sich als Macher, als einer, der sich immer Kopf
voraus ins Abenteuer stürzt. Da blieb dann manchmal der
Verstand auf der Strecke. Wo genau sollte in einer winzigen Ein-Zimmer-Butze ein Zwei-Meter-Kerl wie Schröder
schlafen? Sisu hatte nichts gesagt, aber doch tatsächlich ge-
lächelt.

Als Fabian um Mitternacht bei seiner Nachbarin klingelte,
weil er hoffte, bei ihr unterzukommen, öffnete dummerwei-

se deren Ehemann, weswegen er gleich darauf mit einer Tasse Leih-Milch zurückkam, die er gar nicht brauchte.

Der Nachtschlaf mit nur einer einzigen Bettstatt war dann aber gar nicht das größte Problem. Nach ihrem Roadtrip waren beide Männer so erschöpft, dass sie nach einem Schlummerbier sofort einschliefen und wie komatös nebeneinander auf der ausklappbaren Couch lagen. Aber am nächsten Morgen als metrosexuell gepflegter Mann mitzubekommen, wie Schröder aus seiner bordeauxfarbenen Herrenhandtasche nur eine Zahnbürste und eine nicht näher markierte Tube zog und »mehr brauch ich nicht« sagte, das war bitter. Kerle wie Schröder, die nur ein einziges Pflegeprodukt benützten – Shampoo, Conditioner, Feuchtigkeitscreme, Autopolitur und Backofenreiniger in einem –, das war so … so … Steinzeit.

Aber okay. Sie hatten sich nicht gegenseitig umgebracht und konnten jetzt, frisch und guter Dinge, den Chef des Meier-Clans befragen. Pawlitzki von der Abteilung ›Organisiertes Verbrechen‹ hatte Sisu und sie beide in seinem Audi von der Einsatzzentrale hierher mitgenommen. Jetzt mussten sie nur noch warten, bis Kinski sich zu ihnen gesellte.

»Macht er vor jedem Einsatz eine Foto-Session?« Das kannte Schröder aus Hamburg so nicht. Sein Chef war im Grunde gar nicht mehr im Außeneinsatz, sondern beschäftigte sich nur noch mit Managementaufgaben.

»Er will demnächst befördert werden und nutzt jede Möglichkeit, sich im besten Licht zu zeigen. Sich als Macher zu präsentieren. Eigentlich gar nicht so dumm, sich als jemand zu verkaufen, der noch bereit ist, sich die Hände schmutzig zu machen.« Sisu zuckte mit den Schultern.

Pawlitzki schnaubte. Er konnte sich nicht vorstellen, jemals in einem Schreibtischjob zu enden, egal mit wie viel Status das einherging. Lieber vorher erschossen werden. Deswegen war er aber nicht dabei. Er war hier, weil er und Meier sich nicht nur kannten, sondern auch mochten.

Eine Weile beobachteten sie, an ihren jeweiligen Kaffeebechern nippend, das Heidi-Klum-reife Posing von Kinski. GNTK. *Germanys Next Top Kriminalbeamter.* Weil es eisig kalt war, atmeten sie kleine Rauchwölkchen aus.

Schließlich warf Pawlitzki seinen leeren Becher in einen praktischerweise am Uferbegrenzungsgeländer angebrachten, orangefarbenen Mülleimer, auf dem in weißen Buchstaben stand: *Alle 5 Minuten verliebt sich Abfall in diesen Eimer.*

Dann baute er sich vor den anderen auf.

»Okay, ich mach jetzt mal 'ne Ansage, wie das gleich laufen wird.« Er sah Schröder, Sisu und Fabian abwechselnd streng in die Augen. Gleich den Alpha-Rüden geben, sonst hatte man nachher nur Probleme mit dem Pack. »Ich übernehme die Begrüßung, wenn wir drin sind – das ist ein Zeichen des Respekts. Der alte Meier und ich kennen uns schon seit Jahren.«

Sisu überlegte ganz kurz, ob der fette Audi von Pawlitzki womöglich einem Meier-Sponsoring geschuldet war. Aber nein, Pawlitzki war einer von den Guten. Er hatte eine saubere Weste. Anders als Schröder, auf dessen Hemd – dasselbe wie am Vortag – sich jetzt Schaumschlieren von seinem Cappuccino zogen. Wie so viele Riesen war er durch und durch Kleinkind und durfte im Grunde nicht ohne Lätzchen gefüttert werden.

»Sie lassen auf gar keinen Fall den Cop raushängen, verstanden? Wir wollen uns nur höflich erkundigen, ob es sein kann, dass ihm – rein hypothetisch – ein paar Drogenkuriere abhandengekommen sind. Mehr nicht. Die Beziehung, die sich meine Abteilung in den letzten fünfzehn Jahren zu Meier aufgebaut hat, lasse ich mir von Ihnen nicht ruinieren. Wenn Sie sich nicht zurückhalten, ziehe ich die Reißleine! Kapiert?« Pawlitzki musterte die drei mit seinem *Ich-mach-keinen-Spaß*-Blick. Sein Bauchgefühl sagte ihm, dass er mit Sisu die größten Probleme kriegen würde – sie war zu stur und zu taff und würde es als Herausforderung betrachten, dem Patriarchen Paroli zu bieten. Aber sein Bauchgefühl hatte ihm auch heute Nacht um drei während einer Pinkelpause gesagt, er solle den kompletten Rest der kalten Pizza essen, die ihm danach wie ein Stein im Magen lag und ihn um den Schlaf gebracht hatte. Er trug extra eine Sonnenbrille, damit man die dunklen Augenringe nicht sah.

Fabian hielt die Sonnenbrille für ein modisches Statement von Pawlitzki und fand das extrem smooth. Seine hatte er zu Hause liegen lassen. Aber ab morgen würde er zu seiner Lederjacke auch Brille tragen. Gut, er fror in der ungefütterten Jacke wie ein Schneider und mit Sonnenbrille war man an bewölkten Tagen wie diesen praktisch blind, aber es sah einfach saucool aus. Und selbst, wenn man ihn einem ausgedehnten Waterboarding unterziehen sollte, würde er niemals zugeben, dass er sich das Lederjackenstyling von Sisu abgeguckt hatte. Bevor sie zusammenarbeiteten, hatte er im Winter immer einen gefütterten Dufflecoat mit Karomuster und Kapuze getragen.

»So, können wir dann?« Kinski war im Laufschritt über die Brücke zum Bonhoefferufer gesprintet. Sein PR-Fuzzi hatte das gefilmt. Der Video-Clip würde später Teil seines Image-Films werden. Jetzt war er allerdings außer Atem.

»Ist das …?«, fing Schröder an und verstummte abrupt. *Make-up*, hatte er fragen wollen, weil Kinskis Gesicht in den Stirn- und Nasolabialfalten zu bröckeln schien. Das war bei öligen Hauttypen, die vor dem Auftragen der Foundation nicht das überschüssige Fett wegreinigten, öfter der Fall. Er kannte sich aus – seine Frau war Kosmetikerin. Ex-Frau, sollte es wohl heißen. Er musste sich dringend neue Sprachgewohnheiten aneignen.

Gott sei Dank verstand Pawlitzki Schröders Frage-Ansatz falsch.

»Ist das wirklich sinnvoll, dass Sie bei der Befragung von Meier anwesend sind, Herr Kinski?« Pawlitzki sorgte sich nicht um die Sicherheit von Kinski. Er fürchtete, dass es Meier übel aufstoßen könnte, wenn sie zu fünft aufliefen. Das hatte den Hauch von Einschüchterung. Schon jetzt spürte er die Blicke von Meiers Bodyguards auf sich, auch wenn man sie noch nicht sehen konnte. »Das ist nicht ungefährlich, und Sie … äh … haben doch bestimmt auch Wichtigeres zu tun.«

Kinski fand natürlich auch, dass er Besseres zu tun hatte. Aber nichts Wichtigeres. Seine oberste Priorität war die Bündelung all seiner Kraft für die anstehende Beförderung. Selbstverständlich würde er es seinen Leuten überlassen, den Fall zu lösen. Aber er wollte auf der nächsten Pressekonferenz sagen können, dass er höchstselbst mit dem berüchtigten Clan-Chef Meier konferiert hatte. Wenn man so was fakte, kam einem die Journaille immer auf die Schliche.

»Keine Sorge, ich mische mich nicht in Ihren Kompetenzbereich ein«, versicherte er Pawlitzki. »Ich halte mich tunlichst im Hintergrund. Aber ich will mir von der Äktschn ein Bild machen.« Ja, er sprach ›Action‹ wie Arnold Schwarzenegger aus – markig-steiermärkisch. »Die Ermittler-Instinkte funktionieren besser, wenn man vor Ort ist, da stimmen Sie mir doch zu?« Festen Schrittes ging er auf die Einfahrt des Mehrfamilienhauses auf der rechten Seite des Gebäudekomplexes zu. Es war die falsche Einfahrt.

Pawlitzki, Sisu, Schröder und Fabian sahen ihm nach, wie er die Straße überquerte. Ausnahmslos alle – selbst Schröder, der Kinski gerade mal eine Stunde am Stück kannte – waren der Überzeugung, dass Kinski sofort kneifen würde, sollte so was wie Action auch nur ansatzweise entstehen. Sobald es mehr zu werden drohte als nur ein höfliches Geplänkel ohne wirkliche Ergebnisse, aber eben auch ohne wirkliche Gefahren, würde er den Schwanz einziehen.

Pawlitzki schüttelte den Kopf, dann atmete er tief ein und nahm die Schultern zurück. »Okay, ich gehe voraus und übernehme die Gesprächsführung. Sie drei bleiben hinter mir. Nehmen Sie Kinski am besten in die Mitte, wenn er wieder zu uns stößt.«

Pawlitzki überquerte festen Schrittes die Straße und ging zum linken Gebäude. Dort klingelte er wahllos, ohne auf die Namensschilder zu schauen. Alle Häuser gehörten dem Clan, in allen Wohnungen lebten Clanmitglieder, und die Meiers hatten alle schon längst mitbekommen, dass die Polizei vor der Tür stand. Es war also komplett egal, wen er da um neun Uhr morgens eventuell aus dem Bett klingelte. Am Ende würde er auf den alten Meier treffen.

Kinski gesellte sich zu ihnen. Sein Gesichtsausdruck verbot eindeutig jedweden Kommentar.

Gerade noch rechtzeitig. Aus der Einfahrt zum Innenhof trat eine schwersttätowierte, lockenköpfige, junge Frau in überweiten Cargohosen und hautengem Tanktop. Vor der beißenden Januarkälte schützte sie weiter nichts als ihr inneres Feuer. Sie deutete wortlos, nur mit einer Kopfbewegung an, ihr zu folgen.

In der Einfahrt standen leere Mülltonnen, deswegen marschierten sie notgedrungen in einer Art Polonäse – die junge Frau, Pawlitzki, Sisu, Fabian, Kinski und Schröder im Entenmarsch. Kinski, ein ohnehin schmaler Mann, machte sich noch schmaler, als ob er Angst hätte, dass er sich die Beulenpest einfangen könnte, wenn sein Kamelhaarmantel eine der Mülltonnen oder die geflieste Wand der Einfahrt berühren würde.

Sisu und Fabian hatten noch nie richtigen Kontakt mit Clan-Familien gehabt. Nur mit deren Opfern. Sie stellten sich ihre Erstbegegnung daher so vor, wie man es aus dem Fernsehen kannte: eine Penthousewohnung mit Panoramafenstern und Privataufzug, ein übergroßes Wohnzimmer, an dessen Wänden entlang sich Bequemsofas zogen. Mittig der Patriarch, mit oder ohne Bart, aber definitiv alt, zu seinen Seiten finstere Muskelmänner in Maßanzügen, die sich nur ganz leicht über den Waffenholstern ausbeulten. Eine verhuschte Frau, die Tee servierte. Das Ganze garniert mit einem zähnefletschenden Kampfhund, der ein Halsband mit Spikes trug. Und eigentlich hätten sie eine pompöse Villa erwartet. Aber vielleicht wohnte Meier ja in einer Villa und das hier war nur sein Innenstadtbüro?

Im weitesten Sinne erfüllte sich diese Erwartungshaltung. Gut, sie wurden nicht zu einem Privataufzug geführt, sondern nur in den Hinterhof des Gebäudekomplexes. Er war relativ groß, sogar mit zwei Bäumen. Es gab einen kleinen Kinderspielplatz mit Sandkasten und Schaukel. Und einen ummauerten Grillplatz, wo tatsächlich ein alter Mann saß und an einer Zigarre paffte. Zu seinen Füßen lagen zwei Rauhaardackel. Ohne Spikes. Rechts davon schraubten vier junge Männer in Joggingklamotten an einem Oldtimer-Cabrio. Am finstersten und muskulösesten von allen war noch die stumme, junge Frau, die die fünf in den Hof führte.

Ein typisches Berliner Hinterhof-Idyll. Vielleicht nicht gerade für neun Uhr früh an einem Januarmorgen, aber trotzdem …

Waren sie im falschen Film?

»Mia, zieh dir, öhm, gefälligst was über. Du holst dir den Tod«, brummte der Alte mit der Zigarre im Mund.

»Du kannst mich mal, Opa.« Die Frau ging zum Cabrio, schubste einen der Schrauber grob beiseite und tauchte in den Motorraum des Wagens ab.

Der Zigarrenmann schüttelte den Kopf. »Enkelkinder. Egal, wie missraten sie sind, öhm, man kann ihnen einfach nicht böse sein.«

Schröder, Fabian und Sisu hatten alle ihre eigenen Gründe, die sie vermuten ließen, doch im richtigen Film zu sein.

Schröder, selbst begeisterter Griller, wusste, dass es sich bei dem Grillplatz um eine Luxus-Outdoor-Multifunktionsküche aus hochwertigen Materialien handelte. Der Grill allein kostete so viel wie ein Kleinwagen. Und den Terrassenstuhl im Kolonialstil, auf dem der Alte saß, hatte er schon viele Male im Katalog bewundert. Er kostete an die tausend Euro. Es gab zehn davon rund um den Grillplatz.

Für Sisu war das Auto der Anhaltspunkt. Es war kein Feld-Wald-und-Wiesen-Cabrio, das die jungen Leute zu neuem Leben schrauben wollten, sondern ein Maserati GranCabrio aus dem Jahr 1947, weiß lackiert. Fast so legendär wie ihr Bagheera.

Und Fabian roch den Braten, als er den Hintern der jungen Frau betrachtete, während sie sich in den Motorraum beugte. Es war ein knackiger Hintern, der ihm ein Lächeln ins Gesicht zauberte. Und als er daraufhin zu dem Alten schaute, schaute ihm der Alte in die Augen. Dann wanderte dessen Blick seitlich zur linken Hauswand und dort nach oben … und wieder zurück. Fabian folgte seinem Blick. Seitlich oben befand sich ein geöffnetes Fenster. Er sah einen Mann, der einen dampfenden Kaffeebecher in der einen Hand hielt und eine Uzi in der anderen. Als Fabian wieder zum Alten schaute, grinste der. Fabian kannte dieses Grinsen von früheren Begegnungen mit Männern, die die Verantwortung für das Wohl von Frauen übernahmen, auch wenn diese Frauen längst und überhaupt ganz allein auf sich aufpassen konnten. Der Blick besagte: Hände weg von meiner Tochter-Schrägstrich-Enkelin-Schrägstrich-Ehefrau, sonst … Das *Sonst* verhieß nie was Gutes.

Pawlitzki wusste, wie gefährlich das hier war. Grill, Auto und Uzi ließen die anderen wissen, dass dieser Hinterhof mit Vorsicht zu genießen war.

Nur Kinski hatte andere Probleme. Einer der Dackel hatte ein deutliches Interesse für den Kamelhaarmantel entwickelt. Es musste der Duft nach Kamel sein, der den Hund begeistert daran schnuppern ließ. So vorsichtig es ihm möglich war, versuchte Kinski, den Hund mit dem Fuß von sich wegzuschieben.

»Pawlitzki«, sagte Meier. Und: »Schön, Sie mal wiederzusehen. Kann ich Ihnen einen Kaffee anbieten? Öhm, oder eins der Craftbiere meines Ältesten? Der ist jetzt unter die Bierbrauer gegangen.« Meier hielt eine Flasche mit rotem Etikett in der Hand, die er jetzt voller Stolz hochhob.

Der Entourage von Pawlitzki wurde das Angebot des Durst-löschens nicht zuteil.

»Sehr freundlich, vielen Dank. Gern einen Kaffee.«

Da Meier nicht mit den Fingern schnippte, nicht laut »Kaf-fee!« rief und sich auch sonst nicht rührte, tippten Schrö-der, Fabian und Sisu auf Richtmikrofone.

»Öhm, meine Frau hat mir verboten, in der Wohnung zu rauchen. Jetzt muss ich also hier draußen Hof halten. Im Winter! Ich führe jetzt ein Al-fresco-Leben«, erklärte Meier und bedeutete Pawlitzki, sich auf den Terrassenstuhl neben ihm zu setzen. Die anderen vier ignorierte er konsequent. Wie auch der junge Mann, der gleich darauf mit einem Ta-blett aus der Tür trat, die zu einer Waschküche zu führen schien. Es befand sich nur eine einzige Tasse mit Unterset-zer auf dem Tablett und die reichte er Pawlitzki. Fabian, Schröder, Sisu und Kinski waren nur Gefolge. Was ihnen natürlich die Chance gab, sich diesen Meier in aller Ruhe anzusehen.

Er war der berüchtigtste Clan-Chef des Landes, wirkte aber – typisch deutsch – wie ein ganz normaler Rentner. Bis auf seinen Tick, ständig *öhm* zu sagen, schien er völlig normal. Sein Alter war schwer zu schätzen. Siebzig? Etwas älter? Er war weder glatt rasiert noch hatte er einen gottvaterähnli-chen Patriarchenbart – Kinn und Wangen zierten nur die typischen Altmännerstoppeln. Man konnte nicht genau se-hen, was er trug, weil er sich gegen die Kälte eine karierte Wolldecke bis unter die Achseln um den Körper geschlun-gen hatte.

»Wir haben da ein paar Leichen gefunden«, fing Pawlitzki an.

Meier paffte, sagte aber nichts.

Der Dackel mit dem Kamelhaarmantelfetisch hechelte und schubberte sich an Kinskis Bein.

»In einigen der Leichen fanden unsere Rechtsmediziner Kondome mit Heroin. Wir haben den Stoff analysieren lassen. Die chemische Signatur war eindeutig. Es stand gewissermaßen Ihr Name darauf.« Pawlitzki ließ das mal so im Raum stehen. Also, im Hof.

Meier paffte ungerührt weiter. Aber wurden seine Augen nicht einen Tick schmaler?

Damals, als Meier von der Provinz nach Berlin gekommen und ins Bordellgeschäft eingestiegen war, hatte es riesigen Ärger mit den Rotlicht-Rockern darüber gegeben, wo seine Mädels anschaffen durften. Pawlitzki hatte zwischen den beiden Lagern vermittelt und einen anständigen Kompromiss ausgehandelt. Meier mochte Pawlitzki.

Und Pawlitzki mochte Meier. Niemand blieb so viele Jahre beim Dezernat für organisiertes Verbrechen, wenn da nicht eine heimliche Hochachtung bestand – vor dem Milieu als solchem und vor einem Mann wie Meier, der sich sein eigenes Reich schuf, seine eigene Parallelwelt, in der allein sein Wort zählte. Okay, *und* das Wort seiner Frau, die ihm verbot, im Wohnzimmer zu rauchen.

Kinski dauerte dieses Vorspiel zu lange. »Vermissen Sie nun Drogenkuriere oder nicht?«, bellte er und trat etwas heftiger nach dem kamelhaarberauschten Schubber-Dackel.

Meier schnaubte verächtlich. »In ein Kondom passen sieben bis zehn Gramm. Das macht in etwa 500 Schleifen. Öhm, glauben Sie wirklich, ich wäre *ich*, das gekrönte Oberhaupt der deutschlandweit einflussreichen Meier-Familie, wenn ich mich mit solchem Kleinkram beschäftigen würde? Mit Kondomen baut man kein Imperium auf!« Weil die Zigarre im Mund steckte, hatte er beide Hände frei, um während seiner Worte auf den Innenhof zu zeigen. Der alles andere als royal-imperial wirkte, aber das war ja immer auch Geschmackssache.

Kinski wollte etwas sagen, aber Pawlitzki war schneller. »Es fehlt also niemand von Ihren Leuten?«

Meier schüttelte den Kopf. »Nein. Öhm, nur der Oleg, aber der hat Blinddarm. Liegt in der Charité. Und, öhm, bevor Sie mich fragen …« Er schaute dezidiert zu Kinski. »… wir haben auch niemanden umgebracht.«

Meier war stolz darauf, ein unblutiges Business zu führen. Konflikte wurden ganz sauber mit Cybercrime ausgetragen. Oder indem man den Kontrahenten die Bude über dem Kopf anzündete. Offenes Feuer war für Meier überhaupt das Beste. Wäre er nicht Drogenboss geworden, dann bestimmt Pyromane. Jedenfalls war sein Weg nicht von Leichen gepflastert. Höchstens von gebrochenen Beinen und Nasen. Alles zum Wohle seiner Familie und der Kunden. Manchmal sah er sich sogar als Wohltäter, der den Leuten mit Glücksspiel, Sex und Drogen zu guten Gefühlen verhalf.

»An Ihrer Stelle würde ich auch leugnen!« Kinski war genervt, und das musste aus ihm raus. Und weil man immer nach oben buckelt und nach unten tritt, floss seine Genervtheit automatisch in das Bein, mit dem er nach dem Hund trat. Dieses Mal richtig grob. Der Dackel flog gegen den Grill. Es war ihm weiter nichts passiert, aber er knurrte. Das war das Zeichen für den zweiten Dackel, sich ebenfalls zu erheben und zu knurren.

»Fritz! Adolf! Aus!«, befahl Meier. Aber nur halbherzig. Die Dackel waren sein Ein und Alles und wer nach ihnen trat, musste selbst mit den Folgen klarkommen.

»Haben Sie eine Erklärung dafür, wie Ihr Stoff in die Kondome kommen konnte?«, fragte Pawlitzki mit seinem freundlichsten Ton. Er legte sogar den Kopf schräg. Nur den Meier nicht verärgern.

Was aber offenbar nicht gelang. Meier paffte wieder. Jetzt wütend. Aus den kleinen Rauchwölkchen wurde ein Atompilz. »Ich habe allerdings eine Erklärung! Öhm, rein theoretisch, versteht sich …« Er sah zu Pawlitzki. Der nickte. »… rein theoretisch, öhm, könnte es sein, dass mir eine Lieferung von Sporttaschen abhandengekommen ist. Fünfzig Taschen, um genau zu sein. Mit einem Cargofrachter in Bremen angelandet. Ich habe einen Verlust von über vierzig Millionen. Öhm, also, wie gesagt, rein theoretisch.«

Fabian, Schröder und Sisu klappte möglicherweise der Unterkiefer auf. Vierzig Millionen? Äh … Euro?

Kinski hatte es jetzt mit zwei Dackeln zu tun. Er hatte aber nur ein Bein zum Treten, weil er das zweite Bein zum Stehen brauchte. Folglich war er im Nachteil. Die Dackel beließen es jetzt auch nicht mehr beim Schnuppern. Sie schnappten.

»Stoff im Wert von vierzig Millionen ist verschwunden? Beachtlich!« Sogar Pawlitzki staunte. »Davon haben wir gar nichts mitbekommen. Wann war das?«

»Zwischen Weihnachten und Neujahr. Öhm, die Container waren falsch deklariert. Kommt ja öfter mal vor. Die jungen Leute von heute wissen einfach nicht mehr, wie man ordentlich und gewissenhaft arbeitet. Jedenfalls, als wir endlich den richtigen Container gefunden haben, öhm, da fehlten unsere Sporttaschen.« Meier wollte wütend paffen, aber der Zigarrenstummel war ausgegangen und gab nichts mehr her. Er wollte ihn wütend wegwerfen, hielt dann aber inne und legte ihn in den Aschenbecher. Das war dann wohl der langen Hand seiner Ehefrau geschuldet.

»Wer ist denn so verrückt, sich an Ihrer Lieferung zu vergreifen? Haben Sie einen Verdacht?«, fragte Pawlitzki.

»Einen Verdacht?«, brüllte Meier und stand auf. Die Autoschrauber sahen zu ihm. Der Uzi-Mann oben am Fenster stellte den Kaffeebecher zur Seite. »Auch wenn der Stoff noch nicht auf dem Markt aufgetaucht ist … ich weiß genau, wer das war!«

Pure Aggression waberte durch die Luft.

Fabian, Schröder und Sisu griffen gleichzeitig wie Synchronschwimmer zu ihren Holstern.

Meier fuchtelte mit den Armen. Die Karodecke fiel zu Boden. »Es waren diese Schweine aus …«

In diesem Moment hörte man einen Motor aufheulen. Und gleich darauf ein infernalisches Poltern. Und da kamen schon die leeren Mülltonnen, die in der Einfahrt standen, in den Innenhof geflogen.

Hinter den fliegenden Mülltonnen bog ein schwarzer Hummer H2 mit getönten Scheiben auf den Innenhof. Fahrtechnisch eine echte Meisterleistung, weil die Einfahrt nur um wenige Millimeter breiter und höher war als das Fahrzeug.

Die Türen wurden aufgestoßen, und der Kugelhagel begann. Erst aus dem Hummer – und nur Sekunden später von oben, nicht nur aus dem Fenster mit dem Uzi-Mann, aus gefühlt allen Fenstern.

Verwöhnte Vielfernsehgucker hätten diesen Schusswechsel als enttäuschend empfunden – ohne CGI und sonstige Mätzchen blieb nur das wahre Leben. Und das war unspektakulär.

Es war laut, zugegeben. Aber es gab keine in die Luft katapultierten Menschenleiber, weder in Zeitlupe noch in schnellem Vorlauf. Und es gab auch keine Detailaufnahmen von Einschusslöchern in Fleisch oder Mauerwerk. Und wer nicht wie wild um sich schoss, sah ohnehin nichts, weil er mit Ducken beschäftigt war.

Weil alle Maschinengewehre zu haben schienen, nur die fünf von der Polizei nicht, suchten Letztere erst mal Deckung. Meier, Pawlitzki, Fabian, Sisu und Schröder kauerten sich hinter den ummauerten Grill, der groß genug war, um ihnen allen Schutz zu bieten.

Der GranCabrio war kurz darauf nur noch ein Sieb aus Altmetall. Der Hummer steckte den Kugelhagel aus den Fenstern schon besser weg – er war gepanzert.

Sisu fiel auf, dass der Wagen ein Bremer Kennzeichen hatte.

Jemand brüllte über die Maschinengewehrsalven etwas. Es klang arabisch.

Sisu, Fabian und Schröder kauerten eng an eng und sahen sich an. Sie waren offenbar mitten in einen Clan-Krieg geraten!

Da trafen auch schon die ersten Kugeln ihr Ziel – und der erste Querschläger einen Unschuldigen. Aber das war erst der Anfang …

BODYCOUNT: 29

BERLIN, CHARITÉ KRANKENHAUS

»Adolf?«, hauchte der alte Meier, als er in der Notaufnahme zu sich kam. »Fritz?«

Da sprach das liebend Hundevaterherz. Dabei waren die beiden Dackel die Einzigen, die den Schusswechsel unbeschadet überstanden hatten. Sie wurden in diesem Moment von Meiers Frau versorgt, die sich entschieden hatte, lieber zu Hause die Wauwis zu betütteln, anstatt ihren Mann ins Krankenhaus zu begleiten. Was tief blicken ließ. Entweder stand es mit der Ehe nicht zum Besten. Oder sie liebte ihren Gatten so sehr, dass sie genau wusste, wie sie ihn zufriedenstellen konnte: Sind die Hunde glücklich, ist es der Mann auch.

»Ihren Hunden geht es gut.«

Fabian war allein mit Meier im Behandlungsraum der Notaufnahme. Vor der Tür schoben zwei uniformierte Beamte Wache. Weniger aus Furcht vor neuerlichen Angriffen. Sie sollten vielmehr die Angehörigen des Meier-Clans fernhalten, die zu ihrem Oberhaupt wollten.

Meier hatte eine schwere Gehirnerschütterung. Weil einer der Angreifer aus dem Hummer eine Kalaschnikow gezückt und mal eben den Grill in seine Einzelteile zerlegt hatte, bevor er selbst das Ziel des Mündungsfeuers aus unzähligen Fenstern wurde. Alle anderen, die hinter dem Grill

Deckung gesucht hatten, schafften es noch, sich rechtzeitig in Sicherheit zu rollen, nur Meier nicht.

Eins der Grilleinzelteile hatte ihn unglücklich am Hinterkopf erwischt. Darum lag er jetzt hier. Dabei konnte er noch von Glück sagen: Wenn das Mauerteil seine Schläfe erwischt hätte, dann wäre er jetzt genau so tot wie vier seiner Leute.

Die drei Autoschrauber und der kaffeetrinkende Uzi-Mann wurden in diesem Moment vom mythologischen Fährmann Charon über den Styx gerudert.

Die vier Angreifer aus dem Hummer hatte es förmlich zersiebt. Die Truppe von der Rechtsmedizin würde noch Stunden, wenn nicht gar Tage brauchen, um alle Einzelteile einzusammeln.

Fabian war der Einzige, dessen Schutzengel ganze Arbeit geleistet hatte: Er hatte nur eine kleine Schramme an der Stirn, weil er beim Wegrollen vom implodierenden Grill mit einem der Bäume kollidiert war.

Sisu hatte sich einen Streifschuss eingefangen, Schröder einen Querschläger, und Pawlitzki hatte Schürfwunden an Gesicht und Händen und zwei geprellte Rippen.

Am schlimmsten hatte es Kinski erwischt – der wurde gerade operiert. Bevor man ihn in den OP gerollt hatte, hatte er noch die Order erteilt, niemandem – wirklich niemandem – zu erzählen, weshalb er operiert wurde: Nicht etwa, weil er sich eine Kugel eingefangen hätte, o nein. Fritz und Adolf hatten herzhaft zugebissen und Kinskis linke Wade zerfleischt. Wohlgemerkt, sie hatten nicht einfach nur niedliche Dackelzahnabdrücke in der Männerwade hinterlassen – die Zahnabdrücke zierten den Schienbeinknochen. Und außerdem fehlten große Brocken vom Wadenfleisch. Fabian hatte keine Ahnung, wie die Chirurgen das wieder richten wollten – eine Schweinelende auf den Knochen pappen?

Meier packte Fabian am Arm und zog ihn zu sich.

»Bevor es mit mir, öhm, zu Ende geht, sollen Sie wissen: Das waren die Wahims! Diese Saubande!« Er atmete abgehackt und schwer, als ob es sekündlich mit ihm zu Ende gehen könnte, dabei hatte der Arzt Fabian versichert, dass Meier problemlos durchkommen würde – er brauchte nur Ruhe. »Die haben sich meinen Stoff gekrallt. Alle fünfzig Taschen. Und jetzt wollen sie mir und meiner Familie an den Kragen. Die wollen mir nicht nur das Geschäft kaputtmachen, die wollen alle Meiers auslöschen!«

In Fabian dachte es kurz, dass die Wahims viel zu tun hätten, wenn sie wirklich alle Meiers killen wollten. Und womöglich auch alle Meyers, Maiers, Mayers und Mayrs. Selbst durch die Beschränkung auf die Drogen-Meiers hätten sie alle Hände voll zu tun. Aber das sprach er nicht aus.

»Seit der junge Wahim die Geschäfte übernommen hat«, keuchte der alte Meier, »... herrscht ... öhm ... keine Ehre mehr unter Geschäftsmännern. Said Wahim ist ein Hurensohn!« Erschöpft ließ er Fabian los und schloss die Augen. Er schien eingenickt zu sein.

Die Tür ging auf. Fabian, der noch über Meier gebeugt war, schoss hoch.

Es war aber nur Schröder. Mit einem fetten Pflaster auf der Stirn. Und einer Plastiktüte in der Hand. Sofort roch es in dem Behandlungsraum nach Knoblauch und Zwiebeln und warmem Fleisch.

»Du hast dir Essen geholt?«

»Essen geholt? Nee, klar nicht. Ich hab's mir liefern lassen.« Schröder fischte etwas aus der Tüte. »Döner?«

»Nein, das ist unhygienisch.« Für Fabian gab es zwei Orte, an denen der Verzehr von Nahrungsmitteln tabu war: Bade- zimmer und Notaufnahmen.

Schröder kannte solche Hemmungen nicht. »Wenn ich Hun- ger habe, muss ich essen.« Er wickelte den Döner aus und biss zu.

Fabian tippte derweil die Info, dass Meier den Wahim-Clan bezichtigt hatte, in sein Handy, um sie dem SoKo-Team zu- kommen zu lassen.

Ob es nun die Tippgeräusche von Fabian oder das Schmat- zen von Schröder war, Meier schlug die Augen auf. Er schien etwas sagen zu wollen.

»Ja? Ist Ihnen noch etwas eingefallen?« Fabian beugte sich über ihn. Er hielt den Atem an. Vielleicht hatte der Arzt sich geirrt und mit Meier ging es doch zu Ende. Dann würde er jetzt dessen letzte Worte hören. Er hörte aber nur: »Oleg, ich will zu Oleg.«

»Was?«

»Oleg. Der arbeitet für mich. Oleg liegt hier in der Charité mit Blinddarm. Ich will, dass man uns zusammenlegt. In ein Zweierzimmer. Sagen Sie denen, Geld spielt keine Rol- le – ich bin privat versichert.«

Meier nickte wieder weg.

Fabian atmete enttäuscht aus.

Da ging die Tür auf, und Sisu kam herein. Ihr linker Ober- arm war frisch bandagiert, nachdem der Erstverband, den die Sanitäter angelegt hatten, durchgeblutet war.

»Hast du meinen Text gelesen?«, fragte Fabian. »Der Meier sagt, die Angreifer gehören zum Wahim-Clan.«

»Das interessiert mich nicht. Wir müssen los«, erwiderte Sisu. »In der Einsatzzentrale sitzt einer, der sagt, dass er die

Morde begangen hat.« Sie schnupperte. »Wonach riecht es hier?«

»Döner«, mümmelte Schröder.

Sisu schüttelte den Kopf. Wobei es ihr insgeheim schon ein bisschen imponierte, so regelunkonform sein eigenes Ding durchzuziehen, wie Schröder es tat. Aber essen? Im Krankenhaus?

»Zack, zack«, sagte sie, »packt euer Zeug und los.«

»Warum die Eile? Das ist doch definitiv einer, der sich nur wichtigmachen will.« Fabian zuckte mit den Schultern und schlenderte zu dem Hocker, auf dem seine Lederjacke lag.

»Er hat aber etwas mit aufs Revier gebracht, das eigentlich nur der Täter haben kann.«

Fabian blieb stehen, Schröder hielt mitten in der Kaubewegung inne. Beide sahen sie auffordernd an.

Sisu grinste. »Den Eiskugelportionierer, mit dem den Leichen die Augen ausgehoben wurden.«

BERLIN, EINSATZZENTRALE, VERHÖRRAUM EINS

»Ja, ich war's, ich bin es gewesen, ich habe sie umgebracht – ich bin der Tätowierer!«, schnarrte Enno Tammen und lächelte breit.

Fabians Freude, endlich einmal in Verhörraum eins zu dürfen, war beim Anblick des Mannes, der sich des achtundzwanzigfachen Mordes bezichtigte, geschrumpelt.

Dabei war Verhörraum eins ein wahres Paradies. Sonst bekamen Sisu und er immer nur Verhörraum vier, allenfalls drei zugewiesen. Dunkle Löcher mit einem Mobiliar, das noch aus der Zeit vor der Wende stammte – wackelige Tische und Plaste-Stühle, auf denen einem schon nach fünf Minuten der Po einschlief. Nicht so Verhörraum eins: hochmoderne Technik, cooles Mobiliar und sogar ein Kaffeeautomat mit Kapseln.

Er und Schröder lehnten an der Wand neben der Kaffeemaschine und pusteten ihren frisch gebrühten Kapselkaffee kalt.

Sisu saß Tammen gegenüber und trommelte mit den Fingern auf die Tischplatte. »Sie wollen also all die Morde allein begangen haben?«

»Sehr richtig. Ich ganz allein.«

»Der ist doch nicht echt«, flüsterte Fabian Schröder zu, dessen Hemd mittlerweile ein abstrakt-expressionistisches Jack-

son-Pollock-Kunstwerk aus Blut-, Kaffee- und Dönerschlie-
ren war.

Alles an Tammen war schräg. Der froschgrüne Anzug, die
Brille mit dem lilafarbenen Gestell und nicht zuletzt das
permanente Lächeln. Aber Fabians Unglaube galt nicht dem
Herrchen, sondern dem Hund in dessen Schoß. Ein schla-
fender Chihuahua. Tammen hatte sich geweigert, auch nur
einen Schritt ohne das Tier zu machen. Das sei kein Schoß-
hund, sondern ein zertifizierter Begleithund, den er für seine Angststörung brauche.

Das Tier hatte sich noch kein einziges Mal bewegt. Und so-
sehr Fabian auch den Kopf nach vorn streckte, wie eine
Schildkröte, die aus ihrem Panzer lugte, er konnte nicht
erkennen, ob sich der Brustkorb des Chihuahuas hob
und senkte. »Ausgestopft!«, flüsterte er. »Oder von Steiff!«
Sisu drehte den Kopf ganz leicht zur Seite und räusperte sich.
»Okay. Wer sind die Toten?«, fragte sie jetzt.

»Ach Gott, das weiß ich doch nicht. Irgendwelche Menschen.
Es gibt ja genug. Da fällt ein bisschen Schwund nicht auf.«
Tammen streichelte den schmalen Rücken des Hundes in
seinem Schoß. Er sah dabei nicht nach unten, nur zu Sisu.
Und lächelte. Ununterbrochen. Wie mit Permanetmarker
in sein Gesicht gemalt.

»Wo haben Sie diese … Menschen … getroffen?«
»In Bars natürlich. Ich habe sie angesprochen, ihnen K.o.-
Tropfen verabreicht und sie in meinen Kühllaster gebracht.
Und dort habe ich sie dann *gekillt*. Und *skalpiert*. Und *tä-
towiert*.« Er ließ sich jedes Wort genüsslich auf der Zunge
zergehen.

Auch wenn er nicht der Täter sein sollte, er hatte definitiv
einen an der Waffel.

»Das Tätowierbesteck habe ich von meinem Vater geerbt. Er hat nämlich auch tätowiert, müssen Sie wissen. Ich setze eine hehre Tradition fort.« Tammen wackelte mit den Augenbrauen und schaute Sisu bedeutungsvoll – aber immer noch lächelnd – an.

Ihr stockte der Atem. Verdammt, sie hätte heute Morgen Zeitung lesen oder Nachrichten hören sollen. Hatte Kinski, der wadenlose Idiot, tatsächlich den alten Serienmörder erwähnt? Konnte Tammen aus den Medien davon erfahren haben?

»Und ganz am Schluss, bevor ich sie in Folie eingewickelt habe, da habe ich ihnen die Augen ausgepult! Mit einem Eiskugelportionierer!« Tammen juchzte es fast. Und klopfte dabei heftig auf das Hinterteil seines Chihuahuas. Der sich immer noch nicht rührte.

Sisu schürzte die Lippen. Das war nun definitiv Insiderwissen. Entweder jemand hatte Tammen gegenüber aus dem Nähkästchen geplaudert … oder diese lächerliche Witzfigur in dem froschgrünen Anzug war tatsächlich der Massenmörder mit dem Tätowierfetisch.

Fabians Handy vibrierte.

Sisu hasste es, wenn er sein Handy bei Verhören nicht auf Flugmodus stellte, nur damit er keine Textnachricht von einem seiner vielen Betthasen verpasste. Sie räusperte sich erneut.

Aber dieses Mal war es keine rallige Gespielin, sondern das Labor. Man hatte an dem Eiskugelportionierer Spuren von Glaskörpern, Sehnerven und Netzhäuten mehrerer Personen gefunden. Der Abgleich mit den Gewebeproben der Opfer stand natürlich noch aus.

Fabian trat einen Schritt auf Sisu zu und zeigte ihr die Textnachricht. Sie tauschten einen Blick.

Enno Tammen war zwar ein dauerlächelnder Perversling, aber nicht auf den Kopf gefallen. Er konnte eins und eins zusammenzählen. Und Blicke deuten.

»Sie haben das Ergebnis der Laboruntersuchung bekommen, nicht wahr? Jetzt wissen Sie, wozu der Portionierer verwendet wurde! Sie wissen, dass ich die Wahrheit gesagt habe!« Er rutschte vor Begeisterung auf dem Stuhl hin und her. Was immer es war, was da in seinem Schoß lag – lebend, tot oder mit Granulatsäckchen gefülltes Webpelzspielzeug –, ließ sich davon nicht stören.

Tammen knipste abrupt sein Dauerlächeln ab. Was fast noch unheimlicher war, weil Sisu, Fabian und Schröder fast schon zu der Überzeugung gelangt waren, dass es sich bei dem Lächeln um einen Botoxunfall handelte, das sich nicht abstellen ließ.

»Ab jetzt sage ich nichts mehr ohne meinen Anwalt!«

Sisu setzte gerade zu einer Erwiderung an, als die Tür aufgerissen wurde und mit einem lauten Knall gegen die Wand schlug.

Ein sehr hagerer, sehr großer, totenbleicher Mann trat ein. Ganz in Weiß gekleidet und mit übertrieben langen Fingernägeln. Begleitet von einem intensiven Duft nach Desinfektionsmittel.

Weil es so unerwartet kam, zuckten alle zusammen: Tammen, Sisu, Fabian und Schröder. Und sogar der Chihuahua, der schlagartig seine vergleichsweise riesigen Äuglein aufriss, sich wackelig auf seine Streichholzbeinchen erhob und kläffte und kläffte und gar nicht mehr aufhörte zu kläffen.

»Marcel … äh … du hier?«, rief Fabian über das Kläffen hinweg.

Sisu guckte genervt, weil gestört, Schröder interessiert und Tammen beleidigt, weil ihm der Neuankömmling seinen dramatischen Moment kaputtgemacht hatte.

»Ich bin die Nacht durchgefahren«, erklärte Fassbinder und fügte mit einer Stimme, die keinen Widerspruch duldete, hinzu: »Wir müssen sofort los! Ich habe uns einen Termin bei Clan-Chef Said Wahim besorgt!«

BREMEN, HOHENLOHESTRASSE

»So geht Clan!«, dachte Fabian glücklich. Die Wahims machten ihm die Freude, seine Erwartungshaltung, wie eine Verbrecherfamilie auszusehen und vor allem zu residieren hatte, vollumfänglich zu erfüllen.

Said Wahim empfing sie in der *Perle Beiruts*, einem libanesischen Spezialitätenrestaurant im Souterrain einer beeindruckenden Villa, die in einem Wohnviertel hinter dem Bremer Hauptbahnhof lag.

Von außen wirkte die Villa bremisch-hanseatisch vornehm, aber wenn man die vier Stufen ins Souterrain hinunterstieg und die von zwei Fenstern mit schmiedeeisernen Gitterstäben umrahmte Tür öffnete, befand man sich plötzlich im Libanon. Im Innern herrschten hochsommerliche Mittelmeertemperaturen, trotz Januarkälte draußen vor der Tür. Herrlich exotische Düfte brachten ihre Nasenhärchen zum Flimmern und insbesondere Schröder zum Speicheln. Das Interieur war in dunklem Zedernholz mit viel Golddekor und roten Sitzkissen gehalten. Ein Oudspieler intonierte Oriental Jazz – live, nicht vom Band. Kurzum, die *Perle Beiruts* nahm alle fünf Sinne gefangen.

Nur die finster dreinschauenden Muskelmänner in augenscheinlich libanesischer Tracht, unter der man problemlos die Waffenholster ausmachen konnte, stellten eine kleine Beeinträchtigung des Gesamtgenusses dar. Waren aber das optisch authentische Tüpfelchen auf dem i für Fabian.

»Wir sind angemeldet«, schnarrte Fassbinder, als sich ihnen eine dralle Blondine in schillerndem Bauchtänzerinnen-outfit näherte, der ein »Wir haben noch geschlossen« auf den Lippen zu liegen schien. Sie musterte die vier Gäste – auf den ersten Blick zwei Models, ein Riese und ein Untoter –, ohne mit der Wimper zu zucken, und führte sie wortlos in den hinteren Bereich des Restaurants, gewissermaßen in den Bauch des Biests.

Dort saß in einer Nische mit kunstfertig geschnitzten Holz-verzierungen der Mann, den der alte Meier gern als Huren-sohn zu bezeichnen pflegte – was faktisch nicht stimmte, Said Wahim war kein Hurensohn, sondern Reiseverkehrs-fachfrausohn. Und er selbst hatte einen Bachelor in BWL. Seiner Mutter zuliebe. Kam ihm aber auch bei seinen Clan-Geschäften zugute.

Als Junior-Chef war er allerdings nur im Vergleich zum Patriarchen des Familienunternehmens jung. Der saß me-thusalemisch zerknittert mit Sauerstoffmaske in seinem Roll-stuhl vor der Theke und war mit nichts als Atmen beschäf-tigt.

Said Wahim sah man jedes seiner sechzig Lebensjahre an, auch wenn er alles in allem noch sehr appetitlich wirkte. Fand Sisu.

»Danke, dass Sie uns empfangen.« Fassbinder deutete ein Nicken an. Nicht ganz so kratzbuckelnd servil wie am Hofe Ludwigs des Vierzehnten, aber doch sehr ähnlich in der Mes-sage. Hier hatte Wahim das Sagen. Sie hatten eine Audienz bekommen.

Der Clan-Chef bedeutete ihnen, Platz zu nehmen. Ihnen allen, nicht nur Fassbinder, den er kannte. Das musste die viel gerühmte mediterrane Gastfreundschaft sein. »Tee«, sagte er zur Bauchtänzerin, die offenbar auch als Kellnerin fungierte. Oder sie war eine Kellnerin, die nebenher mit gekonntem Hüftschwung die Gäste entertainte. Sei dem, wie ihm wolle – sie enteilte.

»Und … äh … könnte ich etwas Hummus mit Pita-Brot bekommen?«, rief Schröder ihr nach. Sisu versetzte ihm einen Ellbogenstoß. »Was? Wir haben unterwegs nicht mal eine Pinkelpause eingelegt! Ich stecke ganz tief im Hungerast.«

Nachdem Sekretär Ingo die Dienstreiseformulare ausgestellt und in Vertretung des Chefs auch gleich unterschrieben hatte, hatte Fassbinder darauf bestanden, dass sie wegen der Kostenersparnis mit nur einem Auto fuhren – und zwar mit seinem. Ingo hatte bei ihrem Aufbruch extra aus dem Fenster geschaut, weil er angesichts von Fassbinders Äußerem schon fast mit einem Leichenwagen rechnete, inklusive der gerafften Vorhänge an den Scheiben, aber das wäre dann wohl doch des Guten zu viel gewesen. Obwohl, vielleicht hatte er ja einen Zweitwagen …

Sisu und Fabian rutschten zu Wahim in die Nische. Fassbinder zog eine Packung Desinfektionstücher aus seiner Jackentasche und wischte damit erst mal über Sitzfläche und Lehne. Dann platzierte er sich Said Wahim gegenüber.

Nur Schröder blieb stehen und sah sich nach Essbarem um: Chips, Nüsschen, irgendwas.

Die Bauchtanz-Kellnerin kehrte mit einem Tablett zurück, auf dem eine orientalische, mit Blumenmustern gravierte Silberteekanne stand, dazu fünf kleine Tassen. Wahim ließ es sich nicht nehmen, seinen Gästen selbst einzuschenken. Darauf beschränkte sich dann allerdings seine Rundum-Betreuung.

Audienzen verliefen ja grundsätzlich immer irgendwie gleich. Sei es beim Bundespräsidenten, bei dem alten Meier oder beim jungen Wahim. Das Licht der Aufmerksamkeit des Hausherrn fiel immer nur auf denjenigen, den er schon kannte. Und er kannte Keimphobiker Fassbinder.

Als der Tee in den Tassen dampfte und Fassbinder und Wahim einen ersten Schluck genommen hatten, fragte Wahim mit müder Stimme: »Was kann ich für Sie tun?« Er klang nicht unfreundlich. Aber wachsam.

Und traurig. Fand Fabian, der ein feines Ohr für Stimmungen hatte.

»Ich komme heute als Freund zu Ihnen«, fing Fassbinder an. Er schien in seinem Element zu sein. Unterwegs auf der Fahrt nach Bremen – die zu Sisus großer Freude sehr zügig vonstattengegangen war und sich Fassbinder ebenfalls als ein Liebhaber des Gaspedals erwiesen hatte – hatten sie sich mehrheitlich angeschwiegen. Sie waren alle angespannt. Fassbinder hatte nur geschnarrt: »Ich weiß, was ich tue.«

Und offenbar wusste er es wirklich. Er wirkte wie ein orientalischer Potentat, der auf Augenhöhe konferierte. »Ich bin besorgt«, sagte er jetzt und legte dabei die rechte Hand auf die Stelle, wo sich bei lebenden Menschen das pochende Herz befand. Fabian überlegte, was Zombies wie Fassbinder dort haben mochten. Einen Hohlraum? Nein, die Natur verabscheute jedwedes Vakuum. Statt eines Herzens besaß er vermutlich eine Flasche Hygienespray.

Die Muskelmänner, die eindeutig in der Überzahl waren, hatten rund um die Nische Aufstellung genommen. Sie schienen alle frisch vom Barber-Shop zu kommen – Undercut und Bärte waren perfekt getrimmt. Fassbinder hatte darauf bestanden, ohne Backup einzulaufen, weil es sich schließlich nur um einen höflichen Erkundigungsbesuch handelte. Fabian und Sisu fragten sich angesichts des Testosteron- und Steroidlevels rund um die Nische, ob das so eine gute Idee gewesen war.

Schröder klopfte inzwischen an die Tür zur Küche. Zweifelsohne, um sich Futter zu erbetteln. Er war wie ein sabbernder Bernhardiner. Nur dass er nicht so viel haarte.

»Es wurden Anschuldigungen gegen Sie geäußert«, fuhr Fassbinder fort. »Anschuldigungen, die ich keine Sekunde lang glaube. Aber wir müssen das aus dem Weg räumen.«

»Von was für Anschuldigungen sprechen Sie, mein Freund?« Wahim, mit dunklen Augenringen unter den samtbraunen Augen, ließ sich nicht in die Karten blicken.

Fassbinder hätte natürlich mit den Auftragsmördern im Hummer anfangen können oder mit der zweistelligen Zahl an Tätowiertoten, aber er entschied sich, bei Adam und Eva einzusteigen. Will heißen, bei der verschwundenen Meier'schen Drogenlieferung.

»Es heißt, dass einige Sporttaschen abhandengekommen sind. Hier, im Bremer Hafen. Inklusive … Füllung. Jemand hat wohl den betreffenden Container falsch deklariert.« Fassbinder legte eine Pause ein. Er leerte seine Tasse.

Wahim schenkte nach, sagte aber nichts.

»Teile der … *Füllung* … sind jetzt aufgetaucht. An Orten, an denen sie besser nicht aufgetaucht wären.« Noch sibyllinischer hätte man sich gar nicht ausdrücken können.

Sisu guckte skeptisch. Es war, als würde man zwei Schreitvögeln bei einer Pavane in Zeitlupe zuschauen. Warum redeten die beiden um den heißen Brei herum? Jeden Moment konnte der Bodycount weiter steigen! Ihr dauerte das alles zu lange. Sie brummte.

Als ob Fabian ihre Gedanken lesen könnte, lenkte er sie ab, indem er ihr die Zuckerdose anbot. Ein Angebot, das sie selbstverständlich ausschlug. Sie trank ihren Tee, wie sie ihren Kaffee trank – ungesüßt und brühend heiß. Ihre Tasse war folglich schon leer. Aber ihr schenkte Wahim nicht nach. Sie brummte erneut.

Fabian war da schon viel relaxter. Aber er hatte sich ja auch während dieses Deeskalations-Workshops im letzten Herbst ein Zimmer mit Fassbinder geteilt und mehrere Schlummerbier mit ihm gekippt. Das war wie Blutsbrüderschaft. Nur ohne Blut. Bierbruderschaft. Bei einem Bierbruder vertraute man darauf, dass er wusste, was er tat.

Schröder kam mit einem Teller zurück, auf dem sich Falafelbällchen und gefüllte Weinblätter türmten. Wenn Schröder hungrig guckte, konnte eben keine Köchin widerstehen. Und auch kein Koch. Wie man an dem kleinen, untersetzten, schon vor der Öffnungszeit schwitzigen Mann im Schießer-Unterhemd sah, der hinter Schröder hereilte und ihm im Gehen noch ein paar Kibbeh und eine kleine Schale mit Auberginencreme auf den übervollen Teller häufte.

Weil Schröder an der Mauer aus Bodyguards nicht vorbeikam, nahm er an der Theke Platz. Zwischen einem kleinen, goldenen Käfig, in dem zwei kleine Liebesvögel turtelten, und Seniorchef Wahim. Der unter seiner Sauerstoffmaske Darth Vader ähnliche Geräusche von sich gab.

Fassbinder ließ sich nicht ablenken. »Ich frage nur … als Freund …« Er gestikulierte mit beiden Händen, was irgendwie nicht zu seiner coolen Vampir-Aura passte. Außerdem verteilte er beim Gestikulieren sein Eau de Desinfektionsmittel in der Atemluft. Fabian musste einen Niesreiz unterdrücken. »… könnte es sein, dass jemand aus Ihrer Familie die Sporttaschen an sich genommen hat? Natürlich rein … versehentlich?«

Wahims Blick wurde zunehmend finster. Er gewann auch deutlich an Farbe. Was an einen Dampfdruckkochtopf erinnerte. Kein gutes Omen.

Sisu hatte mittlerweile ebenfalls einen roten Kopf. Dieses mit Sprechpausen gefüllte Geschwafel ging ihr gegen den Strich. Warum nicht einfach auf den Punkt kommen? Um nicht zu platzen, kaute sie an ihrer Unterlippe.

Schröder würzte derweil den Futterturm auf seinem Teller mit dem Inhalt einiger nicht näher gekennzeichneten Schalen auf der Theke. Baharat? Kreuzkümmel? Bittermandel? Es war ein bisschen wie russisches Roulette. So unappetitlich Fabian Schröders Verfressenheit fand, so sehr nötigte ihm die Seelenruhe des Mannes in brenzligen Situationen Respekt ab. Und sein Mumm in Sachen Würze.

Weil Wahim weiterhin schwieg, schwurbelte Fassbinder weiter. »Ist es … natürlich rein hypothetisch … denkbar, dass jemand aus Ihrem … Unternehmen … sich der Sporttaschen bemächtigt hat? Oder vielleicht ein Konkurrent, der Ihnen etwas unterschieben möchte?«

Wahims Augen wurden zu schmalen Schlitzen.

»Wer immer die Taschen an sich genommen hat, hat deren Inhalt in Kondome eingewickelt wie in Weinblätter und in diverse Mordopfer verteilt.« Fassbinders Hände stellten – ohne sein Zutun, will heißen, ohne dass er den Befehl dazu entsandt hätte – diese Szene nach. »Wollte er damit dem ursprünglichen Besteller der Sporttaschen ans Bein pinkeln? Oder Ihnen?«

Schröder, der gerade die gefüllten Weinblätter auf seinem Teller probieren wollte, schob sie zur Seite und schaufelte stattdessen die Fleischbällchen in sich hinein.

Die kommende Eskalation lag deutlich in der Luft. Wie Schwefelgeruch vor einem direkten Blitzschlag.

Sisu war mittlerweile überzeugt, dass es sich als Fehler erweisen würde, ohne Rückendeckung gekommen zu sein. Sie stützte die Hände auf die Hüften, damit ihre Rechte im Notfall sofort an der Waffe war und ihre Linke das Messer aus dem Rückenholster ziehen konnte. Möglich, dass sie untergehen würde. Aber sie ging ganz sicher nicht allein – sie würde den Clanchef und drei der Muskelmänner mitnehmen! Mindestens!

»Wer auch immer dahintersteckt, es kann Ihnen unmöglich entgangen sein, Herr Wahim.« Fassbinder zog ein weiteres Desinfektionstuch aus der Tasche und wischte damit über die Tischplatte vor sich. Es war keine reine Übersprungshandlung – er musste beide Hände flach auf den Tisch legen, als ob er deren Gestikulationsdrang nur so ausschalten könnte. Fassbinder war kein Freak, obwohl er so aussah. Nicht nur seine Mutter liebte ihn, auch seine Freunde im Gothic Fanclub und im Aquaristenverein. Manchmal war er sich jedoch deutlich bewusst, dass er anders war als andere. Das war jetzt ein solcher Moment. Aber es nützte ja nichts. Man war, wie man war.

»Und könnte es nicht sein, dass Sie zu der Ansicht gelangten, der alte Meier wolle Ihnen und Ihren Leuten etwas unterjubeln?«, fuhr Fassbinder fort, der alles auf eine Karte setzte. »Und wäre es denkbar, dass Sie deshalb einige Ihrer Jungs nach Berlin geschickt haben? Vielleicht nur, um zu reden, aber junge Leute übertreiben es ja gern einmal. Nur um ein Zeichen zu setzen, versteht sich. Doch dann eskalierte die Situation, und jetzt gibt es ein paar Meiers weniger.«

Fassbinder sah Wahim angstfrei in die Augen, die Hände immer noch flach auf der Tischplatte. Ihre Wege hatten sich schon mehrmals gekreuzt, und jedes Mal kooperierten sie ganz wunderbar. Heute schien Wahim allerdings gereizt und auf Krawall gebürstet. Gerade versuchte Fassbinder, sich an Lektion vier aus dem Gewaltpräventionsworkshop zu erinnern, als Wahim der Kragen platzte.

»Eine unglaubliche Frechheit! Rassistische Ungleichbehandlung par excellence!«, brüllte er. »Immer, wenn irgendwo die Kacke am Dampfen ist, zeigt man auf den Ausländer!«

»Papa, ist ja gut«, wollte ihn die Kellnerin besänftigen, aber da kannte sie ihren Papa schlecht. Ein Papa, der übrigens Deutscher in dritter Generation war und somit mit Bremer Zungenschlag brüllte. Momentan fühlte er sich allerdings durch und durch als Libanese.

»Da schleust diese Witzfigur von Operetten-Drogenbaron, dieser Alman Meier, eine Tonne Drogen ins Land, aber wer wird verdächtigt? Ich! Weil ich ja ein böser Araber bin!«

Wahims Finger verkrallten sich in die Tischplatte. Sinnbildlich gesprochen – seine Nägel waren viel zu kurz manikürt, als dass er damit hätte krallen können.

»Man unterstellt mir, die Konkurrenz ausschalten zu wollen. Weil wir Araber ja so geldgeil und blutrünstig sind!«

Er beugte sich vor. »Aber dass dieses Schwein von Meier meinen kleinen Malik umgebracht hat, das interessiert keinen! Auge um Auge, Zahn um Zahn. Und mein kleiner Malik ist so viel wert wie zehn von diesen Meiers!«

Fassbinder sah Sisu an. Vorwurfsvoll, als hätte sie ihm eine essentielle Information vorenthalten. Sie zuckte mit den Schultern und schüttelte den Kopf.

»Das wussten wir nicht«, räumte Fassbinder ein. »Sie haben mein vollstes Mitgefühl!«

»Meier hat ein Kind umbringen lassen?«, purzelte es ein wenig fassungslos aus Fabian heraus.

»Ach, das können Sie nicht glauben? Warum denn nicht? Weil der alte Meier Krachlederne trägt und Kampfdackel züchtet? Weil er einer von Ihnen ist?« Wahim spuckte es fast aus.

Fabian dachte daran, wie liebevoll Meier mit seiner missratenen Enkelin umgegangen war – er hatte ihn für einen Kinderfreund gehalten, also, äh, im besten Sinne –, aber das sprach er jetzt natürlich nicht aus. Jedenfalls würde so einer doch kein Kind umbringen lassen, oder?

»Und habe ich von der Polizei erfahren, dass mein Sohn tot ist?«, donnerte Wahim weiter. »Nein! Ein anonymer Anrufer musste mir sagen, dass man mein Kind ermordet hat!«

Fassbinder schluckte. Er wusste, dass der *kleine* Malik, der Jüngste von Wahims geschätzt fünfzehn inner- und außerehelichen Kindern, in Wirklichkeit Mitte dreißig war und schon mehrfach beinahe den Heroinlöffel wegen Überdosis abgegeben hätte, aber das schmälerte den Verlust des Vaters natürlich nicht. »Ich kann Ihnen nur noch einmal mein Mitgefühl bekunden. Wir … wussten nichts davon …«

»Machen Sie hier nicht auf menschlich, Sie Zombie!«, röhrte Wahim. »Sie wussten es ganz genau!« Er wischte sich über die Augen. Natürlich nur, weil es in der Nische so heiß war und er deshalb ins Schwitzen kam. »Das waren die Meiers. Die Meiers haben meinen kleinen Malik umgebracht. Und ihn nach seinem Tod noch so zuzurichten … seine makellose Haut zu entstellen … und ihn mit einem Kondom voller Drogen zu … zu schänden! Wie abartig muss man sein, um einem Vater das anzutun! Es ist mein Recht – hören Sie –, mein Recht als Vater, nach dem Blut der Täter zu dürsten!« Die Tränen – Verzeihung: Schweißtropfen – strömten jetzt nur so über seine Wangen, aber sein Gesichtsausdruck symbolisierte nicht Trauer, sondern puren Zorn.

Sisu und Fabian sahen sich an. Dann sagte Sisu: »Ihr Sohn ist eins der Opfer des Tätowierers?«

Wahim starrte sie an. »Tun Sie doch nicht so nichtsahnend! Laut dem Anrufer waren Sie zwei es doch, die ihn gefunden haben!«

Sisu tippte unter der Tischplatte rasch eine Nachricht an die Einsatzzentrale. Sollten Wahims Muskelmänner, die eindeutig in der Überzahl waren, sie gleich zu Kofta Kebabs verarbeiten, dann musste die SoKo wissen, dass die Tätowiermorde nicht die Tat eines durchgeknallten Serienkillers waren, sondern der Versuch, einen Drogenkrieg auszulösen.

»Herr Wahim, lassen Sie uns doch darüber reden …«, fing Fassbinder mit beruhigender Stimme an und hob besänftigend die Hände von der Tischplatte, was ein schmatzendes Geräusch tat, weil das Desinfektionsmittel klebrig war. »Es hat sich ausgeredet. Der Tod meines Sohnes wird nicht ungerächt bleiben!« Er stand auf und schlug mit der Faust auf den Tisch. »Das wird Folgen haben. Der Meier ist so gut wie tot!«

In diesem Augenblick tat es einen furchtbaren Schlag. Etwas war mit großer Wucht gegen die Eingangstür geknallt. Einer der Bodyguards lief zu den vergitterten Fenstern und sah hinaus. »Da ist einer mit dem Auto gegen die Tür gefahren«, vermeldete er.

Komisch, dachte Fabian noch, die *Perle Beiruts* lag nicht an einer Kreuzung, an der man schon mal vom Weg abkommen konnte, wenn man zu schnell fuhr und nebenher Textnachrichten tippte. Um mit dem Auto volle Kanne die Eingangsstufen hinunterzudonnnern und gegen die Tür zu knallen, erforderte schon … Absicht!

Da rief der Bodyguard neben den Fenstern »Scheiße!« und duckte sich. Jemand schlug die Scheiben ein, und gleich darauf flogen zwei Molotowcocktails in das Innere des Restaurants.

Einer landete auf dem Kissenlager, auf dem der Oud-Spieler saß. Es stand sofort in Flammen. Der zweite Brandsatz blieb als kleines Lagerfeuerchen auf dem Fensterscherbenhaufen liegen.

Einer der Bodyguards nahm den Feuerlöscher von der Wandhalterung und versuchte, den Kissenbrand zu löschen. Seine Kollegen stellten sich als lebende Brandschutzmauer vor Said Wahim. Was sehr für ihren Opferwillen sprach, nicht aber für ihre Intelligenz.

Sisu schubste Fabian und Fassbinder von der Bank und lief zur Tür. Der Bodyguard warf sich dagegen, sie trat mit dem Fuß, aber es war nichts zu machen, der Wagen hatte sich verkeilt. Hier kam man nicht raus.

»Gibt es einen Hinterausgang?«, rief sie Wahim zu.

Man hörte einen weiteren dumpfen Aufprall und durchdrehende Räder. Der Koch kam aus der Küche gelaufen und rief in heller Panik etwas auf Arabisch. Sisu schlussfolgerte messerscharf, dass der Hinterausgang ebenfalls blockiert worden war. Machte ja auch Sinn.

Fabian und Schröder versuchten mehr oder weniger erfolglos, den Teppichbrand auszutreten. Fassbinder war verschwunden – vermutlich auf der Suche nach einem Ausgang.

Von draußen wurden zwei weitere Molotowcocktails hereingeworfen. Es wäre wünschenswert gewesen, dass die Auflagen der Brandschutzbehörde bezüglich der Feuerfestigkeit von Deko-Materialien gewissenhafter befolgt worden wären. So aber entstanden zwei neue Brandherde.

Die Feuermelder gingen los. Und, nur um wenige Sekunden zeitversetzt, die automatische Sprinkleranlage. Da stand der mittlere Bereich des Restaurants aber schon in Flammen.

Sisu hörte durch die zerborstene Scheibe neben der Tür das Klicken eines Feuerzeugs, in dem nicht mehr genug Brennspiritus für eine Flamme steckte. Der Angreifer presste sich offenbar mit dem Rücken an die Hauswand und versuchte, einen weiteren Molotow-Cocktail zu entzünden. Sie zückte ihre Waffe, schob ihren Arm durch das nunmehr scheibenlose Fenster und feuerte wahllos. Erst nach links, dann nach rechts. Zu spät!

Hinter ihr wurde durch das zweite Fenster noch ein Brandsatz geworfen. Sisu wirbelte herum. Sie erkannte gerade noch rechtzeitig, bevor die Flasche zerbarst, das rote Etikett – es war eine von den Craftbierflaschen des ältesten Meier-Sohnes!

Meier, der alte Pyromane, musste vom Krankenhaus aus den Befehl erteilt haben, Wahim das Dach über dem Kopf abzufackeln!

»Komm vom Fenster weg!« Fabian lief auf sie zu und zerrte sie mit sich in Sicherheit. Die Flammen fanden immer neue Nahrung.

Der größte der Bodyguards versuchte mit einem markigen Urschrei, die Eisengitter aus einem der Fenster aus der Verankerung zu ziehen, aber es war sinnlos – die Eisenstäbe gaben nicht nach.

Ein weiterer Molotowcocktail kam hereingeflogen. Denen da draußen lag offenbar viel daran, dass hier keiner lebend rauskam.

»Es muss doch einen Weg hier raus geben«, rief Schröder Wahim zu. Der war aber mit der Sorge um seinen greisen Vater beschäftigt. Er rollte ihn in den hinteren Bereich des Restaurants. Da war man zwar noch vor den Flammen sicher, aber nicht vor dem Rauch, der sich überraschend schnell ausbreitete.

Die Flammen holten aber rasch auf, denn über die Decke waren baldachinartig bunte Tücher gespannt, die ihnen bestes Futter boten.

Sisu und Fabian husteten sich die Lunge aus dem Leib. Gemeinsam suchten sie im Flur hinter dem Schankraum nach einem Fluchtweg. Es gab zwar Toilettenfenster, aber das waren nur zehn Zentimeter hohe Kippfenster zum Lüften.

»Der Speisenaufzug!«, rief Wahim. Er rollte seinen Vater in die Küche. Früher, als hier noch reiche Bremer residierten, hatte es einen Aufzug von der Küche zum Esszimmer gegeben. Der Aufzug existierte nicht nur noch, er funktionierte sogar. Allerdings war er nur schlangenmenschtauglich.

»Scheiße!«, fluchte Wahim und sah eine Sekunde lang so aus, als würde er überlegen, wie er seinen Vater hineinfalten könnte.

Die Bodyguards warfen sich gegen die Hintertür. Vielleicht

hofften sie ja, den SUV zur Seite schieben zu können. Die Tür ging auch tatsächlich einen Spalt breit auf, aber dadurch entstand ein Luftzug, der das Feuer im Schankraum nur noch heftiger anfachte.

»Wie haben Sie für diese Feuerfalle eine feuerpolizeiliche Genehmigung bekommen?«, röhrte Sisu.

»Normalerweise werden nicht alle Ausgänge von Killern blockiert!«, röhrte Wahim zurück, trotz allem genervt, dass man ihm unterstellte, kein verantwortungsvoller Gastronom zu sein.

Der Koch verständigte auf seinem Handy die Feuerwehr, aber angesichts der Rauchentwicklung standen ihrer aller Chancen nicht gut.

In dem ganzen Tohuwabohu behielt nur einer die Ruhe. Schröder.

Wer fünf Kinder hatte, der war Katastrophenkummer gewohnt. Und es war nicht das erste Mal, dass er sich allen Ernstes fragte: Was würde McGyver tun?

Nach kurzer Inspektion des Geländes wischte er sich mit dem Handrücken die letzten Weinblattreste aus den Mundwinkeln und marschierte zum Rollstuhl des alten Wahim, wo er eine der beiden Ersatzsauerstoffflaschen aus der Halterung nahm. Er legte die Sauerstoffflasche auf einen Tisch, sah zur Wand neben der Eingangstür, positionierte kurz nach, dann zerlegte er einen danebenstehenden Stuhl und schlug gleich darauf mit der Sitzfläche das Ventil der Flasche ab. Durch die austretende Gasmasse ergab sich ein Impulsstrom wie bei einem Jet- oder Raketentriebwerk.

Die Flammen loderten auf, als die Flasche, die wie ein Zäpfchen abging, mit hoher Wucht die Mauer neben der Tür durchschlug. Schröder hätte das gern noch ein zweites Mal gemacht, aber das Loch, das seine selbstgebastelte Rakete zwischen Tür und Fenster gerissen hatte, war groß genug, um sich hindurchzufädeln.

»Raus hier!«, rief Schröder, über das anhaltende Schrillen der Feuermelder hinweg. Weil er beim Rufen Rauch einatmete, fing er an zu husten.

Der Koch verteilte nasse Küchentücher, die sie sich vor Mund und Nase pressten. Um zu dem Loch in der Wand zu gelangen, musste man durch die Flammen laufen, die sich bereits über den Boden züngelten. Man hatte schon von Leuten gehört, die bei Tschakka-Tschakka-Kursen über glühende Kohlen liefen – das hier war definitiv eine Stufe drüber. Kein Wunder, dass erst mal alle zögerten.

Aber angesichts der Aussicht, als verkokeltes Aschehäufchen zu enden, entwickelte man dann ja doch übermenschliche Kräfte. Einer nach dem anderen traten sie die Flucht aus der Feuerhölle an: Schröder als menschlicher Rammbock lief mit gezückter Waffe als Erster los und trat Mauerwerkreste beiseite, damit die anderen besser durchkamen, direkt hinter ihm Sisu, ebenfalls mit der Waffe im Anschlag, falls die Attentäter noch draußen lauerten, obwohl in der Ferne schon erste Sirenen zu hören waren, hinter ihr die Bauchtanz-Kellnerin, dann Chef Wahim selbst und ein Bodyguard, der Wahims Vater in den Armen trug, dann der Koch und immer so weiter, bis sie es alle ins Freie geschafft hatten. Also, fast alle …

BODYCOUNT: MOMENT, ZÄHLUNG LÄUFT NOCH ...

An einem Bad Hair Day bleibt dir
immer noch Lippenstift …

BREMEN, VOR DER EHEMALIGEN
PERLE BEIRUTS

Sisu beugte sich über Fabian. »Geht's wieder?«
Es war ihr schleierhaft, warum die Leute dachten, er könne
gut auf sich selbst aufpassen, nur weil er volljährig war und
ein Sixpack hatte. Dabei war es, wenn man ihn irgendwo allein ließ – egal wo, aber umso mehr in einer Katastrophe –,
als würde man ein kleines Zicklein mit Barbecue-Soße über-
gießen, in der Serengeti aussetzen und sagen: »Das kommt
schon klar.«
Fabian lag auf dem Nachbargrundstück im Gras und huste-
te und spuckte und nickte. Er war schon draußen gewesen,
als ihm die kleinen Papageien auf der Theke wieder eingefallen waren. Als Kind hatte er auch Unzertrennliche gehabt.
Eigentlich hatte er sich einen Schäferhund gewünscht, aber
seine Eltern fanden Mini-Papageien erzieherisch wertvol-
ler und sowieso pflegeleichter. Also hatte er sich ein zweites Mal durch die Feuerwand gewagt und den goldenen
Käfig von der Theke geholt.
Sisu schnupperte. Fabian roch angesengt. »Du bist so ein
Idiot«, schimpfte sie und wusste nicht genau, warum sie wütend war. Sie fand durchaus, dass es auch Tiere wert waren,
gerettet zu werden.
Immerhin schienen die beiden Liebesvögel, die ziemlich er-

schöpft auf dem Käfigboden saßen, noch zu leben. Fabians Husarenstück war also nicht ganz umsonst gewesen.

Rund um die *Perle Beiruts* wimmelte es mittlerweile von Löschfahrzeugen und Rettungswagen. Dicker, schwarzer Rauch strömte aus dem Souterrain. Nur hin und wieder züngelten orangerote Flammen durch den Rauch, als wollte das Feuer den Menschen zeigen, dass es noch da war, und ihnen die Zunge herausstrecken. Die Profis von Feuerwehr und Rettungsdienst schienen wild herumzuwuseln, aber in ihrem Wuseln steckte Methode. Die beiden SUVs, die den Eingang und die Hintertür blockierten, wurden zur Seite geschleppt. Währenddessen begannen schon die Löscharbeiten, und die Verletzten wurden versorgt.

Ein Polizist wies die Anwohner über Lautsprecher darauf hin, Fenster und Türen geschlossen zu halten.

»Hier bitte!« Ein Rettungssanitäter wollte Sisu eine Wärmedecke um die Schultern legen. Sie riss ihm die Decke aus der Hand und breitete sie über Fabian aus.

»Bringen Sie die Vögel ins Warme!«, verlangte Sisu vom Sanitäter. »Wir kommen gleich nach.« Als er protestieren wollte, fügte sie noch hinzu: »Die Tiere sind ein Beweismittel!«

Wenn man sie nicht kannte, konnte einem die schneidende Kälte in ihrer Stimme durchaus Angst machen. Wenn man sie kannte, auch.

Der Sanitäter nahm den Käfig und trug ihn zu einem der Streifenwagen, wo er ihn auf dem Rücksitz deponierte.

Fabian stützte sich hustend auf die Ellbogen und musterte etwas neben sich im Gras. »Was ist das?«

Ein in der Nähe stehender Streifenbeamter eilte näher. Aber Sisu war schneller.

»Eine Kette!«, röchelte Fabian. Beim Feststellen des Offensichtlichen machte ihm niemand was vor.

Es war in der Tat eine Herrenpanzerkette aus Silber. Mit einem Anhänger in Form eines M.

»M für Meier!« Schröder trat hinter sie. Er war schon erstversorgt. Die Brandwunden, die er sich beim Sturm aus der Feuerhölle am Ohr und an beiden Händen zugezogen hatte, waren eingecremt und verbunden. Zusammen mit den Pflastern aufgrund des Schusswechsels im Berliner Hinterhof gab sein Körper eine durchaus beachtliche und künstlerisch wertvolle Bandageninstallation ab. »Meier zündelt ja gern mal. Ich tippe auf Rache für heute Morgen. Ich wette, wenn man die Fingerabdrücke von der Kette nimmt, dann findet man ein sattes Vorstrafenregister. Und er wird Meier heißen.«

»Das passt zu den Meier'schen Molotowcocktails.« Sisu updatete die beiden kurz zu den Craftbierflaschen, während sie die Kette in die Beweismitteltüte des Beamten gleiten ließ.

Der Himmel über Bremen hatte ein Einsehen und ließ es regnen, damit das Feuer nicht auf die umstehenden Häuser übersprang. Der Regen klatschte ihnen arktisch kalt um die Ohren. Quasi die Eiswasserchallenge der Natur. Sisu und Schröder halfen Fabian auf die Beine und brachten ihn zu einem der Rettungswagen. Dort bekam er Sauerstoff und gewann wieder an Farbe.

Auf der anderen Straßenseite stand ein zweiter Ambulanzwagen mit dem alten Wahim. Der Greis wirkte wächsern und zerbrechlich, aber das war ja schon vor dem Brandanschlag so gewesen. Der Notarzt, der ihn untersuchte, wirkte zumindest nicht besorgt.

Der Sanitäter, der Fabian mit Sauerstoff versorgt hatte, wollte sich um Sisu kümmern, aber da vibrierte ihr Handy. Sisu winkte ihn weg, wischte sich eine mit Ruß und Sprinklerwasser zugepappte Haarsträhne aus dem Gesicht und nahm das Gespräch an. »Rechtsmedizin Hannover«, sagte sie gleich darauf leise zu Schröder und Fabian. Sisu redete nie viel, gab auch keine Füllselwörter von sich, um anzuzeigen, dass sie zuhörte und verstand. Das war am Telefon abträglich, weil ihr Gegenüber angesichts der Stille oft annahm, die Verbindung sei unterbrochen worden. »Ja, ich bin noch dran«, musste sie daher bestätigen. Gleich dreimal. Und schließlich sagte sie: »Erstaunlich!« Sie steckte das Handy wieder weg und starrte ihre Kollegen an, während der Sanitäter sich wieder zu ihr traute, um den Verband an ihrem Oberarm zu wechseln. Die Schussverletzung war wieder aufgebrochen.

»Und?«, verlangte Fabian hinter seiner Sauerstoffmaske zu wissen. »Was ist *erstaunlich*?«

»Die Rechtsmedizin hat die Opfer aus Goslar auf dem Tisch. Der junge Mann ist tatsächlich Malik Wahim. Der Arzt sagt, sie konnten mit der Obduktion schon beginnen, weil er nur gekühlt, nicht tiefgefroren wie die anderen war. Und er glaubt, dass es sich um zwei verschiedene Verbrechen handelt.«

»Wie jetzt?« Schröder, der in der Tür des Rettungswagens stand, weil es drinnen zu eng wurde, verschränkte die Arme.

»Die Frauen waren nicht tätowiert, sie waren aber …« Sie legte eine Pause ein. Fassbinder hatte sie angesteckt. »… frisiert.«

Schröder guckte immer noch verständnislos. Was ihm Fabian und der Sanitäter auch nachsahen. Waren Frauen nicht immer frisiert? So what?

»Klingelt da nichts bei euch? Der Serienmörder, der Prostituierte umbrachte und frisierte? Vor zehn Jahren oder so? Er wurde gefasst und vor Gericht gestellt, aber wegen grober Verfahrensfehler freigelassen!« Sisu wirkte für ihre Verhältnisse fast schon euphorisiert. »Der Rechtsmediziner sagt, er habe sich die Unterlagen angesehen. Der Serienmörder hat den Opfern die Haare auf eine ganz spezielle Weise onduliert. Darum nannte man ihn den Frisör!« Sisus Mundwinkel zuckten, als ob sie lächeln wollten. »Möglicherweise ist es doch kein öder Bandenkrieg. Der Tätowierer und der Frisör machen gemeinsame Sache – der Tätowierer darf die toten Jungs skalpieren, und der Frisör onduliert die toten Mädels!«

»Bäh, wie furchtbar!«, entfuhr es dem Sanitäter, der letzte Hand an Sisus frischen Verband anlegte und ihn fixierte.

»Ist das nicht … ein bisschen weit hergeholt?« Schröder entschränkte seine Arme wieder und kratzte sich am Kopf. »Der Frisör und der Tätowierer erwischen zufällig die Kuriere eines Drogen-Clans? Und den Sohn eines Drogenbosses?«

Sisu zuckte mit den Schultern. Wahrscheinlichkeitsverhältnisse waren ihr egal. Hauptsache, der Fall war spannend. Außerdem schrieb das Leben die unglaublichsten Geschichten.

Schröder blieb skeptisch. »Wir sollten erst mal diesen Wahim weiter befragen.« Er drehte sich um und stieg aus dem Rettungswagen. »Wo ist der überhaupt?«

Weiter vorn in Richtung Kreuzung befanden sich noch zwei Krankenwagen. Aber in denen wurde niemand versorgt. Es hatte den Anschein, als seien sie nur zur Sicherheit da, falls einem der Feuerwehrmänner etwas passieren sollte.

Sisu sah jetzt ebenfalls hinaus. »Scheiße, haben sich die Wahims vom Acker gemacht?«

Bis auf Wahim-Senior und die Kellnerin war keiner mehr zu sehen, weder die Bodyguards noch Said Wahim.

Fabian riss sich die Sauerstoffmaske vom Gesicht. »Vielleicht weiß Fassbinder, wo er ist?«

Sisu und Schröder sahen sich an.

»Wo ist Fassbinder?«, rief Fabian, dem jetzt erst – aber dafür mit einem Paukenschlag – auffiel, dass einer von ihnen fehlte. Er klang ein wenig panisch.

Zu dritt traten sie in den Eisregen hinaus und sahen sich um. Die Löscharbeiten waren in vollem Gange, als in der Küche des Restaurants etwas explodierte. Unwillkürlich duckten sich alle. Eine Stichflamme schoss aus der Belüftungsanlage über den Mülltonnen.

»Scheiße!«, flüsterte Sisu.

Die Jungs schluckten schwer.

»DA!«, rief plötzlich einer der Feuerwehrmänner.

In dem völlig zerstörten Eingangsbereich, aus dem immer noch dunkelgraue Rauchwolken waberten, nahm man eine Bewegung wahr. Etwas kam aus dem Inneren des Restaurants.

Und tatsächlich – in der Wand aus Rauch erschien eine große, hagere Gestalt, die etwas auf dem Arm trug. Der Fürst der Finsternis präsentierte ihnen eine Opfergabe. Es hatte zweifellos etwas von einem Horrorfilm der *Hammer Productions*, nur die unheimliche Musik fehlte.

Die Gestalt, die die wenigen Stufen zum Garten erklomm, war Fassbinder. Er hatte sich ein nasses Handtuch um den Kopf gewickelt. In seinem weißen, nur leicht angerußten Anzug und mit dem weißen Handtuch auf dem Kopf ähnelte er äußerlich einer Mumie. In seinen Armen hielt er den Oud-Spieler. Der schien leblos und blass, als hätte ihm jemand alles Blut ausgesaugt.

Bis er gleich darauf den Beweis erbrachte, dass er noch nicht tot war, weil er nämlich von einem Hustenreiz durchgeschüttelt wurde.

»Gott sei Dank, Fassbinder lebt!«, rief Fabian.

Sisu schnaubte. »Hm, ich glaub das erst, wenn es bewiesen wurde.«

BODYCOUNT: 29 (IMMER NOCH, KURZER HÄNGER)

Ich hab ja mal versucht, normal zu sein.
Die schlimmsten zwei Minuten meines Lebens!

BERLIN, FRIEDRICHSHAIN

»Brauchen Sie Hilfe?«

Der Polizist im Streifenwagen fragte es freundlich, aber es schwang ein »Was machen Sie hier?« mit.

Fabian zeigte ihm seine Marke. »Meine Kollegen und ich suchen den Frisör. Sind wir hier richtig?« Unschlüssig schaute er auf den Anhang der Mail, die ihm Sekretär Ingo geschickt hatte. Alle bekannten Informationen über den Frisör – auch dessen aktuelle Adresse. Er sah wieder auf. »Das da drüben kann doch unmöglich der Frisör sein, oder?«

Eine Frage, die unter anderen Umständen für Verwirrung gesorgt haben könnte – um Mitternacht, in einem gut situierten Wohnviertel der Hauptstadt. Aber der Streifenwagen bog nicht grundlos bei seinen Runden jedes Mal in diese halbmondförmig verlaufende Seitenstraße ein.

»Doch, das ist er. Wir haben auf unseren Runden immer ein Auge auf ihn. Er sitzt absichtlich so da. Wie auf dem Präsentierteller. Als ob er der Welt zeigen will, dass es ihn noch gibt. Der hat einen megamäßigen Hau an der Waffel!«

Fabian, Sisu, Schröder und Fassbinder, die eben aus Bremen zurückgekehrt waren und allesamt so aussahen, als hätten sie gerade den Weltuntergang mitgemacht, starrten zu dem Panoramafenster im Erdgeschoss des Jugendstilgebäudes.

Der Raum dahinter war neonröhrenhell beleuchtet. Es stand nur ein Sessel mittendrin. Und in diesem Sessel saß ein sehniger Mann in einem nachtblauen Morgenmantel, die Ellbogen auf den Sessellehnen abgestützt, die langen Pianistenfinger aneinandergepresst. Er sah aus wie ein Performance-Künstler in einer Art Dauerinstallation. Wie Marina Abramović, nur in männlich – wer als Erster blinzelt, hat verloren.

Der Frisör sah zu ihnen herüber. Da sie unter einer Straßenlampe standen, konnte er sie zweifellos problemlos ausmachen. Ja, da winkte er ihnen auch schon zu.

Fabian, der unwillkürlich den Drang verspürte, zurückzuwinken – weil er immer zurückwinkte, seien es Kinder in einem vorbeifahrenden Zug oder dem Seelöwen im Zoo –, lenkte sich damit ab, dass er sich umsah. Er spürte die Augen der Anwohner auf sich. Offiziell wurden die Bürger hierzulande nicht verständigt, wenn ein Sexualstraftäter ins Nachbarhaus einzog, aber es sprach sich natürlich doch herum. Man wechselte die Straßenseite, wenn einem der neue Nachbar entgegenkam, man warnte seine Kinder, auf gar keinen Fall mit ihm zu sprechen und niemals, never ever, Süßigkeiten von ihm anzunehmen, man installierte Bewegungsmelder, man zog die Vorhänge vor, auch tagsüber, und man verfolgte stets, was auf der Straße los war, nur für den Fall, dass der Neue hohl drehte und die Zeitungsausträgerin erdrosselte, um sich nekrophil an ihr zu vergehen. Aber all das tat man nicht offen, sondern heimlich und verstohlen. Auch jetzt sah Fabian nur ein einziges erleuchtetes Fenster. Ein Jugendlicher filmte mit seinem Handy die vier Fremden, die vom Streifenwagen angehalten worden waren.

»Seit elf Jahren sitzt er da. Ich hab ihn noch nie aufstehen sehen. Vermutlich pinkelt er in eine Flasche«, erzählte der Streifenbeamte vom Beifahrersitz. »Total unheimlich, echt!«

»War er in den letzten beiden Nächten zu Hause?«, erkundigte sich Sisu.

Der Uniformierte vom Fahrersitz beugte sich über seinen Kollegen. »Warum fragen Sie? Hat er wieder zugeschlagen?«

»Möglich. Was ist jetzt, war er zu Hause?«

»Ja. Er schläft in diesem Sessel und lässt das Licht immer die ganze Nacht brennen«, erzählte der Kollege auf dem Beifahrersitz.

»Warte mal, ich hab erst vorgestern gesagt, er sieht komisch aus«, meinte sein Partner am Steuer. »Als ob er den Sessel mit Kissen ausgepolstert und seine Decke drübergelegt hätte.«

»Die Nachbarn hier wissen doch Bescheid«, meinte der Beifahrer, die Stimme der Vernunft. »Die haben ihn alle im Auge. Wenn er sich davongeschlichen hätte, dann hätte das wer gesehen.«

»Sollen wir nachfragen?«

In dem Streifenwagen war klar zu erkennen, wer zu einer spektakulären Aufklärung beitragen wollte und wer lieber weiter seine Runden drehen wollte, bis die Schicht vorbei war.

»Falls das nötig werden sollte, kommen wir auf Sie zu. Danke, Kollegen!« Sisu winkte sie weiter.

Sisu, Fabian, Fassbinder und Schröder sahen zu dem Mann, der mehrere Frauen getötet und sie hinterher frisiert hatte, weil ihm das den Kick gab, den man aber aufgrund eines Verfahrensfehlers hatten laufen lassen müssen.

»Na dann«, meinte Schröder und ging los.

Sie mussten nicht klingeln, der Frisör betätigte schon den Haustüröffner. Offenbar über eine Fernbedienung, denn er rührte sich nicht aus seinem Sessel.

»Wie schön, Besuch«, sagte er. »Ich bekomme nicht oft Besuch. Immer hereinspaziert.«

Während die Jungs fast ehrfürchtig die leere Wohnung bestaunten, behielt Sisu den Frisör im Auge. Womöglich, weil er den Blick auch nicht von ihr abwenden konnte. Ob er sich innerlich überlegte, wie er ihre dunklen Locken frisieren würde, sollte er je die Chance dazu erhalten?

»Sie müssten sich dringend die Haare waschen«, sagte er aber nur. »Die sind ja ganz verklebt.«

Rainer Holt, wie der Frisör eigentlich hieß, stammte aus guter Familie, war gebildet und hatte Manieren. Sisu hatte ihn gegoogelt. Der psychologische Gutachter hatte beim Prozess mehr oder weniger der Mutter die Schuld gegeben, sie hätte ihn zu sehr gegängelt und bevormundet und überhaupt. Wenn sie ihm erlaubt hätte, das Friseurhandwerk zu erlernen, anstatt ihn zu einem Hochschulstudium zu zwingen, dann wären die Morde womöglich verhindert worden. Oder so ähnlich.

Fabian kehrte von seiner Runde durch die Wohnung zurück. Es war im Grunde nur dieser eine große Raum, an dem – wie ein Nachgedanke des Architekten – ein winziges Badezimmer klebte. Holt besaß außer dem Sessel keinerlei Möbel. Keinen Tisch, keinen Schrank, keine Küchenzeile, kein Bett und natürlich auch keine Besucherstühle. Während er sich in seinem Sessel räkelte, bauten sich die vier im Halbkreis um ihn herum auf.

Das Einzige, was es in diesem Raum im Übermaß gab, waren Neonröhren. Die Decke war voll davon. Außerdem waren noch vier Strahler an den Wänden auf den Sessel gerichtet. Es war so gleißend hell, dass man eigentlich eine Sonnenbrille brauchte. Und womöglich konnte sogar die ISS beim Überflug den winzigen, leuchtenden Fleck in Friedrichshain funkeln sehen.

»Was kann ich für Sie tun?«, fragte Holt.

»Wie können Sie hier leben? Wo essen Sie? Wo bewahren Sie Ihre Klamotten auf?« Für Fabian war es ein Rätsel. Eines, das er lösen musste. Sisu schüttelte den Kopf. Wenn es darum ging, sich in Nebensächlichkeiten zu versteigen, konnte man sich auf Fabian immer verlassen.

Holt lächelte. »Ich lebe den Traum. Ich lasse mir alles liefern – Frühstück, Abendessen, Wechselwäsche. Meine liebe Frau Mama hat mir ja Gott sei Dank die Mittel dafür hinterlassen. Und alles, was ich benützt habe, kommt in den Müll, den eine liebe Freundin für mich entsorgt.« Er presste die Fingerspitzen wieder aneinander. »Ich brauche nicht viel. Mein Leben ist der inneren Betrachtung gewidmet.«

Sisu stemmte die Hände auf die Hüften. »Wo waren Sie vorgestern und gestern Nacht?«

Holt sah sie an. Er sah ihr aber nicht in die Augen, nur auf die Locken. »Ich sehe schon, Sie sind nicht eitel. Aber Sie sollten wirklich Conditioner verwenden. Ich kann Ihre Haare vor Durst schreien hören.«

Fabian überlegte derweil, ob die von Holt erwähnte *Freundin* auch für ihn putzte. Und falls ja, blieb er im Sessel sitzen und hob nur die Beine, wenn sie zum Saugen kam? Und wo war der Staubsauger – brachte sie den mit? Dass geputzt wurde, sah man. Nirgends auch nur ein Staubkorn. Außerdem roch es frisch. Mal abgesehen von dem beißenden Gestank nach Rauch, den sie aus Bremen mitgebracht hatten, weil er sich in ihre Klamotten und in ihre Haut eingefressen hatte. Sisus Ellbogen, der sich ihm in die Seite rammte, riss Fabian aus seinen Überlegungen.

»Wir wollen wissen, wo Sie waren!«, platzte es aus ihm heraus. Fabian sah sich um, als wolle er sich vergewissern, dass er alles richtig gemacht hatte.

Nicht zum ersten Mal dachte sie, dass er etwas von einem Welpen hatte. Sie verspürte den Drang, ihm ein Leckerli zuzustecken. Um sich davon abzulenken, verschränkte sie die Arme und nahm die Wonder-Woman-Powerpose ein.

Schröder lehnte ganz entspannt mit verschränkten Armen an der Wand. Sie waren unterwegs in einer Autobahnraststätte eingekehrt, wo er sich vier mit Hering belegte Brote besorgt hatte. Er war ausnahmsweise satt.

Fassbinder stand ebenfalls mit verschränkten Armen da, allerdings in der Raumesmitte. Er würde hier nichts anfassen.

Weil Fabian nichts als verschränkte Arme wahrnahm, tat er das sofort auch.

»Ihre Körpersprache spricht Bände. Lassen Sie mich raten, Sie haben eine frisierte Leiche gefunden?« Holt war nicht dumm. »Offenbar mehr als eine? Mit meinem Markenzeichen – den ondulierten Haaren? Und einer einzigen Pfeifenreinigerlocke mittig über der Stirn?« Er klatschte in die Hände. »Herrlich!«

»Beantworten Sie unsere Frage!«, bellte Sisu.

»Lassen Sie ihn gefälligst in Ruhe!«

Eine Frau mit mausbraunen, gewellten Haaren in einem rosafarbenen Morgenmantel stand in der Tür. Offenbar hatte sie einen Schlüssel zur Wohnung.

Die Putzfreundin?, dachte Fabian.

»Was wollen Sie von ihm?« Die Mausbraune war ein zartes Geschöpf in Petit-Größe, aber sie ließ sich von vier Fremden nicht einschüchtern. »Sind Sie von der Presse? Oder von der Polizei? Oder True Crime Fanfreaks? Gehen Sie wieder. Wir wollen Sie hier nicht!«

Sisu zeigte ihre Marke. »Und wer sind Sie?«

»Barbara, alles ist gut. Die Herrschaften sind nur hier, um mit mir über ein paar Leichen zu plaudern, die man gefunden hat.« Holt ließ den Blick über sein Publikum wandern. »Das ist Frau Bardeleben von gegenüber. Seit ich hier wohne, sind wir einander nähergekommen.«

»Einander nähergekommen? Was soll das heißen – sind Sie beide ein Paar?« Sisu schaute skeptisch. Wie suizidal musste man als Frau sein, um etwas mit einem nachweislichen Frauenmörder anzufangen? Aber dann fiel ihr wieder ein, wie viele Liebesbriefe die Todestrakt-Insassen amerikanischer Gefängnisse bekamen. Und das verschmitzte Pfeifendreherlöckchen mittig über Frau Bardelebens Stirn sagte Sisu alles, was sie wissen musste.

»Rainer hat nichts getan. Er besitzt ja nicht einmal mehr eine Brennschere!«, rief Barbara Bardeleben.

»Herr Holt, haben Sie vorgestern oder gestern Nacht Ihre Wohnung verlassen?«, wiederholte Sisu und kehrte der Bardeleben dezidiert den Rücken zu.

»Nein, das hat er nicht. Er war die ganze Zeit hier in seinem Sessel. Ich kann das bezeugen.« Barbara Bardeleben baute sich zwischen Sisu und Holt auf, was aber rein gar nichts brachte, weil Sisu problemlos über die gut zwanzig Zentimeter kleinere Frau hinwegschauen und das triumphale Grinsen des Frisörs sehen konnte. Er hatte also eine

Zeugin. Allerdings eine Zeugin, der niemand auch nur ein Wort glauben würde.

Sisus Handy vibrierte. »Eine Textnachricht von Ingo. Wir sollen umgehend in die Einsatzzentrale kommen. Der Oberstaatsanwalt will uns sprechen.«

»Jetzt? Nach Mitternacht? Nach dem Tag, den wir hatten?« Fabian runzelte verständnislos die Stirn.

»Ich wette, er will Ihnen die Leviten lesen, weil Sie unschuldige Bürger drangsalieren. Gut so!«, wetterte die Bardeleben. »Sie können sich darauf verlassen, dass ich eine offizielle Beschwerde einreichen werde!«

Sisu atmete genervt aus und tippte »Wir sind schon unterwegs« in ihr Handy.

Sie tippte es ausschließlich mit dem Mittelfinger …

Lieber mit den richtigen Menschen
durch den Regen laufen als mit den falschen
Menschen in der Sonne liegen.

BERLIN, EINSATZZENTRALE

Schröders Großmutter pflegte immer zu sagen: »Der Hering spricht noch mit mir!«, wenn sie davon aufstoßen musste. Eins der vier Heringsbrötchen, die Schröder unterwegs an der Autobahn gekauft und auch gleich eingeworfen hatte, stammte wohl aus den Altbeständen von Fischhändler Verleihnix. Oder es lagen einfach in Summe zu viele Heringe in seinem Magen. Jedenfalls rülpste er lautstark. Schon zum dritten Mal in Folge.

Oberstaatsanwalt Dierolf von Lechte hielt in seiner Verbalattacke inne und musterte Schröder mit strengem Blick. »Wer sind Sie gleich noch mal?«

Von Lechte war ein ausnehmend kleiner Mann, was ihn störte. Aber anstatt Schuhe mit Einlagen zu tragen, hatte er sich angewöhnt, immer besonders nahe an Gesprächspartner heranzutreten, mit denen er ein Huhn zu rupfen hatte. Wenn sie ihm in die Augen schauen wollten und dabei den Kopf so nah an den Kehlkopf pressen mussten, dass sie nicht nur ein Doppel-, sondern sogar ein Dreifachkinn bekamen, verlieh ihm das dieselbe Macht, als würde er sie um einen Kopf überragen.

»Schröder«, sagte Schröder. »Mordkommission Hamburg.«

Der leitende Oberstaatsanwalt der Generalanwaltschaft Berlin gab sich nicht oft die Ehre. Wenn er auftauchte, musste schon was ganz Besonderes los sein. Dujardin-Level, gewissermaßen.

Es war ein Uhr nachts, und sie standen in der Einsatzzentrale. Mit verrußten Gesichtern, nach Rauch – und punktuell nach Desinfektionsmittel – riechend, erschöpft.

»Mordkommission Hamburg? Ist dieser länderübergreifende Einsatz abgesprochen?« Von Lechte kannte seine Pappenheimer, er wartete die Antwort gar nicht erst ab. »Oder ist das auch so ein John-Wayne-Alleingang wie die Sache in Bremen? Sie marschieren einfach in den Hauptsitz eines Clans, ohne die Kollegen vor Ort zu involvieren, habe ich das richtig verstanden?«

»Ich kenne Said Wahim seit Jahren und bin einer persönlichen Einla…«, fing Fassbinder an.

Von Lechte baute sich vor ihm auf. »Habe ich Sie um Ihren Senf dazu gebeten?«, röhrte er in Solarplexushöhe von Fassbinder. Immerhin spuckte er beim Brüllen nicht wie ein Lama. Sein Zorn war trocken.

Dann ging er zum Fenster, in dem er nur sein eigenes Spiegelbild sehen konnte, weil es draußen zappenduster war, wippte ein paar Mal auf und ab und drehte sich um.

»Sie sind also seit über 48 Stunden an dem Fall dran, und was können Sie bislang außer mehreren Roadtrips vorweisen? Nichts!«, rekapitulierte er. »Wer hat hier eigentlich das Sagen, während sich Ihr Chef eine ausgedehnte Wellness-Pause in der Charité gönnt?«

Die OP von Kinski war nicht gut verlaufen. Gelinde ausgedrückt. Fabian hatte vorhin auf der Herrentoilette sogar gehört, wie jemand behauptete, man müsse Kinskis Bein vom

Knie abwärts amputieren. Das schien Fabian etwas heftig für einen simplen Dackelbiss. Aber er war ja auch noch nie von einem Hund gebissen worden. Noch nicht einmal von einer Zecke.

Auf die Frage des Oberstaatsanwalts, wer jetzt hier die Hosen anhatte, meldete sich erst mal niemand. Ingo schien zu überlegen, ob das die Chance für ihn war, vom Sekretär zum Oberbefehlshaber aufzusteigen, aber das Blöde am Chefsein war ja, dass man dann auch die Verantwortung trug, und das wollte er nicht.

»Ich!«, erklärte Sisu in die Stille hinein. Eine Stille, die nur von Schröders neuerlichem Rülpsen unterbrochen wurde. Niemand widersprach Sisu. Dann war es jetzt wohl ein Fakt. Sie war die Interimsleiterin der SoKo Tätowierer.

Von Lechte fixierte sie mit seinem Blick und ging auf sie zu, um sich wie üblich direkt vor ihr aufzubauen, bis ihr Kinn mit ihrem Kehlkopf verschmolz, aber kurz vor Sisu angekommen, schien er gegen eine unsichtbare Wand zu prallen. Vielleicht war ihm auch nur klar geworden, dass sie ihn wegen Belästigung in der Personalabteilung anschwärzen konnte, wenn er seine Nasenspitze keine fünf Millimeter von ihren Brustwarzen entfernt parkierte.

Er räusperte sich, wandte den Blick ab und lehnte sich nach einem geschickten Ausfallschritt gegen den nächstbesten Schreibtisch. Man wurde nicht Generalstaatsanwalt ohne eine gewisse Kernkompetenz. Beispielsweise die Kunst, immer so auszusehen, als würde man das, was man tat, absichtlich tun.

»Dann darf ich mal um die Fakten bitten. Was wissen Sie und Ihr Team?«

»Wir wissen, dass jemand mit einem Kühllaster durch die Republik fährt und überall tiefgefrorene Leichen deponiert«, fing Sisu an.

»Haben Sie den Laster schon gefunden?«, unterbrach von Lechte.

Sisu sah zu Teammitglied Nägele. Er war unter anderem mit der Aufgabe betraut, gestohlene Kühllaster ausfindig zu machen. Jetzt schüttelte er den Kopf.

»Nein«, sagte Sisu folglich. »Aber wir wissen, dass die Toten nach den Methoden des Tätowierers und des Frisörs hergerichtet wurden.«

»Aha. Und wie wurden sie ermordet?«

»Das lässt sich noch nicht sagen, man kann die Leichen erst obduzieren, wenn sie aufgetaut sind. Das Tätowieren und das Frisieren erfolgten aber wohl definitiv post mortem.«

Den Mann, der die Morde angeblich begangen haben wollte, erwähnte sie erst gar nicht. Als sie vorhin in die Einsatzzentrale zurückgekommen war, hatte sie an einer der Stellwände den Zettel mit der Info gesehen, dass man diesen Tammen seines Weges geschickt hatte. Sein Anwalt hatte ihn davon überzeugt, das Geständnis zurückzuziehen. Er wohnte in der Nähe der Fabrik. Laut seiner revidierten Aussage hatte er den Eisportionierer bei der Hunderunde mit seinem Chihuahua gefunden und eins und eins zusammengezählt, als er als Gaffer mitbekam, wie ein ganz junger Kollege im Ersteinsatz sich erbrach und etwas von leeren Augenhöhlen murmelte.

Sisu sah von Lechte an, aber der blieb stumm.

Also fuhr sie fort. »Laut den Experten kann es der Original-Tätowierer nicht gewesen sein, der müsste längst verstorben sein. Der Original-Frisör lebt aber noch, ihn haben wir eben aufgesucht. Er hat angeblich ein Alibi.« Sisu glaubte der Zeugin nicht. Wäre es möglich, dass der Frisör und die Frau, die ihn liebte, diese Verbrechen gemeinsam begangen hatten? Aber wie waren sie an die Drogen gekommen?

Von Lechte dauerte Sisus Denkpause zu lange. Er machte eine ungeduldig rollende Bewegung mit der Hand, um sie zum Weiterreden zu veranlassen.

»Wir haben in einigen der Toten Drogen gefunden, die von der Toxikologie zurückverfolgt werden konnten. Sie entstammen einer Lieferung, die an den Meier-Clan gehen sollte. Der alte Meier behauptet allerdings, der Wahim-Clan habe sie gestohlen. Was Wahim wiederum bestreitet.«

»Aha!« Von Lechte drückte sich vom Schreibtisch weg. »Jetzt kommen wir zu dem interessanten Punkt, der mich heute zu Ihnen geführt hat.« Er zog sein Handy heraus und las die Schlagzeile eines bekannten Boulevard-Blattes ab: »Eskalierender Bandenkrieg in Deutschland. Untertitel: Sind wir eine Bananenrepublik geworden?« Er steckte sein Handy wieder ein. »Das wird die Schlagzeile von morgen früh sein. Gar nicht mal so falsch, nicht wahr? Trotz – oder wegen – Ihrer Ermittlungen gab es heute Vormittag einen Schusswechsel hier in Berlin und heute Nachmittag einen Brandanschlag in Bremen. In beiden Fällen mit mehreren Toten!«

Sisu hielt seinem vorwurfsvollen Blick stand. »In Bremen ist niemand gestorben«, korrigierte sie.

»Haben Sie diesen Bandenkrieg aufgedeckt? Oder haben Sie ihn angezettelt?«

Sisu zuckte mit den Schultern und wollte etwas sagen, aber da brüllte Oberstaatsanwalt von Lechte in bester Kinski-Manier: »Ich brauche keine Erklärungen, ich will Ergebnisse!«

Ingo ging zur Kaffeetheke und brühte Beruhigungstee auf.

Von Lechte tigerte durch den Raum. »Ich bin sicher, Sie alle geben Ihr Bestes, aber ganz offenbar ist Ihr Bestes nicht gut genug. Sie behalten weiterhin die Leitung der SoKo, Frau …« Er sah zu ihr, hatte eindeutig ihren Nachnamen vergessen, obwohl die Vorstellungsrunde keine zehn Minuten her war. Sisu tat ihm aber auch nicht den Gefallen, ihren Namen zu wiederholen. Also fuhr er fort: »Wie gesagt, leiten Sie ruhig weiter. Aber ich stelle Ihnen jemand zur Seite, der erwiesenermaßen Resultate liefern kann. Seien Sie so gut und statten Sie ihn mit allen Informationen aus, die er braucht.«

Von Lechte ging zu der Tür, öffnete sie und sah in den Flur hinaus. »Wir sind so weit«, rief er und trat zur Seite.

Man hörte Schritte. Wie von schweren Stiefeln.

Und dann stand er im Türrahmen. Wie so ein verdammter Superheld im maßgeschneiderten, dunkelblauen Zugriffs-Outfit.

Schröder rülpste. Es roch nach Hering.

»Der Fixer!«, raunte Fabian, fast andächtig.

BERLIN, IM SPÄTI UM DIE ECKE

Was machst du, wenn du dich wertloser fühlst als eine Pfand-
flasche? Du suchst eine Tränke auf, an der man deinen Namen kennt!

In der 24 / 7-Spätverkaufsstelle um die Ecke der Mordkommission, die *Bei Ali's* hieß – ja, inklusive Apostroph –, die
aber schon seit Ewigkeiten einem Sri Lanker namens Siva-
gurunathan gehörte, den alle nur Nathan nannten, kannte
man den Namen von Fabian und Sisu. Und ab diesem Abend
auch die Namen von Schröder und Fassbinder.

»Einem Mann hätten sie den Fixer nicht vor die Nase gesetzt!«, brummte Sisu.

»Ich weiß nicht«, hielt Schröder dagegen. »Von Lechte wusste doch gar nicht, dass du in Kinskis Fußstapfen getreten
bist. Der hätte den Fixer so oder so eingeschaltet.«

Sisu brummte und öffnete ihre Bierflasche. Sie war die Einzige von ihnen, die dazu keinen Flaschenöffner benötigte.

Die vier wollten einfach nur wieder runterkommen, mit
einem kühlen Bier in der Hand. Nach einem überlangen
Arbeitstag, an dem sie sich nicht nur den Hintern auf der
Autobahn plattgesessen hatten, sondern auch beinahe erschossen und gemolotowt worden wären, konnte man diesen Wunsch ja durchaus nachvollziehen.

Der hintere Teil des Späti lag versteckt hinter deckenhohen
Kistentürmen. Dort ließen sich die vier müden Recken auf

Kisten nieder. Es war halb zwei in der Nacht. Vorn an der Kasse kaufte ein alter Berliner eine Flasche Korn und wetterte dabei gegen die Regierung und den neuen Fußballbundestrainer. Früher, bei Ali selig, durfte er auch immer gegen Ausländer, Immigranten und Schwaben wettern, aber Nathan warf ihn raus, wenn er das bei ihm tat, und der nächste Späti war zu weit weg für seine Altmännerfüße.

»Auf uns!«, sagte Schröder und hob sein Bier.

Fabian und Sisu taten es ihm gleich. Fassbinder war noch damit beschäftigt, seine Flasche zu desinfizieren.

»Ach, da seid ihr!«

Sie zuckten sichtlich zusammen, als Sekretär Ingo um die Ecke bog.

»Nathan, ich nehm mir ein Berliner Pilsner, ja?«, rief Ingo und bediente sich. Er nahm einen Mädchenschluck und sah sie nacheinander an. »Ich stör doch nicht, oder?«

»Nee, natürlich nicht«, log Fabian, der niemanden verprellen konnte.

Ingo war eigentlich ein Netter, nur dummerweise loyal seinem Chef gegenüber. Wer in seiner Gegenwart über Kinski lästerte, der konnte seine Beleidigungen auch gleich Kinski selbst ins Ohr flüstern.

»Wie geht's dem Chef?«, fragte Fabian. Seine Stimme klang immer noch leicht rauchvergiftet.

Ingos Züge entglitten ihm. »Ganz, ganz schlecht. Ich versteh das gar nicht. Der Spitz von meinem Nachbarn hat mich auch mal gebissen, und das war überhaupt kein Thema. Ob diese Drogen-Dackel die Tollwut hatten?« Ingo sah Fabian an. Ihn mochte er lieber als Sisu, und die beiden anderen kannte er ja nicht. »Hatten die Hunde Schaum vorm Maul, weißt du das?«

»So ein Blödsinn!«, erklärte Sisu.

Ingo verstummte, ertrug die Stille aber nicht. Er strahlte auf. »Der Fixer – Wahnsinn, oder? Der Mann ist eine Legende!«

»Muss man den kennen?« Fassbinder trank sein Bier mit einem wiederverwendbaren Strohhalm. Sein Nachhaltigkeitsbewusstsein war vorbildlich, aber jeder echte Biertrinker musste an seinem Verstand zweifeln. »Armin Froböse, der Name sagt mir nichts. Und wieso nennt man ihn der Fixer? Hat der eine Drogenvergangenheit?« Fassbinder dachte immer zuerst an Drogen. Das war seine *déformation professionnelle.*

»Quark. Froböse heißt so, weil er jeden Fall, auf den er angesetzt wird, so fix löst. Er ist beim Bundeskriminalamt aufgehängt. Ist darauf spezialisiert, verbrecherische Superhirne zu überführen, an denen sich alle anderen die Zähne ausbeißen. Es heißt, er kriegt sie alle.« Ingo nickte. Es gab kein bundesweites Netzwerk für Sekretär*innen im Polizeidienst, aber wenn es eins gegeben hätte, dann wäre er dessen Präsident. Er kannte jede und jeden und wusste über alle Bescheid. »Das stand auch auf seinem letzten Geburtstagskuchen. *Du kriegst sie alle.* Er lebt für den Job. Deswegen hat ihn seine Frau verlassen. O Entschuldigung, das ist mir so rausgerutscht.« Er presste die Hand an den Mund und sah Schröder zerknirscht an.

»Schon gut.« Schröder schloss die Augen und leerte seine Flasche auf einen Zug. Augenscheinlich war gar nichts gut.

»Mich beeindruckt der Typ nicht. Er und seine Männer sollen mir nur nicht im Weg stehen, während ich den Fall löse!« Sisu, die mit lauter Brüdern aufgewachsen war, leerte ihre Flasche ebenfalls auf einen Zug. Nur um zu zeigen, dass sie es konnte.

»Tja, es war ein langer Tag. Ich gehe jetzt in mein Hotel.«
Fassbinder stand auf. »Es … hat mich gefreut, dabei sein zu
können. Falls Sie meine Unterstützung noch einmal brauchen, stehe ich gern zur Verfügung.«

»Sie fahren morgen zu Ihrer Dienststelle zurück? Also …
nachher, es ist ja schon morgen.« Ingo grinste.

»Ich habe noch ein paar Tage Urlaub. Mich reizt die Ostsee.
Vielleicht fahre ich nach Kühlungsborn – meine Tante wohnt
dort und hat auch eine Ferienwohnung.«

»Kenn ich, da isses schön.« Ingo nickte. Mit der Finalität
eines Mannes, der wusste, dass sein Urteil die ultimative
Wertung darstellte.

»Äh … Marcel«, fing Sisu an. »Wir werden uns als Nächs-
tes noch mal die Meiers vorknöpfen. Der tote Sohn von Said
Wahim deutet meiner Meinung nach eindeutig auf die Meiers als Täter hin. Die wollten möglicherweise die Konkurrenz ausschalten, indem sie den Wahims die Leichen unterschieben. Die haben das genau durchkalkuliert: Wenn
Wahim sich rächt, können sie ihn und seine Leute ausradieren, ohne dass es im Milieu zu Kontroversen kommt.«
Ingo guckte skeptisch.

Sisu schien zu spüren, dass auch Fassbinder noch nicht überzeugt war, und improvisierte. »Stimmt natürlich, wenn sich
zwei Clans streiten, dann führt das normalerweise nicht
zu Leicheninstallationen im Stil von Joseph Beuys. Aber
vielleicht hat der alte Meier seiner Enkelin den Auftrag gegeben, etwas Schönes aus den Toten zu basteln? Die sah
doch sehr künstlerisch aus.« Für ihre Verhältnisse war das
geradezu schwatzhaft. Das musste an der Übermüdung liegen. Im wachen Zustand hätte sie gesagt: »Die Meiers waren es. Ich werd's beweisen. Komm damit klar.«

Fassbinders Nasenflügel zuckten. Mehr Reaktion zeigte er nicht.

»Gibt es nicht noch nachrückende Konkurrenz?«, fragte Fabian ins Blaue hinein. »Kann doch sein, oder? Ein aufstrebender Clan, der die Meiers und die Wahims gegeneinander aufhetzt, damit die sich gegenseitig zerreiben. Und währenddessen besetzen die Neuen deren Pfründe.«

»Du schaust zu viel fern«, urteilte Sisu.

»Ich besitze überhaupt keinen Fernseher«, konterte Fabian. Sie schubste ihn, er schubste zurück.

»Was sich liebt, das neckt sich«, freute sich Ingo. »Nehmt euch ein Zimmer!«

Sowohl Fabian als auch Sisu starrten Ingo finster an.

»Ich meine ja nur …«

»Ein dritter Clan!«, meldete sich da Fassbinder zu Wort. »Das ist möglichweise gar nicht so abwegig. Meine Informanten berichten schon seit einer Weile, dass die Tschetschenen nach der Krone greifen wollen und wie auf glühenden Kohlen sitzen.« Sein bleiches Gesicht, das in der flackernden Fuselbeleuchtung von Nathans Späti noch unheimlicher wirkte als sonst schon, bekam einen träumerischen Ausdruck. »Wenn die Möglichkeit besteht, dabei zu sein, wie zwei der skrupellosesten Clans Deutschland gegen die Wand fahren – oder gefahren werden –, dann möchte ich das nur ungern verpassen. Gut, ich bleibe. Ihr wisst ja, wie ihr mich erreichen könnt.« Er nickte in die Runde.

»Die Wahims sind nach dem Brandanschlag übrigens abgetaucht«, warf Ingo ein, weil er auch etwas Substantielles beitragen wollte. »Nicht alle, nur der aktive Arm der Familie. Die Frauen, die Kinder und die Alten haben sie zurückgelassen. Kam eben noch über den Infoticker rein. Für

Berlin wurde eine Warnung durchgegeben – die Bremer Kollegen gehen davon aus, dass die Wahims die Meiers plattwalzen wollen. Der Fixer hat Sonderstreifen ans Bonhoefferufer geschickt.« Ingo guckte verschmitzt. »Wenn's nach mir ginge, könnte man die Meiers und die Wahims ja einfach machen lassen. Dann ist am Schluss keiner mehr übrig. Kann uns doch nur recht sein, wenn die sich gegenseitig in die ewigen Jagdgründe schicken.«

Sisu stand ebenfalls auf. »Damit könnte ich leben. Solange sie keine Unschuldigen mitnehmen. Aber danach sieht es leider gerade aus.«

Ingo, der langsamer an seinem Bier nuckelte als ein Baby an seinem Milchfläschchen, sah sich schon allein im Späti sitzen. »Wollt ihr jetzt echt ins Bett? Der Fixer sitzt im Büro und geht die Tagesberichte durch. Ich dachte, wir gehen alle rüber und zeigen Flagge.«

Auch Fabian erhob sich. »Ich sicher nicht. Ich brauch eine Mütze Schlaf.«

Ingo fand sich mit seinem Schicksal ab. Ihm blieb ja noch Nathan. »Na gut. Süße Träume. Aber eins noch: Wusstet ihr, dass sich der Fixer beim Oberstaatsanwalt für diesen Job gemeldet hat?«

Sie blieben alle wie erstarrt stehen.

Sisu fragte über die Schulter: »Wie bitte? Er *wollte* diesen Job?«

Ingo nickte. »Ja, das weiß ich von der Sekretärin von von Lechte. Er hat regelrecht Überzeugungsarbeit leisten müssen, weil von Lechte wie Kinski tickt und den Ruhm nicht teilen wollte. Der Fixer hatte schon Akteneinsicht genommen, bevor ihm der Auftrag erteilt wurde. Der war total scharf auf diesen Job.«

Sisu, Fabian, Schröder und Fassbinder tauschten Blicke. »Der Mörder wusste Dinge, die nur ein Insider von der Polizei herauskriegen konnte.« Schröder sprach aus, was die anderen nur dachten. Aber selbst er verkniff es sich, seinen nächsten Gedanken in Worte zu fassen: Wäre es nicht clever, wenn man sich als Täter selbst für die Auflösung der Taten meldete?

BERLIN, EINSATZZENTRALE

Okay, der Fixer hat zugebenermaßen auch seine guten Seiten, dachte Sisu, als sie am nächsten Morgen die Einsatzzentrale kam. Er hatte die Kaffeemaschine aus Verhörraum eins requiriert, und nun gab es statt totem Thermoskannenkaffee und mumifizierten Keksen deliziösen Espresso zum Wachwerden und Mini-Croissants von der Bäckerei an der Ecke.

Es war acht Uhr, und er war offenbar die ganze Nacht über akribisch die bisherigen Ermittlungsergebnisse durchgegangen. Dennoch wirkte er frisch und …hm … lecker. Wohingegen sich Sisus Badezimmerspiegel an diesem Morgen in diese App verwandelt zu haben schien, mit der man Gesichter altern lassen konnte.

»Ist Ihnen etwas aufgefallen, das uns entgangen ist?« Sie war keine Freundin großer Worte. Oder Höflichkeitsfloskeln zur Begrüßung.

Der Fixer sah vom Bildschirm auf.

Wenn er gerufen wurde, dann lag etwas im Argen. Dann machte jemand seinen Job nicht richtig. Er war nicht von der internen Revision – er ermittelte nicht in Korruption oder Kompetenzversagen. Seine Aufgabe war es, diffizile Fälle zu lösen, an denen alle anderen gescheitert waren. Was ihm bisher auch jedes Mal gelungen war. Man erhielt den Spitznamen *Der Fixer* nicht aus Jux und Dollerei, sondern weil man Ergebnisse erzielte. Mit seiner Arbeit erfüllte er sich seinen Kindheitstraum: die Bösen hinter Gitter zu bringen.

»Ihre gestrigen Berichte von der Schießerei und dem Brandanschlag lesen sich holprig«, urteilte er, ebenso floskellos und kurz angebunden wie Sisu.

Sie zuckte mit den Schultern. »Ich habe beide Berichte in einem fahrenden Auto ins iPad getippt.«

»Sie neigen zur Kürze. Beide Berichte würden auf einen Bierdeckel passen. Auf einen einzigen!« Das war natürlich überspitzt formuliert. Aber nicht weit weg von der Wahrheit.

»Ich bin keine Freundin vieler Worte.«

»Das merkt man.« Er sah ihr in die Augen. Nicht interessiert oder anzüglich oder auch nur prüfend. Sein Blick war ein Laserstrahl, der ihr Gehirn zum Schmelzen bringen sollte. »Folgen Sie in Ihren Ermittlungen einer bestimmten Strategie oder löschen Sie einfach nur, wenn's irgendwo aufflammt?«

Auf diese Frage gab es keine gute Antwort. Sisu starrte nur stumm zurück. Die Anstarrwettkämpfe mit ihren Brüdern hatte sie immer gewonnen. Sie hatte keine Angst vor dem Fixer.

»Ich werde mich in Ihre Ermittlungen nicht einmischen. Betrachten Sie mich als weißes Rauschen im Hintergrund.« Er legte eine Sprechpause ein, die normale Menschen für ein Lächeln genutzt hätten. Nicht so er. »Mein Team und ich supervisionieren, behalten Sie während Ihrer Arbeit im Auge. Gegebenenfalls sehen wir uns auch vor Ort um. Wer am Ende was genau gemacht hat, darauf kommt es nicht an. Nur der finale Ermittlungserfolg zählt. Sie wissen ja: Polizeiarbeit ist wie Fußball – ein Ergebnissport.«

Sisu war selbstverständlich klar, dass hier keine zweite Baustelle aufgemacht wurde – alle Berichte würden jederzeit für beide Teams einzusehen sein. Er war keine Konkurrenz, er war das Stützrad am Fahrrad, die Hilfestellung am Barren. Aber sie empfand sein Hiersein – und seinen Voyeurismus – als Fehdehandschuh.

Herausforderung angenommen, Idiot!

»Hey!« Ein junger Mann im selben Einsatzoverall wie der Fixer trat an den Schreibtisch. »Wir haben mit den Kollegen in Warschau gesprochen. Dort wurde ein Kühllaster ohne Nummernzeichen gefunden. Selbes Modell wie von der Zeugin in Hamburg beschrieben. Mit Kühlaggregat über der Fahrerkabine. Polnische Aufschrift. Metzgerei Kowalczyk. Und mit Blutspuren.« Weil man es bei einem Metzgerei-Transporter so deutlich klarstellen musste, fügte er noch hinzu: »*Menschlichen* Blutspuren!«

»Blut, das zu unseren Opfern passt?«

Sisu brummte innerlich. Jetzt bezeichnete er ihre Opfer schon als *unsere.*

»Die Rechtsmedizin ist dran. Ergebnis steht noch aus.«

Der Fixer nickte nur. Ein Danke kam ihm nicht über die Lippen. Wenn jemand einfach nur seine Arbeit machte, musste man das seiner Meinung nach nicht verbal honorieren.

»Wenn Sie jetzt schon erste Ergebnisse einfahren können, liegt das nur an unserer ermittlungstechnischen Vorarbeit«, sagte Sisu. So laut, dass es ihr ganzes SoKo-Team hören konnte.

Auch Fabian und Schröder, die in diesem Moment zusammen eintrafen. Schröder hatte wieder bei Fabian gepennt. Weil er nicht den dritten Tag in Folge dasselbe Hemd tragen konnte – das zudem mittlerweile mehr aus Essensresten denn aus Stoff bestand –, hatte Fabian ihm ein T-Shirt aus einem Stretchmaterial geliehen. Es lag an Schröders massigem Brustkorb wie eine zweite Haut. Man sah alles. Wirklich alles. Sogar seine wulstige Blinddarmnarbe.

Die beiden steuerten zielstrebig wie Wärme suchende Luft-Boden-Raketen auf die neue Versorgungsstation zu – Fabian auf die Kaffeemaschine, Schröder auf den Teller mit den Croissants.

Weil Sisu sich durch die Jungs eine Sekunde lang hatte ablenken lassen, hatte sie nicht mitbekommen, wie der Fixer zum Telefonhörer griff.

»Doktor Kinzig, wo bleiben die Obduktionsbefunde?«, polterte er in die Sprechmuschel.

Niemand polterte die Kinzig an. Sie bellte so laut zurück, dass er den Hörer weiter vom Ohr weghalten musste.

Sisu, die sonst nie lächelte, lächelte.

Sie hörte nur die Lautstärke, nicht die Worte, aber das musste sie auch gar nicht, weil der Fixer es dankenswerterweise zusammenfasste. »Sie werden doch wohl nach drei Tagen in der Lage sein, mehr zu sagen, als dass die Leichen kryotechnisch eingefroren sein müssen und der Auftauprozess noch nicht abgeschlossen ist? Das empfinde ich als suboptimal!« Es bellte aus dem Hörer. »Nein, ich verlange keineswegs, dass Sie unprofessionell an Ihre Arbeit herangehen. Ich verlange einfach mehr Effizienz.«

Seine Kommunikationsfähigkeit befand sich auf demselben Level wie das von Kinski und von Lechte, aber immerhin wurde er nicht laut, wenn er sich aufregte. Was ihn aber nur umso gefährlicher klingen ließ.

Sisu brauchte dringend einen zweiten Espresso.

Fabian und Schröder klebten immer noch an der Kaffeema-schine beziehungsweise dem nunmehr fast leeren Crois-sant-Teller.

»Die Leichen sind immer noch nicht aufgetaut.«

»Dir auch einen schönen guten Morgen. Die Sonne lacht am Himmel, die Croissants sind köstlich. Ich habe ein gu-tes Gefühl, was den heutigen Tag angeht!« Schröder war und blieb ein hoffnungsloser Optimist.

Sisu schnaubte nur.

»Womit fangen wir an? Fahren wir in die Charité und kit-zeln aus dem alten Meier heraus, ob er hinter dem Brandan-schlag steckt?« Schröder wippte einsatzfreudig auf seinen Bequemschuhen.

Sisu nickte. Sie hatte sich gerade für die Espresso-forte-Kap-sel entschieden, als ein Mitarbeiter aus dem Team sie an seinen Schreibtisch winkte und ihr einen Telefonhörer ent-gegenstreckte. »Ein Kollege von der Streife, der Sie spre-chen möchte.«

Sie nahm den Hörer. »Demirkan.«

»Walter«, meldete sich eine Stimme, die sie nicht erkannte. »Bei der Schichtübergabe hat mir der Kollege gesagt, dass Sie sich für den Frisör interessieren. Ich drehe gerade mei-ne erste Runde und wollte Ihnen nur sagen: Der Frisör ist verschwunden!«

BERLIN, FRIEDRICHSHAIN

»Er saß nicht in seinem Sessel wie sonst immer. Da sind wir ausgestiegen und haben nachgesehen. Die Tür stand sperrangelweit offen. Wir haben uns umgeschaut, aber … er war weg. Das wollte ich natürlich gleich melden.« Polizeimeister Walter schaute wie ein Kleinkind, das zur Belohnung ein Kopftätscheln erwartete. Viel älter als ein Kleinkind kam er ihr auch nicht vor. Rasierte er sich schon?

Sisu tätschelte. Sinnbildlich. »Gut gemacht, Kollege Walter. Ich werde Sie namentlich in den Ermittlungsakten notieren.« Er strahlte.

Die Wohnung des Frisörs, die sowieso schon klinisch rein gewirkt hatte, schien jetzt – ohne ihn – noch porentiefer sauber.

»Wo wohnt die Bardeleben?«, fragte Sisu den Uniformierten.

»Gleich gegenüber. Ganz oben, im fünften Stock. Da, wo der Balkon so begrünt ist.«

Begrünt war untertrieben. Grünpflanzen aller Art hatten den Balkon subtropisch regenwaldgleich zugewuchert.

Frau Bardeleben antwortete nicht auf das Dauerklingeln von Sisu. Daraufhin klingelte Sisu sich einmal von oben nach unten durch, bis ein Nachbar den Türöffner betätigte.

Sisu, Fabian und Schröder erklommen das – wie für Berlin üblich – aufzuglose Treppenhaus.

Die Tür zur Wohnung von Barbara Bardeleben stand leider nicht offen. Sisu klopfte. Eigentlich war es mehr als nur Klopfen, es war die Vorstufe von Einschlagen. Fabian legte ihr die Hand auf die Schulter.

»Sie sind von der Polizei, nicht wahr? Wollen Sie zu Frau Bardeleben?« Die Wohnungsnachbarin stand in der Tür. Eine ältere Frau, schick geschminkt, aber in Kittelschürze und Crocs. Sie wartete die Bestätigung gar nicht ab, sondern sagte: »Sie ist eine enge Freundin von diesem unsäglichen Frisör. Ich habe immer gesagt, das geht nicht gut. Das geht nicht gut, habe ich zu ihr gesagt. Und jetzt ist der Frisör offenbar verschwunden, und Frau Bardeleben liegt vermutlich tot in ihrer Wohnung. Tot, aber frisiert.«

»Haben Sie heute Nacht etwas mitbekommen?«

»Nein. Nachts schlafe ich. Aber heute Morgen habe ich die Polizei in seiner Wohnung gesehen und eins und eins zusammengezählt.«

»Ich besorge einen Durchsuchungsbeschluss für die Wohnung von Frau Bardeleben«, bot Fabian an.

»Bei Gefahr in Verzug kann ich die Tür eintreten. Macht mal Platz.« Sisu winkte die anderen beiseite.

»Wollen Sie nicht einfach den Schlüssel nehmen?« In der Hand der Nachbarin baumelte ein Schlüsselbund. »Sie hat mir einen Zweitschlüssel gegeben, damit ich ihre Blumen gießen kann, wenn sie ihre Mutter in der Uckermark besucht.«

Sisu war ein bisschen enttäuscht, sie hätte gern Dampf abgelassen, aber so ging's natürlich schneller.

Nicht nur der Balkon, auch die Wohnung der Bardeleben war ein Dschungel, für den man im Grunde eine Machete brauchte. Überall standen Blumentöpfe, deren grüne Arme nach einem zu greifen schienen. Man hörte Wasserrauschen. Fabian lief ins Bad, sah die Bardeleben schon als Wasserleiche vor seinem inneren Auge, aber das Plätschern kam von einem Zimmerbrunnen in der Küche.

»Sie bleiben bitte draußen«, bat Schröder die Nachbarin.

»Ich geh doch da nicht rein! Ich kann keine Toten sehen.«

Aber sie fanden keine Leiche in der Wohnung. Nur eine offen stehende Schranktür im ebenfalls deckenhoch begrünten Schlafzimmer. Auf dem gemachten Bett sah man eine viereckige Eindellung, wie von einem Koffer. Und im Kleiderschrank herrschten sichtlich Lücken.

»Die haben sich zusammen vom Acker gemacht«, resümierte Fabian. »Das kommt einem Schuldeingeständnis gleich.«

»Ich gebe einen Fahndungsbefehl raus.« Sisu trat in den Flur. »Wissen Sie, welches Auto Frau Bardeleben fährt?«, fragte sie die Nachbarin.

»Ja, einen grünen VW Beetle.«

»Den haben sie aber nicht genommen«, rief eine Stimme aus dem Treppenhaus. Sisu sah um die Ecke. Es war der Teenager, der ihr schon gestern Abend aufgefallen war.

»Ich habe mitbekommen, wie sie weggefahren sind. Frau Bardeleben und ihr Freund von gegenüber.« Der Junge hatte niedliche abstehende Ohren und eine Pickelkraterlandschaft im Gesicht. Er trug ein Shirt mit dem Coverboy des *Mad*-Magazins, und es muss leider gesagt werden, dass die Ähnlichkeit frappierend war. Aber vielleicht wuchs sich das ja noch aus. »Ich hab alles aufgenommen. Wollen Sie mal sehen?« Er streckte Sisu sein Handy entgegen.

Die Bildqualität war bescheiden und zu der frühen Stunde war es noch dunkel gewesen, aber man erkannte deutlich, wie ein Taxifahrer einen Koffer in den Kofferraum seines

Wagens wuchtete und wie Frau Bardeleben in das Taxi stieg. Der Frisör, immer noch im Morgenmantel, hielt inne, bevor er ihr in den Wagen folgte, trat extra einen Schritt zur Seite, damit er im Licht der Straßenlampe stand, und sah nach oben, direkt in die Handykamera des Jungen. Dann winkte er. Man sah nicht genau, ob er dabei lächelte, aber bestimmt tat er es.

»Gruselig!«, sagte Fabian und schüttelte sich.

Was mich nicht glücklich macht, kann weg!

BERLIN, CHARITÉ

Als Sisu, Fabian und Schröder in der Charité eintrafen, wartete Fassbinder schon am Empfang auf sie. Weil er Einmalhandschuhe trug und wieder von Kopf bis Fuß in Weiß gekleidet war – Rolli und Anzug –, sah er aus wie der Klinikchef höchstpersönlich. Wenn der Klinikchef Graf Dracula wäre, der nach einer erfolgreichen Karriere als »Fluch der Karpaten« auf Humanmedizin umgesattelt hätte. Ein logischer Berufswechsel – immer eine Blutbank zur Verfügung. Er winkte gerade ein Ehepaar weg, das ihn offenbar für einen Arzt gehalten hatte, und trat auf die drei Ankömmlinge zu.

»Meier ist im Aufbruch begriffen. Er soll nach der Visite entlassen werden. Wir müssen uns beeilen«, sagte er. Blass, wie immer. Selbst seine der Übermüdung geschuldeten Augenringe waren nicht schwarzblau, sondern eierschalenweiß.

Zu viert zogen sie los.

»Der Frisör ist verschwunden. Mit seiner Freundin.« Fabian brachte Fassbinder unterwegs zu Meiers Zimmer auf den neuesten Stand. »Wir sind gerade dabei, den Taxifahrer auszumachen, der sie abgeholt hat.«

»Faszinierend«, kommentierte Fassbinder. »Werten wir das offiziell als Schuldeingeständnis?«

»Genau das habe ich auch gesagt!« Fabian freute sich.

Vor der Tür zu Meiers Zimmer standen wie gehabt zwei Streifenbeamte. Daneben lümmelte die tätowierte, Kaugummi kauende Enkelin quer über einem Besucherstuhl, umrahmt von drei jungen Männern, deren Wangen und Kinn noch von Flaum statt Stoppeln geziert wurden, die aber ebenfalls schon rundumtätowiert waren. Einer hatte sogar mit blauer Tinte eine Träne unter dem linken Auge gestochen. War das nicht der internationale Code für jemanden, der schon einen Mord begangen hatte? War das ein Meier'scher Killerknabe? Fabian schüttelte es unwillkürlich.

»Warum darf ich nicht zu meinem Opa?«, verlangte die junge Frau zu wissen. Ohne eine Begrüßung, ohne sich zu erheben oder auch nur die Beine von der Armlehne zu nehmen. Sie sah Sisu an.

Sisu schob Fabian und Fassbinder in das Krankenzimmer, ohne der Enkelin zu antworten.

Schröder hätte vielleicht aus der Güte seines Vaterherzens darauf reagiert, aber ihn hatten sie vorn am Aufzug verloren, als er einen Rollwagen mit käuflich zu erwerbenden Snacks für alle diejenigen entdeckte, bei denen der Einwurf von Süßkram medizinisch nicht kontra-indiziert war. Er wollte so viele Nussschnitten erstehen, wie in seine bordeauxfarbene Herrenhandtasche passten.

Meier saß voll angezogen im Bett. Er lächelte. »Ich hörte, Saids heißgeliebte *Perle* ist abgebrannt. Es war das erste Restaurant, das sein Großvater gründete, als er damals nach Deutschland kam. Said muss doch am Boden zerstört sein. Mein Herz blutet für den Hurensohn. Aber wissen Sie, was? Geschieht ihm recht! Er ist ein Dieb!«

Sisu sah zu Fassbinder. Wenn es um Drogenbarone ging, war er der Alpha, dem die Gesprächsführung oblag.

»Warum haben Sie seinen Sohn ermordet?« Fassbinder hielt sich nicht lange mit Vorreden auf.

»Wie bitte, was?« Meiers Lächeln schien schlagartig wie ausgelöscht.

»Malik Wahim. Er wurde mit Ihren Drogen im Rektum in
Goslar gefunden.«

Meier schluckte. »Davon höre ich zum ersten Mal.«

Der Alte war natürlich seit Jahrzehnten geübt darin, der Polizei was vorzumachen, aber Sisu war sehr geneigt, ihm zu
glauben. Auf Kommando blass zu werden, gehörte eher zum
Repertoire eines gefeierten Shakespeare-Mimen, nicht zu
dem eines Drogenbosses.

»Sie und Wahim sind Geschäftsmänner. Ich bin von Berufs
wegen natürlich gegen die Art von Geschäften, die Sie führen, aber ich hatte bislang immer Hochachtung vor Ihrer
Professionalität.« Fassbinder spreizte die Finger beider Hände, bis es so aussah, als würden Seesterne aus seinen An-
zugärmeln ragen. »Es ging durchaus auch mal hoch her, und
ja, Yannik, Ihr Jüngster, ist ein wandelndes Pulverfass, und
seine Fäuste müssten bekanntermaßen eigentlich unter das
Waffengesetz fallen, aber kaltblütiger Mord war doch nie
ein Thema.« Fassbinder ließ die Seesterne wieder zu Händen werden. »Mord, Herr Meier! Noch dazu den jüngsten
Sohn des Konkurrenten.«

»Ich bringe doch niemand um! Und schon gar keine Kinder!« Auch der alte Verbrecherboss dachte bei *Sohn* immer
gleich an *Kind*. Sprache formt Denken. Dachte Sisu. Sie klär-
te ihn nicht über das wahre Alter von Malik auf. Es diente
ihr aber als Hinweis, dass der alte Meier wohl kaum den
Mord in Auftrag gegeben haben konnte, wenn er nicht wusste, wie alt Malik war, und er ihn für ein Kind hielt.

»Ich bin selbst Vater. Und Großvater.« Er schlug auf sein
Bett ein. »Wir Meiers sind keine Mörder! Dass dem Wahim

die Bude über der Birne abgefackelt wurde, das hat er verdient – was vergreift er sich auch an meinem Stoff! Aber seinen kleinen Sohn zu ermorden? Was für ein Schwein tut das?«

»Guten Tag, Nahbach. Von Nahbach & Reimsheim, Anwaltskanzlei.« Ein Maßanzugträger riss die nur angelehnte Tür auf und stürmte herein. »Mein Mandant hat Ihnen nichts weiter zu sagen. Wenn Sie ihn einbestellen wollen, nur zu, aber jetzt und hier bedarf er ärztlicher Fürsorge und steht für Befragungen nicht zur Verfügung.« Nahbach winkte sie mit seiner Rechten, an der eine Patek Philippe funkelte, aus dem Krankenzimmer.

Fassbinder fand, dass er alles herausgefunden hatte, was er wissen wollte, und trat den Rückzug an. Sisu und Fabian folgten.

Als sie an der Enkelin vorbeikamen, spuckte sie aus. Sisu überlegte, ob das Zepter womöglich schon weitergereicht worden war und die Kleine jetzt das Sagen hatte. Sie blieb stehen. »Sind Sie gerade dabei, in die Fußstapfen Ihres Großvaters zu treten? Haben Sie die Serienmorde der letzten Tage begangen? Mit Tätowierungen kennen Sie sich ja aus!« Sie musterte die kunstvoll verzierten Arme der jungen Frau. »Das Skalpieren und Entfernen der Augäpfel hätte ich Ihnen eigentlich nicht zugetraut. Aber … je nun … es ist das Zeitalter der Gleichberechtigung.« Sie zuckte mit den Schultern.

Einer der Fläumlinge verschluckte sich an seinem Kaugummi, ein anderer – der mit der Träne – wurde bleich und erbrach sich in den Papierkorb der Besucherecke. Mehrheitlich jedoch daneben. Die Enkelin sprang auf und nahm die Jungs in eine Gruppenumarmung. »Geht's noch, Sie machen den Kindern Angst!«, bellte sie kampfgluckenhaft. Sisus schlechtes Gewissen reckte sein Haupt, aber sie knüppelte es nieder. Das waren keine schwäbischen Vorzeigekinder vom Prenzlberg, das waren Nachwuchskriminelle, die Leichen nicht nur aus Videospielen kannten.

Schröder stand, mit beiden Backen kauend, neben dem Aufzug. Fabian fragte sich, wie man in einem Krankenhaus, in dem es nach Formaldehyd und Karbol zu riechen schien, überhaupt etwas zu sich nehmen konnte. Geschweige denn, genüsslich. Man frühstückte doch auch nicht im Badezimmer. Aber Schröder focht das nicht an. Wenn der Hunger kam, konnte er überall essen.

»Wo wir schon hier sind, können wir auch nach Kinski schauen«, schlug Sisu vor.

»Wieso das denn?« Fabian lenkte seinen Blick von Schröders Hamsterbacken zu Sisu. Er stand einer freiwilligen Kontaktaufnahme mit seinem cholerischen Chef gegenüber wie Loriot einem Leben ohne Möpse: Es war möglich, aber sinnlos.

»Ich will mir seine Tiraden nicht anhören müssen, wenn er herausfindet, dass wir hier waren, aber keine Meldung erstattet haben.« Sisu blieb eisern. Sie gingen zu der Stationstheke und fragten die diensthabende Schwester, wo sie Kinski finden konnten.

»Für Herrn Kinski kommen Sie zu spät, das tut mir sehr leid.« Die Schwester schaute bedauernd.

Sie dachten alle das Gleiche.

»Scheiße!«, entfuhr es Sisu.

»Mein Beileid!«, sagte Schröder zu Sisu und Fabian. Fassbinder setzte einen Bestatterblick auf und senkte die Augen.

»Wie kann man denn an einer blöden Hundebiss-OP sterben? Was für ein Schlächter hat das verbockt? Sie sind doch angeblich die beste Adresse Berlins!«, verlangte Fabian zu wissen. Als ob Kinskis Charakter auf ihn übergesprungen wäre, wurde er zunehmend lauter. Einige Besucherinnen und Besucher wurden schon aufmerksam.

»Ich muss doch sehr bitten«, bühnenflüsterte die Schwester. »Und schreien Sie hier nicht herum. Wir sind ein Krankenhaus.«

»Ich tippe auf den Anästhesisten. Wenn bei einer simplen Operation etwas schiefläuft, liegt es meistens an der Narkose«, warf Fassbinder ein, der immer noch Einmalhandschuhe trug, weil es seiner Meinung nach in Krankenhäusern vor multi-resistenten Keimen nur so wimmelte.

»Oder sein Herz hat ausgesetzt«, meinte Schröder. »Choleriker haben ja oft zu hohen Blutdruck. Er ist dem Operateur unter den Händen weginfarktet. Wollen wir wetten? Ich setze fünf Euro.«

»Bin dabei«, sagte Fabian und fischte nach seiner Geldbörse.

»Hören Sie sofort auf mit diesem Unsinn!« Die Schwester schaute wutentbrannt. »Die Wadenhypoplasie von Herrn Kinski ist selbstverständlich gut verlaufen. Um nicht zu sagen bravourös. Er hat heute Morgen auf eigenen Wunsch das Klinikum verlassen. Was natürlich kein Problem ist, solange er seine Kompressionshose trägt. Sein Ehemann kam vor einer Stunde, um ihn abzuholen. Herr Kinski hat die Entlassungspapiere unterschrieben, und die beiden Herren sind gegangen.«

»Wie bitte?« Sisu traute ihren Ohren nicht. Schon deshalb nicht, weil Kinski nicht verheiratet war. Und dann war da noch der nicht unwesentliche Umstand, dass Kinski laut Ingo, dem Urquell aller Bürogerüchte, gar nicht schwul war. Sisu wählte bereits auf dem Handy die Nummer der Einsatzzentrale. Dort war Kinski aber nicht. Bei ihm zu Hause nahm niemand ab. Und er ging auch nicht an sein Handy. Kinski war weg!

Wenn du keinen Spaß dabei hast,
dann machst du es falsch!

BERLIN, EINSATZZENTRALE
DAMENTOILETTE DRITTER STOCK

»Ingo, pst!«

Sekretär Ingo hatte gerade die Herrentoilette verlassen. Es gab nicht viel, was für Ingo sprach, aber immerhin wusch er sich in der Fliesenabteilung nach getaner Arbeit die Hände. Er wedelte sie immer noch trocken, als er auf den Flur trat.

»Ingo, hierher!«

Er sah sich um, entdeckte ein Augenpaar im leicht geöffneten Türspalt zur Damentoilette. »Sisu?«

Sie winkte ihn zu sich.

Gerüchtekenner Ingo hatte natürlich schon davon gehört, dass Sisu Demirkan angeblich keine Kostverächterin war und sich nahm, was beziehungsweise wen sie wollte. Bestätigte Quickies gab es nicht, aber das konnte eigentlich nur daran liegen, dass die Männer allesamt Angst davor hatten, was ihnen »zustoßen« könnte, falls sie aus dem Nähkästchen plauderten. Es hatte schließlich seinen Grund, warum Sisu schon dreimal an einem Anti-Aggressions-Training hatte teilnehmen müssen. Andererseits lohnte sich das Risiko.

Ingo strahlte auf, strich sich mit der noch feuchten Hand über die Haare und schritt mutig seinem Schicksal entgegen.

Als er sah, dass Fabian und Schröder ebenfalls im Vorraum der Toilette standen, knipste er sein Strahlen wieder aus.

»Ingo, wir waren eben in der Charité … der Chef ist verschwunden.« Fabian strich sich übers Kinn. Sie hatten sich darauf geeinigt, dass er mit Ingo reden sollte, weil die Bro-Chemie zwischen ihnen stimmte.

»Äh … was?«, stotterte Ingo.

»Kinski ist abgetaucht«, sagte Sisu. »Der Fixer darf das nicht erfahren, klar?«

»Äh … wie?«

»Dir ist doch klar, wie verdächtig das wirkt, oder? Die Tätowiermorde konnten nur mit Insiderwissen begangen werden, und jetzt taucht einer der Insider ab! Das stinkt nach Dänemark!« Fabian fuhr regelmäßig mit dem Intercity von Berlin nach Kopenhagen und wusste, dass es da nicht stank. Er war nur nicht gut im fehlerfreien Zitieren geflügelter Worte.

Ingo war damit beschäftigt, sich umzusehen. Er war noch nie auf der Damentoilette hier im Stock gewesen. Aus dem einfachen Grund, dass es mehrere Frauen von Sisus Kaliber gab und er sich nicht getraut hatte. Jetzt sah er, dass die Fliesenabteilung von der Grundausstattung her identisch mit der Herrentoilette war – von den fehlenden Urinalen abgesehen –, aber die Kolleginnen hatten eine kleine Vase mit Plastikblumen aufgestellt, eine bunte Box mit Deckel, in der Ingo weibliche Hygieneartikel vermutete, und ein gerahmtes Foto von …

Da ging das Licht aus.

Möglich, dass Ingo aufquietschte.

Sisu wedelte mit den Händen. Das Licht ging wieder an.

Da es auf diesem Stock Publikumsverkehr gab und es sich

nicht nur um brave Bürger und Bürgerinnen handelte, sondern durchaus auch um dunkle Gestalten oder Junkies, und die Verwaltung nicht wollte, dass man sich im Klo mal eben schnell einen Schuss setzte, war das Licht an einen Bewegungsmelder gekoppelt. Die Illuminationsdauer war bewusst kurz gehalten und definitiv von einem Mann programmiert. Egal, wie sehr man sich als Frau beeilte, allerspätestens beim Händewaschen musste man von den Hüften abwärts den Mambo tanzen, um wieder zu sehen, was man tat.

»Ingo!«

»Ja?«

»Hörst du uns zu? Wir wissen, dass nur ein Insider die Morde begangen haben kann …«

»Oder zumindest unveröffentlichte Ermittlungsergebnisse an den Mörder weitergegeben haben muss«, warf Schröder ein, weil ihm solche Details wichtig waren.

»… jedenfalls steckt einer von uns mit drin. Und es ist immer der, der abtaucht!«

Ingo wurde bleich. Verständlich. Seine Karriere war eng mit der von Kinski verbandelt. Kinski hatte ihn aus dem Schreibpool herausgeholt, und es war abgemacht, dass Ingo auch nach der Beförderung Kinskis dessen persönlicher Assistent bleiben würde. Fabian legte ihm tröstend die Hand auf die Schulter.

Ingo schluckte. »Warum sollte …«

»Der Mann lebt doch nur für seinen Job. Da musste zwangsläufig irgendwann die Birne durchglühen. So ein spektakulärer Fall katapultiert ihn voll in die mediale Aufmerksamkeit. Ob er ihn löst oder nicht, er ist im Gespräch. Und wir wissen doch alle, dass das für eine Beförderung mehr als vorteilhaft ist!«

Ingos Adamsapfel hüpfte.

Was man nicht sehen konnte, weil das Licht wieder ausging.

Sisu wedelte mit den Armen und sagte in das aufleuchtende *Fiat Lux* hinein: »Kinski hat gute Connections zur Unterwelt. Einen Auftragskiller zu finden, wäre für ihn kein Ding.« Das stimmte. Man konnte es sich zwar schon lange nicht mehr vorstellen, aber der Mann war einst im aktiven Dienst gewesen, hatte sogar undercover gearbeitet. »Und er stammt aus verdammt reichem Haus. Mit Geld und Connections ist alles möglich!«

Sie hatten auf der Fahrt ins Präsidium schon darüber geredet, und je öfter Sisu es wiederholte, desto logischer klang es.

»Wir haben uns die Bilder der Überwachungskamera im Eingangsbereich der Klinik angesehen – der Unbekannte, der Kinski abgeholt hat, trug Mütze und Schal. Er hat sich absichtlich unkenntlich gemacht.« Fabian führte nicht aus, dass Mütze und Schal im Winter nichts Ungewöhnliches waren. Dass sich die beiden Kleidungsstücke im Gesicht des Mannes so nahe über der Nase trafen, dass eine Identifizierung unmöglich wurde, reichte ihm als schlagkräftiges Verdachtsmoment aus.

»Wir gehen der Sache nach, aber der Fixer muss davon momentan noch nichts erfahren, klar?« Sisu baute sich vor Ingo auf.

Weil er so gar nichts erwiderte, sein Adamsapfel aber ein Eigenleben zu entwickeln schien und seine Unterlippe zitterte, legte Sisu den Kopf schräg. »Was ist denn mit dir, Ingo?«

Fabian streckte wieder schildkrötenartig den Kopf nach vorn. Sisu nahm sich vor, ihm das schleunigst abzugewöh-

nen, bevor es zur Gewohnheit wurde. Es sah echt scheiße
aus. Von wegen, wahre Schönheit sei durch nichts zu entstellen. Doch, es ging.

»Großer Gott, Ingo, du weißt etwas!«, rief Fabian.

Das Licht ging wieder aus.

Als es hell wurde, sah man Sisu, die Ingo an den Oberar-
men gepackt hatte und schüttelte. »Spuck's aus!«

»Der Chef hat keinen Dreck am Stecken«, murmelte Ingo.
So leise, dass Schröder, der an der Tür Wache schob, »lauter!« rief.

Ingo schüttelte Sisus Hände ab. »Ich war's. Ich hab den Chef
aus der Charité geholt. Aber nicht, weil er irgendwas mit
den Morden zu tun hat. Das ist doch albern.« Er guckte
schmollend. Reine Gegenwehr. Der Chef und er würden
doch niemanden umbringen, nur um die Beförderung ab-
zusichern. Und falls doch, dann höchstens einen Schwerst-
verbrecher, der aus dem Verkehr gezogen gehörte. Sie würden kein ganzes Altersheim ausradieren! »Es ging um die
Fotos …«

»Er wurde erpresst?« In Sisus Augen leuchtete es ein kleines bisschen auf.

»Nein, die Fotos wurden schon veröffentlicht.«

»Wo?« Fabian zückte sein Handy. Im Hochgeschwindigkeits-
googeln machte ihm niemand was vor.

»Der PR-Mann hat doch Fotos vom Chef vor dem Schloss
gemacht. Das wisst ihr doch, ihr wart dabei. Vor Schloss
Charlottenburg?« Ingo wackelte mit den Augenbrauen und
hörte erst damit auf, als Fabian bestätigend nickte. »Offenbar dachte der Chef, es wäre gut, auch Fotos von der Befragung zu machen. Ihr wisst schon: Action-Fotos von der
Front. Der Fotograf war also vor Ort, als die Schießerei be-

gann und hat draufgehalten. Super Beweisfotos für die Gerichtsverhandlung. Die er uns auch alle zur Verfügung gestellt hat. Der Fixer ist sie schon durchgegangen. Nur ...«

Es wurde wieder dunkel.

»Gott, das nervt!«, rief Sisu und wedelte.

»Nur was?«, hakte Schröder nach.

»Da waren auch Fotos dabei, wie sich die Dackel in die Wade vom Chef verbissen haben. Das war ein ganz blöder Winkel. Und das Licht war auch nicht gut. Das musste ja doof aussehen.«

»Kommst du mal bitte zur Sache!«, verlangte Sisu.

»Auf den Fotos sieht es so aus ... also, wenn man alle vier Fotos in Folge anschaut ... es wirkt jedenfalls so, als ob ...«

»Hab sie!«, juchzte Fabian. Er betrachtete glücklich die Bildfolge, die auf der Berlin-Seite der *Morgenpost* ganz oben zu finden war, noch vor *Berlinale-Jury kurzfristig umbesetzt* und *Vollbesetzter Toyota überschlägt sich in Neukölln.* »Es sieht so aus, als würde er fröhlich mit zwei Dackeln balgen, während um ihn herum die Welt untergeht.« Er zeigte Sisu sein Handy. Auf dem letzten Bild lag Kinski mit ängstlichem Gesichtsausdruck am Boden und streckte sein Bein nach oben, an dem noch ein Dackel baumelte. Ob Fritz oder Adolf, das war nicht genau auszumachen.

Ingo riss sich zusammen. »Die Fotos sind absolut rufschädigend. So einem Mann wie dem auf diesen Bildern überträgt man doch keine hochkarätige Führungsaufgabe. Dabei können Fotos lügen. Auch wenn sie echt sind!«

»Wer hat die Fotos der Presse zugespielt? Ein Konkurrent?«

»Ich habe sofort den PR-Mann zur Sau gemacht, aber er schwört, dass er die Fotos nicht an die Zeitung verkauft hat. Außer ihm, mir und dem Fixer hat keiner die Fotos zu Gesicht bekommen. Und wenn unsere Computer von außerhalb gehackt worden wären, dann hätte die IT-Abteilung das bemerkt. Es ist mir ein Rätsel!« Ingo seufzte. »Der Chef war jedenfalls am Boden zerstört. Er braucht erst mal Abstand, damit er in aller Ruhe über seine neue Strategie nachdenken kann.«

»Dann warst du das im Krankenhaus?«

Ingo nickte. Was man nicht sah, weil das Licht schon wieder ausging.

»Da kommt wer!«, warnte Schröder an der Tür.

»Da rein!« Sisu trieb ihre kleine Testosteronherde in den rollstuhlgerechten Groß-Kubus. »Und Mund halten!«, fügte sie mit Blick auf Ingo hinzu, der vor Schreck ein welpenartiges Fiepen von sich gab. Weil der Befehl nichts nützte, hielt Fabian ihm eine Hand über Mund und Nase.

Es war einen Ticken eng im Kubus. Aber vielleicht ging der Kelch ja an ihnen vorbei.

Doch nein, die Eingangstür zur Damentoilette wurde geöffnet.

Jemand atmete.

Im Gegensatz zu den vieren im Kubus.

Dann hörte man schwere Schritte, die sich ihnen näherten. Jemand klopfte an die Tür zum Kubus und rief: »Wir wissen jetzt, wo der Frisör ist!«

Sisu atmete aus und öffnete die Tür.

Es war der Fixer. Er grinste. »Sie wissen schon, dass unsere Flure kameraüberwacht sind?«

Sisu wusste das, hatte aber darauf vertraut, dass die Kollegen ein Auge zudrücken und diese Mannschaftsbesprechung in der Damentoilette ›übersehen‹ würden.

Der Fixer deutete ihren Blick korrekt. »Sie dürfen beruhigt

sein, Ihre Kollegen waren verschwiegen. Ich habe mir den Zugriff auf die Überwachungskameras ausbedungen, als ich die Aufgabe übernahm.« Er musterte die vier. »Ingo, machen Sie, dass Sie wieder an Ihren Schreibtisch kommen.« Ingo wuselte davon.

»Und Sie drei? Wo haben Sie Graf Dracula gelassen?«

Sisu sah den Fixer trotzig an. Sie traute ihm nicht. Die Indizien sprachen doch sehr dafür, dass *er* die peinlichen Fotos von Kinski der Presse zugespielt hatte. Ingo war Kinski treu ergeben, der war's gesichert nicht. »Fassbinder ist auf dem Rückweg zu seiner Dienststelle nach Frankfurt. Wir glauben nicht, dass Meier Wahims Sohn ermorden ließ. Wir gehen auch nicht davon aus, dass Wahim Meiers Drogen abgegriffen hat.« Sie holte tief Luft. »Wir gehen davon aus, dass die Morde von einer dritten Partei initiiert wurden, die die Meiers und die Wahims aufeinanderhetzen will. Möglicherweise von einem Gehirn, das die Taten selbst nur in Auftrag gibt. Beim Frisör zum Beispiel. Die Morde sind kein Selbstzweck, es steckt ein Plan dahinter. Der Auftraggeber will die Clans ausradieren. Oder er will den Markt für sich beanspruchen. Oder er will …« Bedeutungsschwangere Pause. »… Karriere machen.« Sie sah ihn blinzellos an.

Er erwiderte ihren Blick. Ebenfalls blinzellos. »Aha. Warum liegt mir dazu noch kein Bericht vor?«

»Ich arbeite daran«, rief Fabian. »Liegt Ihnen zeitnah vor.«

»Na schön.« Der Fixer drehte sich um und ging zur Tür. »Was ist jetzt? Wollen Sie beim Zugriff nicht dabei sein?«

Alle – bis auf Ingo, der »Ich brauch noch 'nen Moment« murmelte – folgten dem Fixer auf den Flur.

»Wo hat man den Frisör entdeckt?«, fragte Schröder. »Am Hauptbahnhof? Am Flughafen?«

»Am ZOB. Er und die Bardeleben haben eine All-inclusive-Gruppen-Busreise gebucht. *Gourmetausflug nach Straßburg und ins Elsass.*«

BERLIN, ZOB

Manchmal trifft man einen Menschen und weiß vom ersten Augenblick an, dass man sein ganzes restliches Leben … ohne diesen Menschen verbringen will.

Der Fixer war für Sisu so ein Mensch. Der Tag, an dem sie ihn nie wiedersah, konnte gar nicht früh genug kommen. Hinter dem Bauzaun, der praktischerweise baustellenbedingt gegenüber dem Zentralen Omnibusbahnhof aufgestellt worden war, hatte er seine Truppen um sich geschart. »Ich muss Ihnen nicht sagen, dass der Zugriff an einem derart stark frequentierten Ort nicht ohne Risiken ist und daher besonderes Fingerspitzengefühl erfordert«, erklärte er wie Napoleon vor seinen Truppen. Allerdings nicht auf einem Pferd sitzend, sondern auf einer leeren Bierkiste stehend.

Richtig, dachte Sisu, das musste er ihnen nicht sagen. Und tat es trotzdem. Er hörte sich einfach gern selbst beim Reden zu.

»Erschwerend kommt hinzu, dass der Zentrale Busbahnhof sehr hell gehalten ist«, fuhr der Fixer fort. »Überall Glas. Der Frisör kann uns also kommen sehen. Das erfordert eine ganz eigene Strategie.«

Sie hatten alle Augen im Kopf. Aber wenn er das Offensichtliche konstatieren musste, um dadurch seine Position als Alpha zu demonstrieren, so war das immer noch besser, als wenn er den Bauzaun markierte. Was Sisu nicht ganz ausschließen wollte, weil er sich schon mehrfach in den Schritt gefasst hatte.

»Geschwindigkeit ist das A und O dieser Operation.« Er drehte sich zu Sisu, Fabian und Schröder, die etwas Abstand hielten. »Sie drei bleiben hier und beobachten nur.«

»Wieso das denn? Trauen Sie uns etwa nicht zu, schnell zu sein und Fingerspitzengefühl zu zeigen?«, bockte Sisu.

»Ich leite den Einsatz und muss mich nicht erklären. Sie kommen sicher von allein drauf, dass ich hier ein eingespieltes Team habe, auf das ich mich absolut verlassen kann, und dass Sie drei unbekannte Größen für mich sind.« Der Fixer wandte sich wieder an sein Team. Eine reine Männertruppe natürlich, was auch sonst, dachte Sisu. Sie wunderte sich fast ein bisschen, dass er nicht auch noch Scharfschützen mitgebracht hatte. Für den Frisör und Frau Bardeleben. Echt jetzt, was der hier durchzog, war doch purer Overkill.

»Der Zugriff erfolgt, sobald die Scharfschützen ihre Positionen eingenommen haben«, sagte der Fixer jetzt.

Sisu rollte mit den Augen. Eventuell riss sie dabei auch unwillkürlich die Hände nach oben. Es ist nicht immer eine Freude, recht zu behalten.

Fabian stieß sie mit dem Ellbogen an. Schröder vertilgte in aller Seelenruhe eine Nussschnitte.

Auch der Fixer hatte das Hände-nach-oben-Reißen und das Augenrollen mitbekommen. Ihm entging nichts. Er war gut. Und sarkastisch. »Haben Sie noch etwas Konstruktives beizutragen, Frau Demirkan?«

Seine Männer grinsten. Es waren keine charakterlosen Männer, sie waren einfach nur froh, wenn zur Abwechslung nicht sie das Ziel seiner Sarkasmuspfeile waren. Der Fisch fing immer vom Kopf an zu stinken – Mobbing hatte immer was mit fehlgeschlagener Führung zu tun.

»Nein«, sagte Sisu. »Viel Erfolg!«

»Also gut.« Der Fixer sah auf seine Uhr. »Countdown läuft. Alle bereitmachen!«

Sisu atmete genervt aus, dann lugte sie mit dem Fernglas um die Ecke des Bauzauns.

Es war nicht viel los am Busbahnhof. Ein frisch eingetroffener Reisebus spuckte seinen menschlichen Inhalt aus, während ein weiterer gerade Gäste aufnahm. Zwei weitere, völlig leere Busse, beide gelb, hielten offenbar gerade Siesta.

Im verglasten Halbrund des Wartesaales konnte sie nur eine Handvoll Leute ausmachen, die entweder auf den orangefarbenen Hartschalensitzen saßen oder ungeduldig auf und ab tigerten.

Der Frisör saß inmitten einer Gruppe älterer Menschen, die alle ein leuchtend pinkfarbenes Kontrollband am Handgelenk trugen. Eine junge Frau mit Klemmbrett hatte gerade die letzten Bänder an ein ergrautes Ehepaar verteilt. Jetzt trat sie aus der Wartehalle heraus und ging zu dem nächstgelegenen Raucherbereich, um sich eine Kippe zu gönnen.

Man könnte ja meinen, dass der Frisör, der immer noch seinen Morgenmantel über Pyjamahosen trug, für neugierige Blicke sorgen würde, aber am ZOB liefen noch ganz andere Typen herum. Außerdem war das hier Berlin – er könnte ja Künstler sein und der Morgenmantel war sein Erkennungszeichen. Oder ein modisches Statement. Wenn jemand Blicke auf sich zog, dann die Bardeleben. Nicht sie selbst, mehr der übergroße Gummibaum, den sie im Schoß hielt. Und dessen Blätter sie streichelte.

Der Frisör und die Bardeleben vermittelten in keinster Weise den Eindruck, dass sie auf der Flucht waren.

»Siehst du was?«, flüsterte Fabian ihr heiß in den Nacken.

»Busse, wartende Leute, ein Aufsteller vor dem Imbissstand, *Zwei Hot Dogs zum Preis von einem*, einen Pudel im Partnerlook mit seinem Frauchen, hui, da kommt ein alter Mercedes und spuckt einen Opa und seine Enkel aus … sehr gepflegter 280 SE in Schwarz. Respekt!« Sisus Leidenschaft waren alte Autos. Weshalb sie unbedingt nach Kuba wollte – angesichts all der Oldtimer in den Straßen, plus Sonne und Strand, wähnte sie es als Paradies auf Erden.

Schröders Prioritäten waren anders gelagert. »Zwei Hot Dogs zum Preis von einem?« Wenn es ums Essen ging, hatte Schröder Ohren wie eine Fledermaus. Er schob seinen Kopf zwischen Sisu und Fabian und lugte ebenfalls hinüber. Kleine Nussschnittenkrümel fielen ihnen in den Nacken.

Sisu war sauer. »Echt jetzt, der muss doch hier kein Videogame nachstellen. Der Frisör hat noch nie Schusswaffengebrauch gemacht. Seine Waffe ist das Brenneisen«, zischelte sie. »Wir können da einfach rübergehen und gut.«

»Pst, er kann dich hören«, flüsterte Fabian.

»Und was, wenn er seine Vorgehensweise geändert hat? Menschen tun das bisweilen.«

Das flüsterte nicht Fabian und auch nicht Schröder, das flüsterte der Fixer.

Verdammt, der Mann war gut! Er hatte sich angeschlichen, ohne dass sie es bemerkt hatten. Und dabei wollte Sisu so gern glauben, dass er nur durch Vitamin B oder Hochschlafen an seinen Job gekommen war.

»Weg vom Zaun!!«, herrschte der Fixer und trieb sie wieder zurück, wie ein Hütehund, der verirrte Schafe zurückbringt. Nur nicht fröhlich hechelnd, sondern mit Zornesfalten auf der Stirn.

»Herr Schröder, ich habe gehört, dass Ihre Frau Sie verlassen hat. Das ist bedauerlich. Sie sollten deswegen aber nicht zum Frustfresser werden, sonst muss man Sie zum nächsten Einsatz rollen. Klar?«

Schröder schob die Unterlippe vor – ob er schmollte oder gleich in Tränen ausbrechen würde, war nicht klar auszumachen.

»Herr Messner, einfach nur eine gefällige Optik zu bieten, reicht nicht aus. Schönheit vergeht. Zeigen Sie gefälligst mal Biss!« Offenbar nahm der Fixer sie der Reihe nach dran. »Sonst enden Sie wie Ihr Kumpel Fassbinder – ausgelutscht und auf dem Abstellgleis. Ja, ich habe mich erkundigt!«

Fabian nahm sich vor, gleich mal zu googeln, wie Fassbinder als junger Mann ausgesehen hatte und ob dieser Vergleich statthaft war.

»Sie müssen nicht persönlich werden!« Sisu schob sich vor ihren Partner und fletschte fast unmerklich die Zähne. Das war ihre automatische Reaktion, wenn man Fabian angriff, und sei es auch nur verbal.

»Frau Demirkan, Ihre Personalakte habe ich mir ebenfalls angesehen«, kanzelte der Fixer sie vor dem kompletten Team ab. Also, vor dem Teil des Teams, das sich nicht bereits auf den Weg zur rückwärtigen Seite des ZOBs gemacht hatte. »Ich weiß, dass Sie sich schon mehrmals darüber beklagt haben, bei Beförderungen übergangen worden zu sein. Sie sollten sich fragen, ob es nicht daran liegen könnte, dass Sie einfach kein Teamplayer sind.«

»Sie übertreiben es mit Ihrem Zugriff maßlos«, provozierte ihn Sisu, die sich verkniff, ihn darauf hinzuweisen, dass aus ihr ohne geschlechtsumwandelnde OP auch nie ein Teamplayer werden würde. Er war ein allzu grober Klotz für sprachliche Feinheiten. Und sie betrachtete sich durchaus als eine Teamplayerin.

»Überlassen Sie die Entscheidungen über den Einsatz gefälligst mir, verstanden?« Der Fixer wartete ihre Antwort gar nicht ab, sondern gab seinem Team ein Handzeichen. »Sie bleiben hier!«, befahl er Sisu, Fabian und Schröder. Dann konzentrierte er sich kurz und röhrte gleich darauf seinen Männern vor Ort und über den Stöpsel in seinem Ohr auch den Männern hinter dem ZOB zu: »Zugriff!« Die Einsatztruppe stürmte los.

»Arsch!«, sagte Schröder zu Sisu.

»Der sah mir null ähnlich!«, konstatierte Fabian und hob sein Handy, damit sie das Foto vom sehr jungen Fassbinder in der Jugendgruppe des Modellfliegerclubs Bornheim eV sehen konnten. Damals sah er noch nicht untot aus, war aber definitiv kein hübsches Kind. Eine Aura der Reptilienhaftigkeit umgab seine kleine, bleiche Gestalt.

Schröder nahm Sisu das Fernglas ab und justierte es neu. »Gut zu Fuß, die Jungs! Und angstfrei! Hechten trotz Verkehr einfach über die Straße.« Er gab den Sportkommentator. Auch noch über das einsetzende Hupen hinweg. »Oh, oh, da kommt ein Sportwagen etwas zu schnell auf der linken Spur. Da ist aber noch ein Nachzügler vom Zugriffsteam. Das könnte böse enden. Nein, Glück gehabt, der Sportwagen legt eine Notbremsung hin. Man kann das verbrannte Gummi riechen. Und ja, jetzt hechtet der Nachzügler in einer perfekten Rolle über die Motorhaube des Sportwagens. Chapeau! Ich gebe die volle Punktzahl. Ohne Abzug in der B-Note. Ja, und schon sind sie drüben, die Waffen im Anschlag.«

Fabian grinste. Ihm gefiel das.

»Die sind wirklich gut eingespielt. Wie Synchronschwimmer. Gleich sind sie an den Eingangstüren. Hui, Überraschung – was ist das?«

Fabian und Sisu gingen zu ihm.

»Offenbar denken die Typen aus dem Mercedes, der Zugriff würde ihnen gelten. Holla die Waldfee, sind die bewaffnet? Scheiße, ja!« Schröder zog seine Dienstwaffe und lief los, mit um den Hals baumelndem Fernglas.

Jetzt hörte man Schüsse. Viele Schüsse. Und laute Schreie. Und noch mehr Gehupe. Und dumpfe Aufprallgeräusche von Metall auf Metall. Glas zersplitterte.

»Auf den Boden!«, röhrte von fern eine Stimme. »Alles auf den Boden!«

Auch Sisu und Fabian sprinteten jetzt mit gezückten Waffen über die Straße zum Busbahnhof. Weil der Verkehr schon zum Erliegen gekommen war, mussten sie nicht mehr fürchten, unter die Räder zu geraten. Eine Polonäse aus ineinander verkeilten Wagen legte Zeugnis davon ab, dass die Leute am Steuer sich gaffend hatten ablenken lassen.

Schröder war zwar massig, hatte aber schon einen ordentlichen Vorsprung, während Sisu und Fabian hinterhereilten und dabei hinter Autos, Bäumen und Bussen Deckung suchten.

Einer der Männer aus dem Zugriffsteam lag reglos am Boden. Er atmete aber. Sie zogen ihn zu zweit hinter einen der Busse in Sicherheit.

Es lagen noch andere Menschen auf dem Boden, aber eine

kurze visuelle Inspektion zeigte, dass es Unbeteiligte waren, die der Aufforderung des Fixers Folge geleistet und sich zu Boden geworfen hatten, während über ihnen die Schüsse hinweghagelten. Sie lebten noch, was man am ängstlichen Zittern der Körper sah.

So sehr viele Schüsse waren es jetzt gar nicht mehr. Wer immer das Feuer eröffnet hatte, führte zumindest keine Schnellfeuergewehre mit sich.

Vor der Eingangstür zur Wartehalle holten sie Schröder ein, der hinter einem Informationskasten Zuflucht gefunden hatte.

»Kannst du sehen, was los ist? War es …« Nein, Sisu brachte es nicht über die Lippen. Sie wollte nicht hören, dass sie in ihrer Einschätzung völlig danebengelegen hatte und der Frisör gerade Amok lief.

»Ich bin mir nicht sicher«, sagte Schröder, »aber ich glaube, die Typen aus dem Mercedes dachten, der Zugriff würde ihnen gelten.«

»Feuer einstellen!«, hörte man den Fixer brüllen. Es wurde abrupt still.

Vor dem Mercedes lagen zwei Männer – der Alte, den Sisu für den Opa gehalten hatte, und einer seiner Enkel. Die Mitglieder des Zugriffsteams hatten ihnen die Waffen aus den klammen Händen gekickt – nur für den Fall, dass sie noch mal zu sich kamen. Was aber, angesichts der Blutlachen rund um ihre Körper, eher nicht der Fall sein würde.

Die drei übrigen Enkel hatten sich in der Wartehalle verschanzt und Geiseln genommen.

Der Fixer tauchte neben Sisu, Fabian und Schröder auf. »Wegen Ihrer Fehleinschätzung der Zielperson stecken wir jetzt in diesem Schlamassel«, brummte er.

»Wie bitte?« Es kam nicht oft vor, aber Sisu schaute jetzt perplex.

»Es liegt doch auf der Hand, dass der Frisör Bodyguards angeheuert hat! Und jetzt sind unschuldige Menschen in Gefahr! Halten Sie hier die Stellung, und tun Sie nichts. Und halten Sie sich dieses Mal gefälligst an meine Anordnung, verstanden?! Ich habe Bescheid gegeben – Verstärkung und der Polizeipsychologe sind schon unterwegs.« Der Fixer hechtete geduckt weiter.

Sisu griff nach dem Fernglas von Schröder und hielt es sich vor die Augen. Wegen des Halsbandes, an dem das Fernglas befestigt war, wurde auch Schröder an sie gerissen. »Aua!« Sisu entdeckte den Frisör. Die drei jungen Männer aus dem Mercedes hatten die Geiseln in zwei Gruppen aufgeteilt – eine Gruppe stand wie ein lebender Schutzwall um zwei der Gangster herum, die zweite Gruppe saß an der Wand neben dem Fotofix-Automaten. Der Frisör, Frau Bardeleben und der Gummibaum gehörten zu dieser zweiten Gruppe und kauerten zur Linken des Automaten. Auf dessen rechter Seite befand sich eine unscheinbare Tür. Führte diese Tür nach draußen?

Sisu sah zum Frisör. Er wirkte seltsam gelassen. Hatte er tatsächlich als Plan B eine Killertruppe angeheuert, die ihn heraushauen sollte, falls seine Flucht schiefzugehen drohte? Würde er gleich zu dieser Tür robben und auf Nimmerwiedersehen verschwinden?

»Scheiße, Scheiße, Scheiße!«, fluchte Sisu.

»Mach dir keine Vorwürfe, das hätte man nun wirklich nicht vorhersehen können«, wollte Schröder sie beruhigen, der sie noch nicht lange genug kannte, um zu wissen, dass gutes Zureden bei ihr nichts half.

»Was macht der denn da?«, sagte Fabian.

Einer der jungen Männer packte eine der Omas mit pinkfarbenem Plastikband am Handgelenk, hielt ihr seine Waffe unter das Kinn und zerrte sie zum Haupteingang.

»Wir verlangen einen Fluchtwagen!«, brüllte er.

»Na toll, die wollen Gladbeck nachstellen«, brummte Sisu in ihren nicht vorhandenen Damenbart. Dabei gingen Geiselnahmen einfach nie gut aus, aber um das zu wissen, waren die drei noch zu jung. Sie wirkten fahrig. Und vollkommen überfordert. Das waren doch nie im Leben für teuer Geld angeheuerte Bodyguards. Das waren nicht einmal Schnäppchenpreis-Bodyguards, sondern einfach nur drei Buben, die nicht fassen konnten, was ihnen da gerade geschah.

Sisu sah wieder zum Frisör. Der kauerte immer noch mit Frau Bardeleben vor dem Fotoautomaten. Merkwürdig!

»Hier ist was nicht ganz koscher«, sagte Sisu folgerichtig. »Kommt mit.«

Sie huschten möglichst unauffällig über die Leiber der Leute, die sich in der Raucherecke befunden hatten und jetzt auf dem Boden lagen, auf die andere Gebäudeseite.

Schröder war der Einzige unter ihnen, der einen Stöpsel im Ohr hatte und somit den Sprechverkehr der Zugriffstruppe mitverfolgen konnte. »Ich glaube, die suchen nach einer Schusslösung für die Scharfschützen«, sagte er.

»Amerikanische Verhältnisse.« Sisu zuckte mit den Schultern und versuchte, die Seitentür zu öffnen. Zehn zu eins, dass die Tür nicht verschlossen war, weil einer der Mitarbeiter der Buden in der Wartehalle als Raucher den kürzesten Weg zur Raucherecke zugänglich halten wollte.

Bingo.

Sisu lugte hinein.

»Was immer du planst, du solltest es mit dem Fixer abspre-chen«, riet Fabian. Ein purer Automatismus, seiner guten Ausbildung geschuldet. Natürlich wusste er genau, dass Sisu alles zuzutrauen war – nur eines nicht: sich abzusprechen.

»Ich geh da jetzt rein«, raunte sie.

»Du hast sie doch nicht alle«, raunte Fabian zurück.

»Sollst du nicht mehr Biss zeigen?«, höhnte Sisu.

Fabian guckte finster.

Schröder hielt sich raus.

»Nie im Leben wissen die drei, was sie tun«, sagte Sisu, wäh-rend sie sich aus ihrer Lederjacke und dem Holster schälte.

»Was sie nur umso gefährlicher macht. Die nieten bei der geringsten Provokation die Geiseln nieder.«

Sisu öffnete ihre Haare und schüttelte sie. »Die sind darauf fixiert, dass keine der Geiseln einen Abgang macht, nicht darauf, dass sich freiwillig eine zusätzliche Geisel dazuge-sellt.« Sie schob ihre Waffe in den Hosenbund und zog ihr Shirt darüber.

»Noch keine Schusslösungen«, vermeldete Schröder, nach-dem es in seinem Ohrstöpsel wieder gerauscht hatte.

»Der Fixer wird alle erschießen lassen. Auch den Frisör. Das werde ich verhindern. Es gibt schon zu viele Tote.«

Noch bevor Fabian zu einer Entscheidung gekommen war, ob er sie wie ein Steinzeitmensch einfach niederknüppeln und sie in eine sichere Höhle zerren sollte oder lieber nicht, war Sisu schon durch die Tür in die Halle gerobbt und schlängelte sich auf dem Bauch zum Fotofix-Automaten.

»Gut, dass Fassbinder das nicht sieht«, kommentierte Schrö-der. »Wartehallenfußböden müssen für den doch die Hölle sein. Und dann noch auf dem Bauch.« Er grinste.

»Ach, halt doch die Klappe!« Fabian sah Sisu besorgt nach. Der Geiselnehmer mit der Oma im Anschlag war mit Verhandeln beschäftigt, der zweite Geiselnehmer hatte sich in dem Schutzwall aus Geiseln vorgebeugt und brüllte in sein Handy. In einer Sprache, die Sisu nicht verstand. Weil er den Kopf dabei tief gesenkt hielt und somit kleiner war als die Geiseln um ihn herum, würde der Scharfschütze niemals eine sichere Schusslösung finden. Der dritte Geiselnehmer stand neben den sitzenden Geiseln und rauchte. In der Wartehalle! Ein Sakrileg.

Sisu schlängelte sich weiter den Geiseln entgegen, immer an der Wand lang.

Plötzlich schoss der Geiselnehmer an der Tür. Gott sei Dank schoss er nicht der Oma den Kopf vom Rumpf, sondern nur in die Luft. Um ein Zeichen zu setzen. »Ich meine es ernst!«, brüllte er dabei. Seine Kumpane sah zu ihm und zu dem Loch in der Decke.

Diese kurze Ablenkung nützte Sisu aus, um sich bis zu den Geiseln zu robben und sich neben Frau Bardeleben zu setzen, als ob sie da schon immer gesessen wäre. Vermutlich war sie hinter dem Gummibaum auch gar nicht genau auszumachen.

»Sie kennen mich. Ich bin Polizistin und war gestern bei Ihnen«, flüsterte Sisu Barbara Bardeleben zu.

Der Frisör lugte zwischen dem Gummibaum und Frau Bardeleben hindurch. »Ich erinnere mich gut an Sie, meine Schöne. Sind Sie gekommen, mich zu retten?«

»Sie wissen, dass Sie sich mit Ihrer Flucht nur umso verdächtiger gemacht haben.«

»Das ist keine Flucht, das ist ein Kurzurlaub«, erklärte Frau Bardeleben. »Und er ist ein anderer Mensch geworden. Ihre Verdächtigungen sind haltlos. Und eine Frechheit!«

Sisu war deutlich jünger als die Bardeleben und somit zwangsläufig weniger lebenserfahren, dennoch wusste sie, dass Liebe nicht läutert. Man konnte aus einem Massenmörder keinen kuschelig-harmlosen Gefährten machen, nur weil man ihn mit seiner Liebe überschüttete. Liebe änderte nicht, Liebe brachte nur das hervor, was immer schon da war. »Dann haben Sie diese Männer also nicht als Ablenkung angeheuert?«, fragte Sisu jetzt.

Der Frisör hob eine Augenbraue. Er wirkte ehrlich erstaunt.

»Es ist ungeheuerlich, was Sie uns unterstellen!«, zischelte Frau Bardeleben. »Das ist pure Polizeischikane! Lassen Sie uns gefälligst in Ruhe!« Sie legte beschützend eine Hand auf seinen Oberschenkel.

Und stutzte.

»Was ist das?«, fragte sie und tastete über seine Leistengegend.

Sisu überlegte, ob ihn Gewaltszenen womöglich antörnten. Zuzutrauen wäre es ihm.

Da riss Frau Bardeleben aber schon seinen Morgenmantel auf. »Ein Brenneisen!«, rief sie. So laut, dass der rauchende Geiselnehmer auf sie aufmerksam wurde. »He, Schnauze!«, brüllte er.

Das ging an Frau Bardeleben vorbei. Das Kartenhaus, das ihre Welt gewesen war, fiel gerade in sich zusammen. »Du hast mir versprochen, dass du nie mehr ondulierst!«, schrie sie. »Warum hast du dann ein Brenneisen dabei? Wen wolltest du damit ondulieren, sag es mir, wen?«, kreischte sie.

Immer den, der fragt, dachte Sisu.

»Und was ist das?« Obwohl der Frisör ihre Hand zur Seite schlagen wollte, fischte sie einen Umschlag aus der Tasche seines Morgenmantels. »Ein Ticket für einen Flug von Frankfurt nach Thailand? Für *eine* Person? Nur Hinflug?« Sie hievte sich mitsamt Gummibaum auf die Beine.

»Schlampe, setz dich wieder!«, verlangte der Geiselnehmer und schnippte ihr seine Kippe entgegen. Er traf sie sogar, aber Frau Bardeleben hatte andere Probleme. Ihr Leben zerbröselte ihr gerade unter den Händen. Sie starrte auf das Ticket, dann sah sie zum Frisör. »Du wolltest dich beim Zwischenstopp in Frankfurt, wenn wir anderen Äppelwoi aus Bembeln trinken, zum Flughafen absetzen, oder? Du wolltest ohne mich nach Bangkog und dort kleine Thailänderinnen frisieren.« Sie schluckte schwer. »Ich habe dir meine Liebe geschenkt. Ich habe an dich geglaubt. Warum tust du mir das an?«

»Aber Barbara«, säuselte der Frisör. »Das ist alles nicht so, wie du jetzt denkst …«

»Ach nein? Das Brenneisen ist nur ein Andenken? Und das Ticket für eine Person nach Thailand? Ein Geschenk für einen Freund?« Ein Träne kullerte ihr über die Wange. »Du Schwein! Du mieses Schwein! ICH HASSE DICH!«

»Setz dich, du alte Vettel, oder ich knall dich ab!« Der Geiselnehmer zielte auf sie.

Sisu tastete nach ihrer Waffe im Hosenbund.

»Barbara!«, mahnte der Frisör.

»Es hat sich ausgebarbarat!«, gellte sie, hob den Gummibaum hoch und donnerte ihn mit Schmackes auf den Kopf des Frisörs. Der sich in diesem Moment nach vorn gebeugt hatte, um seine Barbara am Saum ihres geblümten Reisekleides wieder auf den Boden zu ziehen. Weshalb ihn der schwere Keramiktopf des Gummibaums im Genick traf. In einem sehr unguten Winkel. Es gab ein Knirschgeräusch. Sisu ging sehr davon aus, dass er den Rest seines Lebens im Rollstuhl verbringen musste.

Die anderen Geiseln am Boden schrien auf.

Der Geiselnehmer trat auf die Bardeleben zu. Der an der Tür mit der Oma im Arm sah zur Seite, der telefonierende Geiselnehmer sah auf.

Schröder fasste sich ans Ohr. »Scheiße, Schusslösungen!«, sagte er.

In diesem Moment hörte man auch schon etwas in zigtausend Scherben zerbersten.

Es waren zwei der Panoramascheiben der Wartehalle. Die natürlich nicht kugelsicher waren.

Sisu sah, wie der Kopf des Geiselnehmers, der die Oma gepackt hatte, in den Nacken gerissen wurde. Sein Arm mit der Waffe schoss nach oben, aber der Finger am Abzug drückte nicht ab. Er war schon tot.

Der zweite Geiselnehmer – derjenige, der Frau Bardeleben umnieten wollte – kam über den Boden auf Sisu zugeschlittert. Da ihm der halbe Hinterkopf fehlte, ging Sisu sehr davon aus, dass auch er tot war.

Der dritte Geiselnehmer in der Menschengruppe war plötzlich nicht mehr zu sehen. Erst als die Leute um ihn herum aufschrien und in alle Richtungen davonstoben, sah man ihn mit verrenkten Gliedmaßen am Boden liegen.

Zwischenzeitlich packte die Bardeleben den nunmehr übertopflosen Gummibaum und schlug mit ihm völlig von Sinnen auf den Kopf des Frisörs ein. Ironischerweise schied er somit unfrisiert aus dem Leben, was seine ondulierten Opfer – die ihn im Jenseits erwarteten – bestimmt sehr fröhlich stimmen würde.

Erst als Sisu aufsprang und der Bardeleben Handschellen anlegte, ließ sie heulend vom Frisör ab.

Der Fixer und seine Männer stürmten die Wartehalle und versicherten sich, dass die drei Geiselnehmer auch wirklich außer Gefecht gesetzt waren. Aus der Gruppe der Geiseln kippten noch ein paar Leute um, aber das waren nur Ohnmachtsanfälle.

Vorwurfsvoll sah der Fixer zu Sisu. Sechs neue Leichen, aber keinen Schritt näher an der Aufklärung der Tätowiermorde ...

BODYCOUNT: 35 (PLUS EIN TOTER GUMMI-BAUM)

Man kann den Wellen nicht Einhalt gebieten.
Aber man kann lernen, auf ihnen zu surfen.

BERLIN,
ZENTRALER OMNIBUSBAHNHOF

»Wie groß ist die Wahrscheinlichkeit, dass wir den Frisör festnehmen wollen und dabei serbischen Menschenhändlern in die Quere kommen?«

»In Berlin? Sehr groß!« Doktor Kinzig trug an diesem Tag ein Achtziger-Jahre-Gedächtnis-Make-up: pink, hellblauer und knallgrüner Lidschatten in einem gewagten Streifenmuster. Sie war eine lebenslustige Wuchtbrumme, und wenn ihr Job es ihr schon verunmöglichte, sich schick anzuziehen, dann musste es wenigstens das Make-up herausreißen. Das ging auch schon mal schief. So wie an diesem Tag.

Fabian, Sisu und Schröder konnten ihre Blicke kaum abwenden, so sehr nahm sie die Faszination des Grauens in Beschlag, aber dann sahen sie doch zu der nackten Toten im Kofferraum des Mercedes. »Ich tippe auf Strangulation während der Kopulation«, diagnostizierte die Kinzig und zeigte auf den Hals. »Würgemale. Ich gebe der Porno-Industrie die Schuld. In jedem zweiten Film sieht man ja derzeit, wie die Darstellerinnen beim Koitus gewürgt werden.« Schröder fragte sich, woher Doktor Kinzig das wusste. Schaute sie aus Recherchegründen Schmuddelfilme? Oder aus Interesse? Und warum sah sie so aus, als wolle sie gleich auf eine Faschingsparty?

»Wer findet Würgen erotisch?« Sisu schüttelte den Kopf.

»An jedem dritten Tag erstickt jemand beim Sex. Meistens natürlich Männer, die sich bei der Selbstbefriedigung den autoerotischen Kick geben wollten und es dabei übertrieben haben. Das nennt man Hypoxyphilie. Erinnert ihr euch noch an die Serie *Kung Fu*? Gott, die habe ich als Kind geliebt! Der männliche Hauptdarsteller hat sich auch auf diese Weise zu Tode gebracht. Beim Masturbieren im Schrank, mit einem Seil um den Hals. So will man nicht gefunden werden.«

»Echt? Der *Kung-Fu*-Typ?« Fabian war fassungslos. »Mein Vater fand die Serie als Kind auch toll. Er hat mir das komplette DVD-Set zu Weihnachten geschenkt. In der *Oldies-but-Goldies*-Reihe, mit *Bonanza* und *Detektiv Rockford*.«

Insgeheim hatte er geglaubt, dass der Hauptdarsteller tatsächlich ein mönchisch lebender Kampfsportler war. Wie sonst konnte er das sonst so glaubhaft darstellen?

Doktor Kinzig kam sich mit einem Mal steinalt vor.

»Aber sie hier hat sich doch nicht selbst stranguliert?«, stellte Sisu klar.

»Nein. Ich konnte sogar noch einen Fingerabdruck sicherstellen. Hier.« Doktor Kinzig zeigte auf die Halskuhle. »Ich kenne den Alten da drüben.« Sie zeigte auf die Leiche, um die herum die Spurensicherung gerade Sichtschutzwände errichtete. »Der musste mal einen seiner Söhne identifizieren. Er heißt Goran Braco und besitzt drei Bordelle. Menschenhändler. Spezialisiert auf junge Frauen. Ein übler Kerl. Er hat regelmäßig Frischfleisch für die hiesigen Perversen besorgt.«

Die Tote im Kofferraum war definitiv noch keine zwanzig. Möglicherweise noch nicht einmal volljährig.

»Dann hat es ja den Richtigen erwischt«, konstatierte Sisu.

»Ich tippe auf einen Unfall. Ein Freier hat im Rausch zu fest zugedrückt. Wenn man beide Halsschlagadern erwischt, reichen dreißig Sekunden, um den Tod herbeizuführen. Hören Sie mal, ich wäre Ihnen sehr verbunden, wenn Sie meinen Tatort nicht vollkrümeln würden!«

Schröder stand zwei Schritte weiter weg, aber beim kräftigen Zubeißen in das Croissant war möglicherweise ein Krümelteil in den Kofferraum geflogen.

»Sorry.« Der Betreiber des Imbissstandes in der Wartehalle war so dankbar gewesen, der Geiselnahme lebend entronnen zu sein, dass er allen Polizisten kostenlose Snacks anbot. Schröder hatte dennoch einen Obolus an der Theke hinterlassen.

Sisu wollte Schröder und seinen Stoffwechsel in Schutz nehmen, aber da kam der Fixer auf sie zu.

»Die Nebel lichten sich. Bei den Geiselnehmern handelt es sich um einen gewissen Goran Braco und seine vier Enkelsöhne.« Er sah in den Kofferraum, dann zu dem toten Teenager neben dem Alten und seufzte. »Die Kollegen haben schon mit seiner Witwe gesprochen. Offenbar durfte sich der Kleine da drüben in einer Art Initiation mit einer Prostituierten vergnügen, und es lief aus dem Ruder. Sie wollten ihn mit dem Bus zu seiner Mutter nach Belgrad schicken und anschließend das Mädel verschwinden lassen. Aber da tauchten wir auf. Tja, dumm gelaufen.« Er wischte sich mit der Hand über das Gesicht. »Wie auch immer, Frau Demirkan, ich muss Sie davon in Kenntnis setzen, dass Ihr Alleingang Folgen haben wird. Ich werde eine Dienstaufsichtsbeschwerde einreichen und Ihrem Vorgesetzten Ihre Suspendierung empfehlen. Als Mensch verstehe ich natürlich, dass Sie mit diesem Husarenstreich nur Ihre Karriere retten wollten, aber als Staatsdiener kann ich das nicht durchgehen lassen.«

»Der Frisör hat die Morde nicht begangen. Er hatte weder die nötigen Informationen, um die Leichen so herrichten zu können, wie sie hergerichtet waren, noch hatte er die Unterstützung, die dafür erforderlich war.« Sie sah ihn kampflustig an. »Es muss doch sogar Ihnen klar sein, dass wir es bei den tätowierten Leichen mit einem Bandenkrieg zu tun haben!«

»Berufsverbrecher dekorieren ihre Leichen nicht. Die töten und basta. Es war auf jeden Fall ein durchgeknallter Einzeltäter. Mit einem oder mehreren Helfershelfern.« Der Fixer verzog keine Miene.

Sisu atmete genervt aus. »Selbst wenn das so wäre, der Frisör war es nicht! Verhören Sie ihn doch selbst.«

»Oh, das wird nicht mehr möglich sein«, mischte sich Doktor Kinzig ein. »Der Genickbruch war final. Ganz erstaunlich, wie ich finde, denn der Keramikübertopf ist noch intakt.«

»Der Frisör ist tot?«, rief Schröder entsetzt und mit vollem Mund.

Fabian und Sisu waren sich aber fast sicher, dass er das nur rief, damit er dem Fixer ein paar Krümel in den Nacken spucken konnte.

»Herr Schröder!«, donnerte der Fixer angeekelt und fischte Croissant-Reste aus seinem Kragen.

Schröder guckte schuldbewusst.

»Ich bin so kurz davor, Sie alle vom Fall abzuziehen.« Der Fixer hielt Daumen und Zeigefinger eng zusammen. Im unteren Millimeterbereich. »Wir sehen uns zur Manöverkritik in der Einsatzzentrale!« Er marschierte in das nach Großeinsätzen übliche Chaos davon. Auch Doktor Kinzig eilte weiter.

»Echt, war der Alleingang nötig?«, fragte Fabian. Für ihn war es allerdings kein moralisches Problem, sondern ein sicherheitstechnisches. Wer sich in Gefahr begab, kam allzu oft darin um.

»Setz du mir nicht auch noch zu!« Sisu starrte ihn finster an. Schröder wollte vermittelnd eingreifen, aber da klingelte sein Handy. Es war typisch für ihn, bei Einsätzen zu vergessen, auf Flugmodus zu gehen. Jetzt erwies sich das als Glücksfall. »Ja, die sind hier. Ich stell mal auf laut.«

»Leute, hier haben gerade Kollegen aus Bayern angerufen«, hörte man Ingo aus dem Handy rufen. »Die haben fünf weitere Leichen gefunden! Der Tätowierer hat wieder zugeschlagen!«

»Okay, unsere Täter ziehen ihre Spur durch die Republik. Bitte die Kollegen, uns alle Informationen weiterzuleiten, okay? Wir sehen uns gleich in der Zentrale«, rief Sisu über den Lärm hinweg.

»Sowieso, aber ich dachte, ihr wollt vielleicht selbst dabei sein.«

»Wobei?« Fabian beugte sich tief über das Handy. »Wo dabei sein?«

»Wenn sie den Täter hopsnehmen«, jodelte Ingo. »Der hat sich in seinem Kühlwagen verschanzt. Sie haben ihn erwischt, als er die Leichen gerade auf einer Autobahnraststätte entsorgen wollte. Die Devise ist, ihn lebend da rauszubekommen, das kann also noch etwas dauern.«

»Roadtrip?« Sisu lächelte Fabian und Schröder zu.
»Roadtrip!«

BODYCOUNT: 36

Wenn du nicht der Dichter sein kannst,
dann sei das Gedicht!

GEMARKUNG POTTENSTEIN, FRÄNKISCHE SCHWEIZ

»Wir bekommen keinen freien Blick auf die Geisel, sonst wäre schon längst der Zugriff erfolgt.« Die fränkische Einsatzleiterin rollte ihr r, als wolle sie den Kollegen aus Berlin und Hamburg etwas beweisen.

Sisu, Fabian und Schröder standen in einiger Entfernung des Kühllasters. Weiß und mit kyrillischer Aufschrift, wie von der Außenalster-Zeugin beschrieben.

Zwei Geiselnahmen an einem Tag, das war für alle drei ein Novum.

»Er wurde beobachtet, wie er die Leichen auf dem Parkplatz der Autobahnraststätte Fränkische Schweiz aus dem Laster rollte. Hier.« Die Einsatzleiterin – sie hieß Rrrroland – hielt ihnen ein Tablet entgegen, auf dem man ein unscharfes Foto von dem Täter in der geöffneten Kühltransportertür sah. Auf dem Asphalt stapelten sich fünf Leichen. Sichtlich steifgefroren. »Wischen Sie nach links. Ich habe ungefähr hundert Fotos davon. Auf einem davon winkt er sogar in die Kamera. Weiter hinten sind schärfere Fotos. Einer der Zeugen hatte eine Nikon mit Zoom. Man kann den Täter allerdings nicht erkennen – er trug eine Strumpfmaske.«

»Hundert?«

»Ihr Mann hat die Leichen am helllichten Tag auf einem

öffentlichen Parkplatz entsorgen wollen. Selbstverständlich haben die Umstehenden geknipst, was das Zeug hielt.« Sisu schaute zweifelnd. »Das passt überhaupt nicht in das bisherige Tatgeschehen.«

»Wieso? Die Leichen wurden doch immer an öffentlichen Orten deponiert«, warf Fabian ein. »Mal abgesehen von der Fabrik. Die Fabrik ist die Ausnahme.«

»Die Leichen wurden aber immer nachts oder in den frühen Morgenstunden abgelegt. Und niemals vor Zeugen!«

Frau Roland nickte. »Ich verstehe Ihre Skepsis. Es geht aber noch weiter. Ein Kollege in Zivil, der gerade an der Raststättentoilette austrat, hat das mitbekommen und ihn angesprochen. Der Täter hat sofort auf ihn geschossen. Keine Sorge, der Kollege ist okay, der Täter hat nur einen Reifen zerschossen und ist danach mit dem Kühllaster geflüchtet. Die Autobahnpolizei war zeitnah vor Ort und konnte den Laster sofort aufspüren. Der Täter hat die nächstbeste Ausfahrt genommen, die nach Pottenstein. In einer Kurve kam er wegen überhöhter Geschwindigkeit von der Straße ab und ist in der Flussschleife gelandet.« Sie wischte über das Tablet. »Hier sind die Fotos von den Leichen. Tiefgefroren, tätowiert, mit entfernten Augäpfeln, in Folie gewickelt.«

»Wie unsere Leichen auch.« Fabian beugte sich über das Tablet, weil sich der Himmel über Pottenstein im Bildschirm spiegelte. »Hat eine der Leichen ein Einschussloch im Kopf?«

Frau Roland schüttelte den Kopf. »Nein, aber es sollen sich noch Leichen im Laster befinden. Und eine der Leichen ist übrigens eine Frau. Sie wurde offenbar nicht tätowiert, sondern …«

»… frisiert.« Sisu seufzte.

»Rrrichtig«, bestätigte Frau Roland. »Ich habe schon kurz
Akteneinsicht genommen. Wenn der Frisör mit ihm hier …«
Sie zeigte auf die Fahrerkabine des Kühllasters. »… gemeinsame Sache gemacht hat, dann muss er alle vorab frisiert
haben. Bevor er die Biege machen wollte.«

»Auf Halde onduliert«, warf Fabian ein. Und grinste.

Schröder, der ausnahmsweise weder Essen im Mund hatte
noch nach Essen verlangte, fragte: »Er hat eine Geisel genommen? Wo? Auf dem Parkplatz der Autobahnraststätte?«

Frau Roland schüttelte den Kopf. »Nein. Wir wissen nicht,
wo genau er die Geisel genommen hat. Entweder schon, bevor er zur Raststätte kam, oder vielleicht handelt es sich um
eine Anhalterin, die er zwischen der Raststätte und dem
Moment, als die Autobahnpolizei ihn aufspürte, mitgenommen hat. Sie sitzt jedenfalls in der Fahrerkabine.«

Die Nacht brach über die Provinz herein. Man hatte Scheinwerfer aufgestellt, die die Flussschleife ausleuchteten. Mehrere Enten saßen am Ufer und schauten ungnädig. So viel
Action waren sie nicht gewohnt. Und es gab nicht mal Brot-
krumen von den Ruhestörern. Sie quakten.

Das Hinterteil des Kühllasters ragte beinahe obszön aus
dem Weihersbach. Die Fahrerkabine war nicht einzusehen.
Sie hatte einen Vorhang, und der war zugezogen.

»Die Autobahnpolizisten haben ein Foto gemacht, als der
Laster verunfallte. Man sieht den Täter und eine zweite Person. Definitiv eine Frau.« Frau Roland hielt das Tablet wieder hoch. »Das Foto ist verwackelt und schemenhaft, aber
es zeigt deutlich einen femininen Umriss.«

»Aha!«, sagte Schröder. »Das muss aber doch nicht not-
wendigerweise eine Geisel sein. Es könnte sich um seine
Helfershelferin handeln! Oder sogar um eine Mittäterin.

Besonders Frauen können eine ungeahnte Grausamkeit an den Tag legen.«

Sisu würde Frau Roland in einer stillen Minute erklären, dass Schröder vor kurzem von seiner Frau verlassen worden war und er daher immer erst mal das Schlimmste annahm, wenn es um die holde Weiblichkeit ging.

»Die Frau sitzt definitiv nicht freiwillig da drin. Als die Kollegen sich der Fahrerkabine näherten, um zu sehen, ob sich die beiden bei dem Unfall verletzt hatten, da hat der Täter ihren Kopf in seinen Schoß gedrückt und ihr die Waffe in den Nacken gehalten. Er hat gedroht, sie zu erschießen.« Frau Roland steckte das Tablet weg und pustete sich in die Hände. Es wurde jetzt schon empfindlich kalt. »Er sagt, dass er sich ergeben wird, aber erst, wenn ein Fernsehteam vor Ort ist. Er hat ein Statement, das er loswerden will. Wir warten jetzt also auf den Kameramann vom Bayerischen Rundfunk.«

Ein Streifenbeamter brachte ein Papptablett mit vier To-go-Bechern, aus deren Trinköffnung es verlockend heiß dampfte.

»Rrreinharrrd, du bist der Beste!«, freute sich Frau Roland und bediente sich.

Sisu überlegte, ob man sich hier in der Gegend absichtlich Namen mit R gab. Damit man es rollen lassen konnte. Aber sie war dankbar für die Aufwärmung von innen.

»Sie wollen ihn tatsächlich ein Statement abgeben lassen?« Schröder staunte. »Wetten, dass es unappetitlich wird?«

»Selbstverständlich lassen wir sein krankes Geschwafel nicht auf die Öffentlichkeit los.« Frau Roland guckte streng. »Aber der Zugriff muss ohnehin gefilmt werden, warum nicht gleich von einem Profi. Der Kameramann wohnt hier in der

Gegend, und seine Ausrüstung verleiht dem Ganzen den Hauch der Echtheit. Einer unserer besten Schützen mimt den Tontechniker. Und unser Polizei-Mediator gibt den Reporter. Gut, dass Sie so schnell hier sein konnten. So kriegen Sie alles mit.«

Fabian und Schröder sahen zu Sisu. Sie war mit ihrem Flitzer über die Autobahn gebrettert, als ob sie alle drei noch mindestens ein Extraleben hätten. Dauerhupend und immer am Anschlag. Das hatte unterwegs durchaus zu der einen oder anderen Unmutsbekundung der Jungs geführt.

»Ah, da ist er schon. Sie entschuldigen mich.« Frau Roland ging auf einen weiß-blauen Transporter mit dem BR-Logo zu.

Sisu sah zur Fahrerkabine des Kühllasters. Der dunkelgrüne Vorhang wackelte, als ob jemand hindurchsah. Man konnte aber nichts erkennen.

Es kam Bewegung in die Szenerie. Die Straße war gesperrt, eine Umleitung war eingerichtet worden. Erstaunlicherweise gab es keine Gaffer. Nur die Enten schauten interessiert zu.

Kollegen in Tarnkleidung huschten fast unsichtbar durch das Dunkel der hereinbrechenden Nacht. Sie näherten sich dem Kühllaster von der anderen Seite.

Frau Roland winkte Sisu, Fabian und Schröder zu einem Einsatzwagen. Es war ein BMW – auch daran merkte man, dass man in Bayern war. Auf der Motorhaube lag ein aufgeklappter Laptop, über den man das Bild der Kamera sehen konnte.

»Von hier aus können Sie alles mitverfolgen.« Ohne im Weg zu sein. Letzteres sprach sie natürlich nicht aus.

Sisu lächelte dankbar. Es war nicht selbstverständlich, so

hautnah eingebunden zu werden. Sie waren schließlich nur zu Gast in diesem Bundesland, nicht im Einsatz.

Die Bildqualität war erstaunlich gut. Weil der Kameramann aber gerade den Uferhang hinunterstieg, wackelte es bedenklich.

»Ich hasse diese Handkameraästhetik«, erklärte Fabian. »Deswegen schaue ich auch nie *Dogma*-Filme.«

Der Laptop war natürlich auf lautlos gestellt, aber man hörte auch so, was der Mediator-Schrägstrich-Reporter der Fahrerkabine des Kühllasters zurief. »Sie wollten ein Statement abgeben? Wir wären jetzt so weit.«

»Moment noch!«, rief es aus der Kabine. »Wir sind gleich fertig. Ich muss mich nur rasch umziehen. Nur noch ein klitzekleines Momentchen.«

Sisu kniff die Augen zusammen. Woher kannte sie diese Stimme?

Auch Fabian legte den Kopf schräg, aber nicht, weil er seine Stimmerkennungsdatenbank durchging, sondern nur deshalb, weil wieder jemand mit einem Kaffeetablett die Runde machte. Dieses Mal eine junge Kollegin mit Pferdeschwanz und Grübchen.

»Hallohallohallo«, gurrte er, als sie ihm einen Becher reichte und sich ihre Finger berührten.

»Gibt's auch was zu essen?«, fragte Schröder flüsternd.

»Wir haben Brezn. Und Semmeln mit Nürnbergerle.« Die junge Kollegin lächelte.

»Super!«, hauchte Fabian.

»Könnt ihr bitte alle den Mund halten?«, herrschte Sisu, die nichts verpassen wollte. Wobei Schröder natürlich eine andere Erklärung dafür hatte, warum Sisu immer dann unausstehlich wurde, wenn Fabian mit Fremdfrauen flirtete.

In diesem Moment wurde der Vorhang in der Fahrerkabine auf der Steuerseite schwungvoll zur Seite gerissen. Es fehlte nur noch ein auditives *Tadaa!*

Nein, es fehlte nicht. Der Mann in dem froschgrünen Anzug und mit Brille mit lilafarbenem Gestell rief es selbst, als er die Scheibe herunterfahren ließ. »Tadaa!«

Er hatte sich einen Brustbeutel umgebunden, und aus diesem Beutel schaute mit riesigen Äuglein sein Chihuahua.

»Das glaube ich jetzt nicht!«, entfuhr es Fabian. Unwillkürlich ließ die Muskelspannung in seinem rechten Arm nach und er ließ die Hand mit dem Kaffee sinken. Die heiße Flüssigkeit lief über die Stiefel der jungen Kollegin. Sofort riss er den Arm wieder hoch, aber dabei schwappte noch mehr Kaffee auf ihre Uniform. »Es tut mir so leid«, hauchte er und seine Linke machte Anstalten, ihr die Kaffeeflecke von der Brust wischen zu wollen. Natürlich tat er das letzten Endes nicht. Die junge Kollegin sah ein bisschen so aus, als würde sie das bedauern.

»Ruhe!«, herrschte Sisu. Und die Kollegin bellte sie an: »Sagen Sie der Einsatzleiterin, dass wir den Mann kennen. Er heißt Enno Tammen.«

»Ich bin der Tätowierer«, rief zeitgleich Tammen in die Kamera und somit, wie er glaubte, der Welt zu. »Ich war's, ich bin es gewesen, ich habe alle umgebracht – ich bin der Tätowierer!« Er legte eine dramatische Pause ein. In der er in die Kamera winkte. Der Chihuahua in seinem Brustbeutel hechelte.

Frau Roland kam zu Sisu geeilt. »Sie kennen ihn?«

»Der Typ sucht nur Aufmerksamkeit. Er hat schon bei uns in Berlin ein falsches Geständnis abgelegt.«

»Wie kommt er dann an die Leichen?«

»Er hat bei der Gassi-Runde mit seiner Ratte den Eisportionierer gefunden, den der echte Täter verwendet hat. Ich wette, so ist er auch über den Kühllaster gestolpert. Möglicherweise wohnt er in der Nähe des Täters. Wenn wir ihn lebend erwischen, bekommen wir womöglich die Adresse des wahren Täters aus ihm heraus.«

»Was soll das heißen, wenn wir ihn lebend erwischen? Ich gehe sehr davon aus, dass wir diese Situation ohne Verluste an Menschenleben auflösen können. Wir sind hier kein Killerkommando.«

»Natürlich nicht. Entschuldigung.« Sisu hatte Frau Roland mit dem Fixer verwechselt.

»Dann glauben Sie also, dass er der Geisel nichts antun wird?«

Das war die Gretchenfrage. Auch ein harmloser Verrückter konnte durchdrehen. »Hundert Prozent sicher bin ich natürlich nicht. Aber die Chance ist groß, dass er nur um Aufmerksamkeit buhlt.«

Frau Roland nickte und zog wieder ab.

Tammen hatte sich zwischenzeitlich in Fahrt geredet. »Ich bin Enno Tammen, nennen Sie mich Enno. Schon mein Vater war Tätowierer. Ich habe mein Tätowierbesteck von ihm geerbt. Er wäre stolz auf mich, wenn er mich jetzt sehen könnte!« Enno winkte wieder. Er wirkte glücklich.

»Was wollen Sie der Welt mit Ihren Taten sagen, Herr Tammen?«

»Folge deinem Stern«, rief Enno. »Sei immer du selbst, egal, was andere denken.« Er winkte wieder in die Kamera, beseelt lächelnd. Das waren seine fünfzehn Minuten des Ruhms.

»Tu, wozu dein Herz dich drängt!«, juchzte er.

»Noch so eine Binse, und ich knalle ihn ab«, murmelte Fabian, dem Kalenderweisheiten aller Art auf den Senkel gingen. Wer so etwas auf seinen Social-Media-Seiten postete, wurde sofort von ihm entfreundet. Und blockiert.

Der vermeintliche Reporter nickte. »Eine bewegende Botschaft, Herr Tammen, wirklich sehr inspirierend. Man kann den Menschen gar nicht oft genug Mut machen. Aber wie ich sehe, sind Sie nicht allein?«

Der Kameramann trat einen Schritt zur Seite, angesichts der Hanglage am Ufer nicht ganz ungefährlich. Aber man sah nun in der Fahrerkabine hinter Enno Tammen den Umriss eines reglosen, weiblichen Körpers. Hatte er die Frau sediert? Oder umgebracht?

»Ich bin niemals allein. Wohin ich auch gehe, Bärbel ist bei mir!«

In einem der Streifenwagen wurde es jetzt hektisch. Man ging am Laptop alle Vermisstenmeldungen für eine Frau namens Bärbel durch.

»Vielleicht möchte sich Bärbel auch an unsere Zuschauenden wenden?«

Guter Schachzug, Herr Kollege!, dachte Sisu.

»Aber ja, was für eine exzellente Idee!«, rief Enno Tammen und fischte den Chihuahua aus seinem Brustbeutel. »Bärbel, sag was zu den Menschen da draußen.«

Der Winzhund, den Enno Tammen aus dem Fenster hielt, strampelte mit den Beinchen und kläffte sich dabei die Lunge aus dem Leib.

Zwei Beamte in Tarnanzügen hatten sich mittlerweile um das Hinterteil des Kühllasters geschlichen und kauerten neben den Rädern. Wenn sie sich zu schnell bewegten, würde Tammen sie im Rückspiegel ausmachen können, aber er war ganz auf seinen Hund konzentriert. »Das ist Bärbel«, rief er. »Sie ist meine Begleithündin. Wohin ich auch gehe, sie ist immer an meiner Seite. Es sollten viel mehr Menschen einen Begleithund haben. Das tut der Seele gut!«

Bärbel kläffte noch energischer. Und strampelte noch wilder mit den Beinchen. Und weil sie gar so sehr strampelte – oder auch, weil Enno Tammen zu viel Handcreme verwendete –, glitschte sie ihm aus den Fingern und fiel mit einem lauten Platsch ins Wasser.

Die Enten stoben quakend davon.

»NEIN!«, gellte Tammen.

Die beiden Getarnten nützten diesen Moment, um die Fahrertür aufzureißen und Enno Tammen herauszuzerren. Sie warfen ihn auf den Bauch, und einer von ihnen kniete in seinem Kreuz, während er verzweifelt brüllte: »Das Wasser ist viel zu kalt. Sie wird erfrieren. Lasst mich zu ihr! BÄRBEL!!«

Da hatte aber schon längst der vermeintliche Tontechniker, der ohnehin am nächsten zum Wasser stand, den Hund herausgefischt. Er rubbelte ihn mit seinem Schal trocken.

Der zweite Getarnte hatte mittlerweile die Fahrerkabine des Kühllasters erklommen, um nach der Geisel zu sehen.

Er stieg wieder aus und schüttelte den Kopf.

»Scheiße!«, entfuhr es Sisu.

»Er hat doch nicht wirklich jemanden umgebracht?« Auch Fabian war fassungslos. »Das hätte ich Tammen nie im Leben zugetraut.«

Aber wie sich gleich darauf herausstellte, war es kein resignierendes *Die-Geisel-ist-tot*-Kopfschütteln, mehr so eine *Ich-glaub's-nicht*-Geste vom Hals aufwärts. Der Getarnte griff in die Kabine und zog die Frau – eine Blondine in einem karierten Kleid – heraus.

Sie wehrte sich nicht. Ließ es einfach stocksteif mit sich geschehen. War sie etwa eine der tiefgefrorenen Leichen – nur angezogen? Also quasi im unpräparierten, unondulierten Zustand?

Unwillkürlich hielten alle den Atem an und traten ein paar Schritte näher.

Nur Sisu und Fabian nicht, die sahen alles bis ins kleinste Detail durch das Kameraauge auf dem Bildschirm.

Sie sahen die strohigen Haare der Frau, das Permanent-Make-up in ihrem spitzen Gesicht, die abgewinkelten Arme und Beine, das hochgerutschte Karokleid.

»Das ist keine Frau«, entfuhr es Fabian.

»Nein, das ist eine Schaufensterpuppe.« Sisu wiederholte das ungläubige Kopfschütteln des Einsatzbeamten und sah zu Fabian. Sie wollte auch Schröder mit einem *Wer-hätte-das-gedacht?*-Blick bedenken, aber der stand ganz hinten in der Kolonne der Einsatzfahrzeuge. Dort wo es die Nürnberger Würstchen gab.

BODYCOUNT: 41

POLIZEIINSPEKTION PEGNITZ

»Nehmen Sie ihm den Köter weg, dann spuckt er aus, was wir wissen wollen!«, röhrte der Fixer. Er hatte sich online zuschalten lassen und schaute verkniffen vom Bildschirm in die Runde.

Sie wärmten sich in der für Pottenstein zuständigen Polizeiinspektion Pegnitz auf. Die Ästhetik des Raumes ließ zu wünschen übrig, aber Reviere waren ja nicht für die Optik da, sondern für die Funktionalität. Und in der Bedürfnispyramide nach Abraham Maslow kam warm eindeutig vor schön.

Enno Tammens froschgrüner Anzug war jetzt wiesengrün befleckt. Unter seiner Brust beulte sich etwas aus. Etwas, das zitterte. Das war Bärbel, seine Chihuahua-Hündin. Er hatte sie in sein Hemd geschoben, um sie vor dem drohenden Kältetod zu retten.

Wie sehr sich Einsatzleiterin Roland menschlich und charakterlich vom Fixer unterschied, erkannte man daran, dass sie den hiesigen Tierarzt angerufen hatte, um zu fragen, wie man der Unterkühlung des Hundes entgegenwirken könne. Er empfahl, den Chihuahua warmzuhalten und ihm lauwarmes Wasser zu trinken zu geben. Das war passiert. Dennoch zitterte Bärbel am ganzen Körper. Aber das waren wohl nur die Nachwehen des Schrecks. Chihuahuas besaßen ja ohnehin ein höchst fragiles Nervenkostüm.

»Sie sind ein böser, böser Mensch!«, fuhr Tammen den Bildschirm an und meinte damit den Fixer.

»Sagt der Perverse, der sich mit Schaufensterpuppen vergnügt.« Selbst der Fixer konnte auf kleinliche Retourkutschen nicht verzichten.

»Wenn Sie freundlicherweise *mir* die Gesprächsführung überlassen würden!« Frau Roland zeigte sich vom Fixer wenig beeindruckt.

Er war in natura zugegebenermaßen furchtgebietender. Das musste an der Körperchemie liegen. Oder an der Größe. Auf zwanzig Zoll reduziert, schrumpfte selbst seine viril-maskuline Bedrohlichkeit. »Und nur zu Ihrer Information – wir pflegen hier im Fränkischen nicht zu foltern.«

»Das ist jetzt nicht der Moment für gemütliche Kaffeekränzchen in der Provinz«, herrschte der Fixer. »Wir hatten hier einen Drive-by – neun Tote. Haben Sie das gehört? Neun! Schlimmer als in New York in den 1970ern.« Seine Faust donnerte auf einen nicht im Bild befindlichen Untergrund. »Die Wahims haben sich an den Meiers für das kleine Restaurant-Feuer gerächt. Der alte Meier und seine Enkelin haben nur überlebt, weil sie offenbar beim Anwalt waren. Said Wahim und zwei seiner Leute sind tot. Wir konnten die überlebenden Schützen in Gewahrsam nehmen, aber die Spirale dreht sich. Unsere Informanten sagen, die Wahims wollen erst aufgeben, wenn es keine Meiers mehr gibt. Uns läuft die Zeit davon! Muss ich Ihnen erklären, wie Sie Ihren Job zu machen haben? Wenn Sie sich mit Ihrem Vorgesetzten in Verbindung gesetzt hätten, dann wüssten Sie, dass ich bereits eine Überstellung von Tammen in die Wege geleitet habe. Ich will den Mann in Berlin befragen. Und zwar pronto. Wenn der noch irgendwo Leichen abgeladen hat, dann muss ich das wissen!«

»Herr Tammen ist praktisch schon unterwegs«, erklärte Einsatzleiterin Roland. Dann drehte sie sich in aller Gemütsruhe zu Sisu um. »Sie kennen den Verdächtigen bereits. Haben Sie Fragen an ihn?«

Man hörte den Fixer im fernen Berlin schnauben.

Die mancherorts so gern beschworene Stutenbissigkeit unter Frauen, die Karriere machen wollen, war hier und jetzt nicht zu finden. Schon deshalb nicht, weil man als Stute, egal wie bissig, lieber einem herablassend mansplainenden Hengst in die Parade fuhr, als gegenüber einer Mitschwester zu punkten.

Sisu baute sich vor dem Froschmann mit der zitternden Hemdbrust auf. »Herr Tammen, seien Sie ehrlich: Haben Sie noch irgendwo Leichen abgeladen?«

»Nein.« Enno guckte trotzig. Das Dauerlächeln, das er in Berlin aufgesetzt hatte, war ihm längst abhandengekommen. Das lag an der Sorge um Bärbel.

»Für diesen Scheiß habe ich keine Zeit!«, röhrte der Fixer aus dem Laptop. »Die Uhr tickt. Ich will ihn in Berlin haben!« Dann trennte er die Verbindung.

Sisu drehte einen der Stühle um, setzte sich breitbeinig hin und stützte sich auf der Lehne ab. Sie starrte Enno Tammen endlos lange blinzellos in die Augen. Plötzlich erhob sie sich und schlug mit der Faust auf den Tisch. »Ich frage jetzt ein letztes Mal: Haben Sie noch irgendwo anders Leichen abgeladen?«, brüllte sie.

Er zuckte zurück. Bärbel hörte vor Schreck kurz auf zu zittern. »Nein, mehr waren nicht im ...« Plötzlich stockte er. Wurde rot. Wandte den Blick ab.

»Mehr waren nicht in dem Kühllaster, stimmt's?« Sisu setzte sich wieder.

»Keiner von Ihnen ist nett, keiner!«, konstatierte Tammen und streichelte seine Brust. »Sie haben Bärbel erschreckt. Das macht ihr Herz bestimmt nicht mehr lange mit.«

Fabian, der befürchtete, dass Sisu sich auch irgendwann in eine kaltherzige Fixerin verwandeln könnte, wenn man dem nicht rechtzeitig einen Riegel vorschob, zog einen Stuhl heran und setzte sich ebenfalls. »Wir werden ab jetzt feinfühliger sein.« Er legte Sisu, die gegen sein Einmischen protestieren wollte, die Hand auf den Unterarm. »Herr Tammen, mal ganz ehrlich – Sie haben den Kühllaster gefunden, nicht wahr?«

»Nein! Er wurde bei mir vor dem Haus abgestellt. Mit einem Zettel hinter der Windschutzscheibe: *Für Enno*!« Da war es wieder – das Dauerlächeln. Gleich die volle Wattzahl.

»Sie wissen, was das bedeutet?«, fragte Fabian. »Der echte Mörder kennt Sie. Er weiß, wer Sie sind, er weiß, wo Sie wohnen.« Er formulierte es vorsichtig, sprach einfühlsam. Wäre aber nicht nötig gewesen.

»Ja!«, freute sich Enno. Er streichelte heftiger. Das Zittern unter dem Hemd hatte allerdings nicht wieder eingesetzt. War Bärbel tot?

»Er muss mich gesehen haben, als ich den Eisportionierer fand«, fing Tammen an zu erzählen. Menschen sind letztlich ja wie Wasserhähne: erst einmal aufgedreht, lief es endlos heraus. »Ich war es nämlich, der die Leiche in der Fabrik entdeckt hat. Auf unserer morgendlichen Gassi-Runde. Die Seitentür stand auf, und das fand ich komisch. Ich hab dann ein Selfie von mir und der Leiche gemacht und an die Zeitung geschickt. Aber die haben sich nicht gemeldet. Die haben das für einen Scherz gehalten, nehme ich an.« Er schaute indigniert. »Tja, und wie ich die Fabrik wieder verlasse, stolpere ich über den Eisportionierer. Ich wusste gleich, dass damit die Augen herausgeschält wurden.« Jetzt schaute er wie ein Fünfjähriger, der *zwei mal zwei ist vier* richtig lösen konnte und sich jetzt für ein Wunderkind hielt. »Eigentlich wollte ich ihn nur als Andenken behalten. Aber dann wurden es immer mehr Leichen, und ich dachte, wenn die Zeitungen schon mein Foto nicht wollten, dann müssten sie zumindest über mich schreiben, wenn ich die Taten gestehe. Aber nicht mal das. Was stimmt nicht mit den modernen Medien?« Er gab ein *tststs*-Geräusch von sich. »Immerhin war ich für den Täter interessant genug. Er hat mir noch eine Chance für meine fünfzehn Minuten im Scheinwerferlicht gegeben. Jeder verdient ein wenig Aufmerksamkeit! Er hat es gut mit mir gemeint.« Das Strahlelächeln leuchtete ununterbrochen. »Und ich dachte, wenn er mir den Laster vor die Tür stellt, dann will er bestimmt, dass ich in seine Fußstapfen trete und die Leichen irgendwo ablege, wo es schön ist.«

»Der Mörder hat sich dafür immer herausragende Kulturdenkmäler und touristische Highlights ausgesucht«, warf Sisu ein. »Fanden Sie, eine Autobahnraststätte passt in diese Reihe?«

Tammen zuckte mit den Schultern. »Aber es war doch eine Autobahnraststätte in Bayern.«

Frau Roland und ihre beiden Teammitglieder nickten zustimmend.

Tammen sah zu der klassischen Wanduhr mit Zahlenziffernblatt über der Tür und beugte sich vor. »Ist der Film, den der Kameramann mit mir gemacht hat, schon gelaufen? In den *Tagesthemen*? Oder … ich weiß nicht … in den Nachrichten für die Region?«

»Nein!«, erklärte Sisu und verschränkte die Arme.

»An der Raststätte haben unzählige Leute mit ihren Handys gefilmt. Bestimmt hat einer von denen seinen Clip an einen Privatsender verkauft«, meinte Tammen, tätschelte die Auswölbung auf seiner Brust und lehnte sich befriedigt zurück.

»Sie scheinen ein aufmerksamer Beobachter zu sein, Herr Tammen. Den Eisportionierer hätte sicher nicht jeder gefunden«, meldete sich jetzt Frau Roland zu Wort. »Ist Ihnen in der Zeit, bevor der Laster vor Ihrem Haus abgestellt wurde, gar nichts aufgefallen? Jemand, der nicht in Ihre Nachbarschaft gehört? Jemand, dessen Blick Sie aufgefangen haben und der dann schnell wegschaute?«

Enno schüttelte den Kopf. Immerhin tat er es bedauernd.

»Und Sie haben auch nicht gesehen, wie der Kühllaster vorfuhr? Das ist doch ein großes Fahrzeug, das fällt doch auf.«

»Nein. Das muss mitten in der Nacht passiert sein. Er stand vor der Ausfahrt vom alten Müller, der früher eine Bäckerei im Nebenhaus hatte. Quer über dem Radweg. Wenn ich ihn nicht weggefahren hätte, wäre er bestimmt abgeschleppt worden.« Enno Tammen atmete schwer aus. »Ich habe niemandem etwas getan. Nur ein bisschen geflunkert. Ich will doch nur einmal im Leben ein bisschen Scheinwerferlicht. Mein Stück vom Kuchen, verstehen Sie?«

Sisu wollte etwas sagen, aber Fabian legte ihr wieder die Hand auf den Arm. »Das verstehen wir nur zu gut.«

»Sie haben also gar nichts gesehen, was uns irgendwie weiterhelfen könnte?« Frau Roland presste kurz die Lippen aufeinander. »Wenn wir dank Ihrer Mithilfe den Täter überführen können, werden die Privatsender zweifellos für ein Exklusivinterview Schlange bei Ihnen stehen. Zeitungen und Magazine werden Features über Sie und Bärbel bringen.«

Tammen strahlte noch weiter auf. »Wenn ich so darüber nachdenke …« Er sah nach oben, wie es so viele Menschen beim Nachdenken taten, als ob Erkenntnisse im Äther herumflogen und man einfach nur nach ihnen greifen und sie herunterziehen müsste. »Auf dem Zettel, auf dem *Für Enno* stand, war hinten noch etwas draufgekritzelt. Aber ich glaube, dass hatte nichts zu sagen. Das war eben ein wiederverwerteter Zettel. Man kann ja auch als Krimineller nachhaltig denken.«

»Haben Sie den Zettel noch?«, fragte Frau Roland.

»Nein, den habe ich natürlich weggeworfen.« Tammen korrigierte sich. »Also, nicht einfach weggeworfen. Im Papiermüll entsorgt.«

»Wissen Sie noch, was da draufgekritzelt war?«

Tammen grinste. Der Unterschied zum Strahlen lag in den Grübchen. Würde er zu seinem wiesengrünbefleckten, froschgrünen Anzug noch einen Hut tragen, er wäre das perfekte Abbild eines irischen Kobolds. »Aber ja. Weil, da war ich als Kind schon mal mit meiner Mutter. Auf dem Zettel stand: Englischer Garten, München.«

Er streichelte sich wieder die Brust. Ein Mini-Schwänzchen lugte jetzt aus dem Hemd heraus und wackelte. Diese Ratte namens Bärbel aus der Familie der *Canidae* lebte noch!

»Wir würden uns freuen, wenn Sie uns einmal im Gefängnis besuchen, nicht wahr, Bärbelchen?«, gurrte Enno dem Wackelschwänzchen zu.

Bevor Fabian sie zurückhalten konnte, erklärte Sisu: »Sie wissen aber schon, dass Sie Ihren Hund nicht mit in den Knast nehmen dürfen?«

Tammen erstarrte, wurde bleich, riss die Augen auf. »WAS? Aber … aber Bärbel ist kein Hund, sie ist mir ärztlich verschrieben für meine psychische Gesundheit. Ich habe ein Attest!«

»Psychische Gesundheit?« Sisu schnaubte. »Echt jetzt, *der* Zug ist abgefahren!«

BODYCOUNT: 41, IMMER NOCH

Man muss die Dinge nehmen, wie sie kommen.
Und wenn sie nicht kommen,
muss man ihnen entgegengehen.

POLIZEIINSPEKTION PEGNITZ, DIE ZWOTE

»Er ist jetzt sediert und transportbereit«, sagte Einsatzleiterin Roland und meinte damit Enno Tammen, der nach der Erkenntnis, Bärbel nicht mit ins Gefängnis nehmen zu können, vollkommen ausgeflippt war. »Möchte ihm einer von Ihnen im Transporter nach Berlin Gesellschaft leisten?«

»Danke, nein. Wir bleiben lieber an der neuen Spur dran.«
Sisu hielt das Mundstück des altmodischen Telefons mit der Hand zu. Sie telefonierte gerade mit einem Münchner Kollegen. Dem sie jetzt wieder ihre volle Aufmerksamkeit widmete. »Sie müssen sich auf sämtliche Aussichtspunkte im Englischen Garten konzentrieren. Der Täter liebt architektonische Highlights, Kulturdenkmäler, alles, was schön ist. Falls der Zettel wirklich ein Hinweis ist, dann meint unser Täter nicht irgendeinen x-beliebigen Baum, sondern etwas Besonderes wie …«

Sisu war erst zweimal in München gewesen – einmal auf dem Oktoberfest und einmal zum Shoppen. Sie hatte keine Ahnung, was der Englische Garten an Architektur und baulichen Schönheiten zu bieten hatte. Sie wusste nur, dass er elend groß war und es Tage, wenn nicht gar Wochen dauern würde, wenn man einfach in einer Ecke anfing und sich dann zur anderen Ecke durchkämmte.

»Die Pagode am Biergarten«, warf Frau Roland hilfreich ein.

»Der Rundtempel«, meinte einer der Kollegen aus Pegnitz.

»Monopteros. Toller Aussichtspunkt.«

»Das Rumfordschlössl«, rief ein anderer.

»Die Surferwellen am Eisbach«, meinte Florian.

Sisu bedachte ihn mit einem strengen Blick. »Was soll denn an Wellen architektonisch sein?«

Schröder telefonierte auf seinem Handy zeitgleich mit Fassbinder. Ungewöhnlich laut. Sisu musste ihn mehrmals streng ansehen, was jedoch keine zügelnde Wirkung auf seine Stimmbänder hatte. »Du hast doch diesen Münchner Clan erwähnt? Wir haben jetzt einen Hinweis auf den Englischen Garten.« Er nickte. »Okay, super, dass du deinen Urlaub noch mal unterbrechen willst. Wir treffen uns dort.« Er steckte sein Handy weg. »Fassbinder sagt, einer seiner Informanten habe von gesteigerten Aktivitäten berichtet. In dem Tschetschenen-Clan, der den bayrischen Drogenhandel kontrolliert. Angeblich wollen die von München aus ganz Deutschland übernehmen.« Er wackelte mit den Augenbrauen.

Frau Roland runzelte die Stirn. »Wir hatten neulich in Nürnberg eine üble Messerstecherei in der Drogenszene, bei der ein tschetschenischer Clan seine Hände im Spiel hatte. Der Name ist mir entfallen, aber irgendwas mit B. Zwei Tote. Möglich, dass die wirklich den Markt übernehmen wollen. Das wird dann aber blutig.«

»Noch blutiger, als es jetzt schon ist?« Fabian hmpfte. »Na, danke.«

»Okay, die wollen die Wahims und die Meiers gegeneinander ausspielen, weil sie dann den Markt für sich haben. Aber ich verstehe nicht, warum die sich so viel Mühe mit den Leichen geben?« Sisu blieb skeptisch.

Frau Roland kratzte sich an der Nasenspitze. »Wenn ich Messerstecherei sagte, dann war das ungenau. Die haben die beiden Opfer nicht mit Messern zugerichtet, sondern mit Rasierklingen die Kehlen aufgeschlitzt und anschließend noch das Gesicht zerkratzt. Zickzackmuster. Ein Kollege meinte, dass sich da jemand künstlerisch ausgetobt hat.«

»Aha«, spekulierte Fabian ins Blaue hinein, was er gern tat. »Vielleicht soll da ein Jungspund, der eigentlich Maler werden wollte, ins Familienunternehmen einsteigen. Und er verbindet die notwendigen Aufgaben – wie Konkurrenten auszuschalten – mit seiner Liebe zur Kunst.«

Frau Roland, Sisu und Schröder sahen ihn ungläubig an.

»Was denn?«, bockte Fabian und verschränkte die Arme. »Das Leben ist viel kurioser, als unsere Schulweisheit sich das ausrechnen lässt!«

BODYCOUNT: 41
(KURZE STAGNATIONS-
PHASE)

MÜNCHEN, JAPANISCHES TEEHAUS

»Ich sehe ihn!«, rief Sisu in ihr Handy und warf es Schröder zu, der gerade das Blaulicht aufs Dach des Bagheera aufsetzte. »Wir nehmen die Verfolgung auf!«

Es war finstere Nacht im Englischen Garten. Die Münchner Polizei war den ganzen Abend schon Streife gefahren, um den Tätowierer beim Ablegen neuer Leichen in flagranti zu ertappen, jedoch ergebnislos. Der Englische Garten war ja auch groß – 375 Hektar. Und somit umfangreicher als der Hyde Park in London oder der Central Park in New York. Aber als hätte der Mörder nur darauf gewartet, dass Sisu knapp drei Stunden später durch die Münchner Innenstadt in Richtung grüner Lunge bretterte, wurde ein verdächtiger Kühllaster gesichtet, der sich in hohem Tempo vom japanischen Teehaus entfernte. Sisu wollte es sich nicht nehmen lassen, dem Täter selbst die Handschellen anzulegen, also hatte sie sich per Handy zu dem flüchtigen Laster dirigieren lassen.

Jetzt drückte sie aufs Gas und fädelte sich zwischen Kühllaster und Streifenwagen auf den Weg ein, der über den Eisbach hinweg weiter in den Englischen Garten führte. So knapp, dass der Streifenwagen abrupt abbremsen musste.

»Sisu, du bist doch völlig übermüdet – lass das die Kollegen machen!«, rief Fabian, der mittig saß und das Handy mit knapper Not auffangen konnte, bevor es durch die noch offene Scheibe auf der Beifahrerseite segelte. Schröder war ja damit beschäftigt, das Blaulicht aufs Dach zu setzen. Und außerdem: Wenn man es nicht essen konnte, konnte Schröder es nicht auffangen.

»Halten Sie sich raus«, hörte man es aus dem Handy rufen.

»Ich kriege ihn, koste es, was es wolle!«, brüllte Sisu so laut, dass der Münchner Kollege sie vermutlich auch ohne Handy hören konnte.

Der Wagen ging in die Kurve. Schröder, der wieder am Fenster saß und wie so oft nicht angeschnallt war, drohte trotz der Enge in den Fußraum zu rutschen. Natürlich erst, nachdem er sich an der Scheibe den Kopf angeschlagen hatte.

»Hey!«

Zweifellos qualmten die Räder.

»Ich wiederhole …«, rief es aus dem Handy. Fabian unterbrach die Verbindung.

Der Fahrer des Kühllasters hatte seinen ersten Fehler begangen: Nicht nur hatte er sich beim Abladen der Leichen am Japanischen Teehaus ertappen lassen, er versuchte auch, über den Park zu flüchten, nicht über die Stadt.

Nacheile, so nannte man es, wenn Polizeiorgane über Ländergrenzen hinweg einem Flüchtenden folgten. Das, was Sisu, Fabian und Schröder hier – und eigentlich schon seit Tagen – machten, war allerdings keine Nacheile, sondern dickköpfige Eigeninitiative. Der Fixer würde ausrasten. Ihre Suspendierung war so gut wie sicher.

Die Türen des Kühllasters flogen auf, als der Killer mit Karacho in die nächste Kurve ging. Fast rechneten Sisu und Fabian – Schröder war noch damit beschäftigt, sich aus dem Fußraum zu fädeln – damit, dass ihnen eine tiefgefrorene Leiche entgegenfliegen würde, aber der Laster war leer.

Der Weg führte jetzt durch eine weitgehend baumlose Wiese.

Es war weit nach Mitternacht im Januar. Die Anzahl derer, die im Englischen Garten unterwegs waren, ging gegen null, war aber nicht gleich null. Ein Fahrradfahrer mit reflektierender Jacke tauchte vor dem Kühllaster auf, schaffte es gerade noch, ihm auszuweichen, verlor auf unebenem Grund die Kontrolle über sein Rad und überschlug sich. Sisu konnte ihm ausweichen, einer der hinter ihr fahrenden Streifenwagen auch, aber das Schlusslicht bretterte über das Rad und krachte gegen den einzigen Baum weit und breit.

Schröder, mittlerweile damit beschäftigt, sich anschnallen zu wollen, sah über seine Schulter. »Dem Radfahrer ist nichts passiert.« Schröder klang extrem erleichtert. Das wollte er nach dieser wilden Jagd bitte auch über sich sagen können.

Der Kühllaster bretterte weiter. Was Touristen und Einheimische so begeisterte – die Weite und Vielseitigkeit des Englischen Gartens –, erwies sich jetzt als nachteilig. Die Baumdichte nahm rasant zu. Auf diesem Teil der Strecke konnte man ihn nicht gut überholen. Wichtig war jetzt aber nur, dass sie ihn nicht aus den Augen verloren. Der übriggebliebene Streifenwagen war dicht hinter ihnen. Bis er in einer scharfen Rechtskurve den Anschluss verpasste. Er hielt an und setzte zurück. Aber man sah seine Scheinwerfer. Bald würde er sie wieder eingeholt haben.

Der Weg teilte sich.

Der Kühllaster blendete auf und ab und wieder auf. Vermutlich kannte sich der Fahrer hier nicht aus und wollte sehen, ob er links oder rechts mehr Chancen auf eine gelungene Flucht hatte.

Sisu trat aufs Gas. Wenn sie dem Kühllaster den Weg abschneiden wollte, dann hier.

Fabian und Schröder hielten die Luft an. Es konnten nur Millimeter zwischen ihnen und dem Kühllaster auf der einen Seite und ihnen und den Bäumen auf der anderen Seite liegen. Ein einziger Fahrfehler von Sisu und sie waren geliefert.

Am nächsten Abzweig lächelte ihnen Fortuna. Der Fahrer des Kühllasters war so ein großes Fahrzeug entweder nicht gewohnt oder verlor unter Stress die Nerven – jedenfalls verriss er das Steuer, kam vom Weg ab, knatterte einen leichten Hang hinunter, wollte zwischen zwei Bäumen hindurchfahren und …

… blieb stecken.

Fabian jubelte schon auf, aber Sisu war einen Moment lang nicht aufmerksam. Der Wagen kreiselte über den Kies und schleuderte mit dem Hinterteil gegen ein Gestrüpp, das sich als würdiger Gegner erwies. Es brachte das Auto zum Halten.

Fabian war als Erster draußen. Mit gezückter Waffe lief er auf den Kühllaster zu.

Es war eine mondhelle Nacht, dennoch lag die Fahrerkabine im Dunkeln. Schröder und Sisu holten ihn ein, ebenfalls mit gezogenen Waffen. Sisu hätte Fabian auch längst überholt, aber sie musste vorher noch kurz nachsehen, ob der Bagheera auch keinen Kratzer abbekommen hatte.

Die Fahrerkabine war leer. Die Beifahrertür des Kühllasters stand offen. Offenbar hatte sich der Täter unbemerkt davonmachen können.

Jetzt traf auch der Streifenwagen ein. Die beiden uniformierten Kollegen kamen mit Velcro-Holstern an den

Handgelenken, in denen Taschenlampen steckten, angelaufen.

»Er ist da lang gelaufen!«, rief Fabian und zeigte ins Dunkel des Waldes. »Ich hab's rascheln gehört.«

Fabian und Sisu folgten den Beamten ins Dickicht.

Schröder blieb beim Laster. Er leuchtete mit seiner Handy-
Taschenlampe in den Kühlraum. Leer.

Fast leer.

Eine kleine Papierkugel hob sich grün vom weißen Untergrund ab. Schröder zog einen Gummihandschuh an und
faltete die Kugel auseinander. Es war dunkelgrünes Papier,
mit einem roten Eichhörnchen. Es roch nach Lakritze. Ganz
offensichtlich war das ein Kaugummipapier. Mit kyrillischen
Buchstaben ...

MÜNCHEN, ENGLISCHER GARTEN

»Kon'nichiwa!«

Wenn jemand – über tote Menschen gebeugt – fröhlich eine Begrüßung auf Japanisch jodelt, kann das nur der Gerichtsmediziner sein. Und dass er Sisu, Fabian und Schröder auf Japanisch mit bayrischem Akzent begrüßte, hatte natürlich seinen Grund.

Die fünf Leichen lagen – ordentlich nach Größe aufgereiht – Seite an Seite auf der kleinen Holzbrücke über dem Wassergraben rund um das Teehaus Kanshoan. Selbst echte Münchner dachten bei *Asien* und *Englischer Garten* oft nur an den chinesischen Pagodenturm beim Biergarten, nicht an diese japanische Idylle im Schatten vom Haus der Kunst. Diesen Hauch von Fernost hatte München von seiner Partnerstadt Sapporo anlässlich der Olympischen Sommerspiele 1972 geschenkt bekommen. Im Sommer konnte man hier an echten Teezeremonien teilnehmen. Jetzt diente es allerdings als Deko-Beiwerk für eine Leicheninstallation.

»Ich bin Doktor Gruber«, stellte sich der Gerichtsmediziner vor. »Nennen Sie mich Dennis.« Er schüttelte Sisu die Hand.

Sisus Ruf war ihr natürlich vorausgeeilt. Und auch wenn er fand, dass ihre Schönheit übertrieben dargestellt worden war, konnte er sich gut vorstellen, dass sie – wenn sie weniger übermüdet und ermittlungserschöpft war und dafür frisch geduscht und sexy angezogen – durchaus eine Sünde wert war. Er und seine Pia-Louise führten eine offene Beziehung. Vielleicht ging da ja was.

Aber Sisu fragte nur: »Sind Sie schon volljährig?«

Doktor Gruber war ihr vierter Rechtsmediziner binnen vier Tagen.

»Ich wirke deutlich jünger, als ich bin.«

»Sollten Sie sich nicht auf älter machen, wenn Sie kompetent wirken wollen?«

»Kompetenz ist keine Frage des Alters, sondern der Technik!« Gruber zwinkerte.

Fabian brummte und beugte sich über die Leiche, die ganz außen lag. Das Übliche – Plastik, Tattoos, keine Kopfhaut und keine Augen. »Hat einer von denen ein Einschussloch?«

»Ja, der Große ganz hinten.« Gruber nickte und zeigte. »Ich habe die Berichte gelesen und weiß Bescheid. Und ja, der mit dem Einschussloch weist eine Manipulation am Körper auf, die darauf schließen lässt, dass man ein mit Drogen gefülltes Kondom eingeführt hat. Genaueres kann ich natürlich erst sagen, wenn ich ihn aufgetaut habe.« Gruber wandte sich wieder an Sisu. Wenn er hier jemand etwas beweisen wollte, dann ihr. »Ich habe diesen spektakulären Fall verfolgt. Also, ich habe natürlich nicht gehofft, dass auch bei uns hier in Minga Leichen auftauchen. Aber falls doch, wollte ich gewappnet sein. Und, wie sich jetzt zeigt, war das auch gut so.«

»Sie können aufhören zu gockeln«, brummte Fabian und richtete sich wieder auf. »Frau Demirkan wählt sich ihre Snacks nicht wie in einem schön dekorierten Supermarkt aus. Sie will auf die Jagd gehen und ahnungsloses Wild erlegen!«

Hui, dachte Schröder und lächelte in sich hinein, so offen zeigt der Kleine seine Eifersucht sonst nicht. Zeit, dass er ins Bett kommt.

Der Einsatzleiter – er hieß Obermoser und hatte sich ihnen vorhin schon vorgestellt – trat zu ihnen. »Der Hubschrauber mit der Wärmebildkamera hat sich gemeldet. Der Täter ist aber nirgends auszumachen. Wir haben ihn verloren.« Er schüttelte den Kopf. »Dabei waren unsere Streifenwagen schon an ihm dran. Sie hätten ihm den Weg abschneiden können, wenn Sie drei mit Ihren Formel-eins-Fahrmanövern ihnen nicht in die Quere gekommen wären.«

Als sein vorwurfsvoller Blick Schröder erreichte, sah der sehr dezidiert zu Sisu und wieder zurück, dann zuckte er mit den Schultern, Obermoser nickte und atmete genervt aus. *Frau am Steuer, klar!*

Gruber fing die Blicke auf. »Ich fahre auch gern schnell«, eilte er zu Sisus Verteidigung. »Mit meinem BMW Z4. Gebraucht gekauft, aber super in Schuss. Wenn Sie mal Probe fahren wollen …«

Obermoser ignorierte das. »Die Hundestaffel meldet, dass für die Tiere keine Spur aufzunehmen ist. Der Täter ist spurlos verschwunden. Als ob ihn der Erdboden verschluckt hätte. Das ist doch unmöglich!«

»Nicht, wenn er sich hier wie in seiner Westentasche auskennt!« Aus dem Dickicht löste sich eine hagere Gestalt.

»Fassbinder!«, rief Schröder. »Wir glaubten dich schon verloren.«

»Stau auf der Autobahn.« Fassbinder wischte sich Blätter und kleine Zweige vom Anzug. »Und dann durfte ich nicht hier in die Nähe kommen, obwohl ich mich ausgewiesen habe. Ich stehe jetzt am Arsch der Welt und musste quer über das Gelände laufen. Mitten in der Nacht!«

Er sah Gruber vorwurfsvoll an, als ob der Rechtsmediziner persönlich für die Unannehmlichkeit verantwortlich wäre, dass er ein paar Schritte zu Fuß hatte gehen müssen. Angst vor den Kreaturen der Nacht konnte es bei einem wie ihm ja wohl kaum sein.

»Das ist unser Drogenexperte aus Frankfurt, Marcel Fassbinder«, stellte Schröder vor. »Hör mal, ich habe in dem Kühllaster ein Kaugummipapier gefunden. Aus Russland!«

Schröder hatte seinen Fund bereits der Spurensicherung übergeben, aber zuvor hatte er natürlich Fotos geschossen.

»Das ist ein Kaugummi aus der Baikalregion. Mit Lärchen-Geschmack«, verkündete Fassbinder. »Ich habe genau diesen Kaugummi schon einmal gesehen.«

»Lärche?«, warf Gruber ein. »Das ist doch ein Baum. Wer kaut denn Kaugummi, der nach Baum schmeckt?«

»Andere Länder, andere Sitten. Wir mokieren uns ja auch nicht über Weißwurstzuzler«, brummte Fabian, der weniger die Aroma-Vorlieben des Täters entschuldigen als vielmehr diesem Unsympath eins reinwürgen wollte. Gruber bürstete ihn gegen den Strich. Einfach dadurch, dass er atmete. Und – aber das gestand er sich nicht ein – dadurch, dass er so eng an eng neben Sisu stand.

»Ich kann nur noch einmal meine These wiederholen, dass wir es mit einem klug eingefädelten Bandenkrieg zu tun haben. Angesichts dieses Kaugummis tippe ich auf die Russen. Genauer gesagt, auf den tschetschenischen Clan der Barajews. Einen solchen Kaugummi habe ich nämlich schon einmal gesehen, und zwar als wir einen Drogenkurier der

Barajews verhörten.« Wenn Fassbinder mehr als drei Wörter am Stück sagte, dann bewegten sich unwillkürlich seine Finger. Schröder mochte ihn, sehr sogar, aber die langsamen Bewegungen dieser bleichen, überlangen Finger erinnerten an Spinnenbeine.

»Dzhokhar Barajew drängt schon seit einiger Zeit auf den Markt«, fuhr Fassbinder fort. »Wenn die Meiers und die Wahims sich gegenseitig auslöschen, kann er ihre Territorien übernehmen. Und …« Fassbinder stockte und sah sich triumphierend um. »Die Barajews haben ihren Hauptsitz hier in München!«

»Aber was ist mit dem Insiderwissen?«, hielt Sisu dagegen. »Welcher Polizist macht schon gemeinsame Sache mit tschetschenischen Schwerkriminellen?«

»Es muss ja kein Polizist sein«, nölte Fabian. »Es reicht, wenn es jemand ist, der Einblick in polizeiliche Akten nehmen kann. Wie beispielsweise ein Gerichtsmediziner.« Er sah zu Gruber. »Hat Sie schon mal wer gefragt, wie Sie sich einen BMW Z4 leisten können? Falls nicht, dann tue ich das hiermit!«

»Hey!« Gruber baute sich vor Fabian auf. »Ich sagte doch, gebraucht gekauft!«

»Wer's glaubt …« Fabian – Sisu traute ihren Augen nicht – stupste Gruber mit dem Zeigefinger in den Brustkorb. Offenbar tat er es mit viel Kraft. Es blieb eine Delle im Schutzanzug zurück.

Grubers Augen wurden zu schmalen Schlitzen. »Wollen Sie mir Bestechlichkeit unterstellen?« Er zeigefingerte zurück. Fabians Waschbrettbauchbrustkorbregion blieb allerdings dellenlos.

»Wem der Schuh passt, der zieht ihn an.« Fabian schubste. Mit der flachen Hand.

Sisu verschränkte die Arme. »Es reicht! Ihr habt beide gezeigt, wie toll und wie alpharüdig ihr seid, jetzt ist's gut!« Aber es ging längst nicht mehr darum, eine begehrenswerte Frau zu beeindrucken.

»Das nehmen Sie zurück!«, röhrte Doktor Dennis Gruber und ballte die Hände zu Fäusten.

Fabian schnaubte höhnisch auf. Er hatte eine Nahkampfausbildung. Und was hatte dieser Gruber während seines Studiums? Matratzengymnastik mit willigen Krankenschwestern?

»Das ist jetzt nicht euer Ernst, oder?« Sisu entschränkte die Arme und warf sie in die Luft. »Männer, echt! Null Evolution seit den Neandertalern!« Sie marschierte davon.

Fassbinder guckte angeekelt. Auseinandersetzungen mit Körperkontakt waren ihm zuwider. Er folgte Sisu.

Fabian und Gruber beugten sich wie zwei Sumo-Ringer nach vorn.

»Leute …«, fing Schröder an und wollte die beiden darauf hinweisen, dass sie auf einer schmalen Brücke über einem Tümpel standen.

Aber da war es schon zu spät …

BODYCOUNT: 46

Wenn der Weg schön ist, lasst uns
nicht fragen, wohin er führt.

MÜNCHEN-PASING

»Drogenbosse, so unterschiedlich wie wir Normalbürger«, sinnierte Schröder, als sie vor dem Hauptsitz der Barajews standen. »Meier in seinem Mehrfamilienkomplex, Wahim in seiner Stadtvilla und jetzt das hier.«

Das hier war ein nachgerade pittoreskes Anwesen in München-Pasing, ganz in der Nähe vom Stadtpark und der Würm. Hinter der nicht ganz schulterhohen Mauer rund um das Grundstück war ein großes Bauernhaus im Chiemseer Stil auszumachen – mit Fachwerk und vielen Balkonen, auf denen im Frühjahr und Sommer zweifellos die Geranien blühten, dazu einige Stallungen. Alles wirkte sehr gepflegt. Durch das schmiedeeiserne Tor sah man eine breite Auffahrt und einen großen Vorhof, über den mehrere, extrem gut gemästete, weiße Hühner staksten und hin und wieder zwischen dem Kies pickten. Der dazugehörende Hahn krähte.

Es war sieben Uhr morgens.

Obermoser, der leitende Ermittler vor Ort, hatte Sisu, Schröder, Fabian und Fassbinder die Stockbetten auf dem Revier angeboten. Für die paar Stunden Schlaf extra Hotelzimmer zu mieten, hatte ihm nicht eingeleuchtet – außer für Sisu, damit sie die Nacht nicht mit drei Männern verbringen musste. Auch Gruber hatte ihr sein Gästezimmer offeriert, zumal seine Pia-Louise auf Geschäftsreise war. Aber Sisu hatte gebrummt, dass sie keine Extrawurst wollte, womit die Sache für sie erledigt war.

Nicht erledigt war der Umstand, wie unprofessionell sich Gruber und Fabian am Tatort verhalten hatten. Das würde Folgen haben. Personalaktenfolgen. Und gesundheitliche Folgen. Weil das Wasser im Tümpel am Teehaus eiskalt gewesen war – und das Stockbettzimmer kaum geheizt –, war Fabian mit einer Schnupfennase aufgewacht. Und weil seine Klamotten über Nacht nicht getrocknet waren, nahm er jetzt in einem geliehenen, etwas zu großen Dienstoverall an der Vor-Ort-Einsatzbesprechung teil. Aber damit hatte er ja schon Erfahrung. Weil es allerdings keine Leihschuhe in seiner Größe gegeben hatte und seine Schuhe noch nass waren, gab er bei jedem Schritt, den er tat, Quatschgeräusche von sich. Und seine Füße waren dauerkalt. »Wenn du dir mal bloß keine Lungenentzündung einfängst«, hatte Fassbinder noch gewarnt und ihm ein Extra-Paar Socken geliehen.

Nun standen sie also vor dem Barajew-Anwesen.

Trotz viel zu wenig Schlaf auf viel zu harten Matratzen und mit viel zu dünnen Decken angesichts der arktischen Kälte waren sie immer noch ausgeschlafener als Obermoser, der sich die Nacht um die Ohren geschlagen hatte. Unter anderem damit, Beamte mit Wärmebildkameras rund um das Anwesen der Barajews zu postieren, die jeden, der das Grundstück betreten oder verlassen wollte, unter die Lupe nehmen sollten.

Es kam aber nur die Zeitungsfrau um 5 Uhr 29. Eine gewisse Gisela Sendlinger, die auf dieser Runde schon seit achtzehn Jahren die *Münchner Abendzeitung* austrug, was gewissenhaft kontrolliert und bestätigt wurde. Außerdem war sie eine Matrone mit einem BMI von 34, also niemand, der mal eben aus einem Kühllaster flüchtet und flink wie eine Gazelle im Unterholz des Englischen Gartens verschwindet. Ansonsten blieb es ruhig auf dem Anwesen. Zu ruhig? »Sind die alle tot?«, fragte Sisu einen der Beamten, die hier die Nacht verbracht hatten.

»Um sechs hat einer von denen die Zeitung reingeholt. Die anderen werden noch schlafen. Thermische Infrarotstrahlen dringen nicht durch massives Mauerwerk, darum sehen wir nichts.«

Fabian betrachtete neidisch die Hightech-Ausrüstung der bayrischen Kollegen. In Berlin fehlte für derlei Dinge das Geld. *Arm, aber sexy* tönte als Hauptstadt-Motto gut, war aber in der täglichen Polizeiarbeit unbefriedigend. Was nützte es ihm, dass er besser aussah als der untersetzte Kollege mit dem Porno-Schnauzer? Und das, obwohl er in unschmeichelhafter Dienstkleidung steckte.

Obermoser trat mit einem dampfenden Pappbecher Kaffee zu ihnen. Was derart dampfte, musste kochend heiß sein, aber er zuckte nicht mit den Wimpern, als er einen großen Schluck nahm. Geschweige denn mit den Fingern, die den zweifellos heißen Becher ohne schützende Bechermanschette hielten. Vermutlich ein zäher Kerl, der vor Untergebenen keine Schwäche zeigte. Oder seine Finger waren nach der Nacht im Freien ebenso tiefgefroren wie die Tätowierleichen und verspürten keinen Schmerz mehr.

Neben ihm stand der hiesige Drogenkartellfachmann, ein kugelrunder Typ, der so lebendig wirkte wie Fassbinder untot schien: rotwangig, mit Strahlelächeln. Das totale Kontrastprogramm. Der Mann hieß Steuber.

»Ich schlage vor …«, fing er an, wurde aber von einer jungen Kollegin unterbrochen, die Obermoser einen Ausdruck reichte. »Das kam eben aus Berlin«, sagte sie.

Sisu, Fabian und Schröder sahen sich an. Rief der Fixer sie zurück? Er hätte allen Grund dazu.

Aber nein.

»Da brat mir einer einen Storch!« Obermoser pfiff. »Wir wissen jetzt, woher die Leichen des Tätowierers stammen. Aus Krásná in Tschechien!«

»Der Tätowierer hat Tschechen ermordet?« Sisu hob eine Augenbraue. »Und ihre Leichen nach Deutschland gebracht? Bekommt das Ganze jetzt eine politische Komponente?«

Obermoser reichte den Ausdruck weiter. »Ja. Nein. Also, die waren alle schon tot. Er hat sie gestohlen! In Krásná befindet sich offenbar eine der modernsten und größten Kryonik-Anlagen Europas.«

Fabian zog die Nase hoch und guckte fragend.

»Kryonik«, erklärte Schröder. »Du weißt schon, wenn du dich nach deinem Tod einfrieren lässt, damit man dich in hundert Jahren oder so wieder zum Leben erwecken kann.«

»Blödsinn«, erklärte der Porno-Schnauzer, der mit seiner Wärmebildkamera immer noch neben ihnen stand. »Wäre Lazarus tiefgefroren gewesen, hätte selbst Jesus kapituliert.«

Obermoser schaute streng. Er war ein guter Katholik. In seiner Gegenwart wurden keine Witze über den Herrn gerissen.

»Aus der Anlage sind am ersten Weihnachtsfeiertag ›Patienten‹ gestohlen worden!«, las Sisu vor. »Mehrheitlich reiche Russen, ein paar Franzosen und Italiener, ein Deutscher! Keine Angaben zur Geschlechterverteilung oder zur genauen Anzahl.«

»Mehrheitlich Russen? Das kann doch kein Zufall sein!«, sagte Fabian und zeigte auf das Anwesen der Barajews, das in der dunstigen Morgenluft immer noch wie tot dalag. Mal abgesehen von den Hühnern.

»Ich finde schon, dass das eigentlich nur ein Zufall sein kann. Die Barajews klauen doch keine Leichen, mit denen sie im Zweifelsfall entfernt verwandt sein könnten. Und falls doch, dann nur, um sie einem ordentlichen Begräbnis zuzuführen, nicht um sie zu skalpieren, zu tätowieren und zu entäugen, bloß weil sie ein paar Tote brauchen, die sie der Konkurrenz unterschieben können.«

»Aber ein cleverer Schachzug wäre das schon«, meinte Schröder.

»Wieso hat man davon nichts in den Medien mitbekommen?«, wandte Sisu ein.

»Damit an die Presse gehen, dass man in ihren Tiefkühlcontainern nicht sicher ist? Wohl kaum«, sagte Obermoser. »Denen brechen doch sonst reihenweise die Interessenten weg. Nein, dass wir von diesem Raub wissen, ist einzig und allein der hervorragende Ermittlungserfolg von …«

»Dem Fixer«, brummte Sisu. »Also gut, dann knöpfen wir uns jetzt die Barajews vor!«

Obermoser verschränkte die Arme. *Er* machte hier die Ansagen, keine durchreisenden Besuchs-Preußen. »Immer langsam mit den jungen Pferden. Steuber, Sie kennen den Clan-Chef. Sollten wir etwas Spezielles beachten?«

Fassbinders Oberlippe vibrierte. Seine Kenne als langjähriger Fachmann war offenbar nicht gefragt. Aber er schwieg.

Obermoser winkte seine Truppe zu sich, während Steuber erklärte: »Ich gehe nicht davon aus, dass es zu einem Schusswechsel kommen wird. Barajew ist klug. Allerdings ist er auch stolz. Wenn Sie ihm den Durchsuchungsbeschluss zeigen …«

»Es gibt schon einen Durchsuchungsbeschluss?«, staunte Fabian. »Aufgrund eines einzigen russischen Kaugummis?«

»Angesichts der Tatsache, dass die Spurensicherung auf dem Kaugummipapier den Fingerabdruck von Barajew gefunden hat, war das kein Problem. Außerdem handelt es sich um Gefahr im Verzug.«

»Wenn Sie gleich auf Barajew treffen, dann verhalten Sie sich bitte so, wie es ein Potentat bei einem Staatsbesuch tun würde. Nicht unterwürfig, aber ehrerbietig und respektvoll. Das kitzelt die traditionelle tschetschenische Gastfreundschaft aus ihm hervor«, fuhr Steuber fort, als wäre er eben nicht schnöde unterbrochen worden.

»Gut, dann los.« Obermoser trat an die Pforte und klingelte. Nichts rührte sich.

Er klingelte erneut.

Im Innern des Hauses hörte man einen Hund jaulen.

Obermoser sah zu dem schnauzbärtigen Kollegen mit der Wärmebildkamera, die er auf das Haus gerichtet hatte. Der schüttelte den Kopf.

Das große Tor war natürlich verschlossen, aber die Mauer war nicht hoch genug, um nicht erklommen werden zu können. Von den Durchtrainierten unter ihnen. Zu denen auch Sisu und Fabian gehörten.

Fassbinder verspürte ohnehin nicht den Drang, auf mögliche Selbstschussanlagen zu stoßen. Er blieb lieber bei den Mannschaftswagen und saugte Kaffee wie durch Osmose in sich auf.

Die diversen Überwachungskameras auf dem Gelände waren mit Bewegungsmeldern ausgestattet und folgten den

Polizisten. Aber außer den gackernden Hühnern in der Auffahrt, die sich beim Frühstück gestört fühlten, passierte weiter erst mal nichts.

Obermosers Zugriffstruppe war ein eingespieltes Team. Man verständigte sich nonverbal.

Weil es an der Haustür keine Klingel gab, donnerte Obermoser mit der Faust dagegen. »Polizei!«, rief er. »Wir haben einen Durchsuchungsbeschluss. Machen Sie auf!«

Keine Antwort. Man hörte nur das Klacken von Hundekrallen auf Steinfliesen hinter der Eingangstür. Die Hunde – es musste sich um zwei oder drei handeln, und sie waren sicher nicht kleinformatig – winselten lauter.

Von den Polizisten, die auf die Rückseite des Hauses gelaufen waren, schaute einer um die Ecke und pfiff. Sie liefen zu ihm. Die Küchentür auf der Rückseite war unverschlossen.

Sisu und Fabian warfen sich einen Blick voll dumpfer Ahnung zu. Hatten die Clan-Mitglieder Massenselbstmord begangen? Wie diese Sekte damals in Jonestown? Vergifteten Lärchenkaugummi gekaut, um dem Arm des Gesetzes zu entgehen? Eher nicht. Viel wahrscheinlicher war ein Hinterhalt. Aber es hatte doch niemand das Grundstück betreten. Ein Rätsel.

Fabian verspürte einen Niesreiz.

Obermoser gab das Zeichen, und seine Truppe stürmte durch die Küchentür ins Innere.

»Sauber!«, rief einer.

Drei Pitbulls kamen angetrottet. Allerdings nicht in Angriffslaune. Zwei schubberten sich an Männerbeinen, der dritte lief zu einem blechernen Hundenapf, packte ihn mit der Schnauze und hob ihn hoch. Was immer mit den Barajews geschehen war, sie hatten vorher nicht noch die Hunde füttern können.

Während Obermosers Truppe durch das Haus lief und man ein »Sauber!« nach dem anderen hörte, suchte Sisu Futter für die Hunde.

Keine zehn Minuten später fanden sich alle im Treppenhaus ein.

»Das Haus ist leer«, konstatierte einer der Polizisten das Offensichtliche. »Die sind weg!«

»Die können nicht weg sein«, erklärte der Porno-Schnauzer und tätschelte sein mobiles Wärmebildgerät. »Niemand hat das Haus verlassen! Dafür lege ich meine Hand ins Feuer.«

»Mich laust der Affe!«, rief Obermoser in diesem Moment. Er stand neben einem hochmodernen Garderobentisch. So traditionell das Bauernhaus von außen wirkte, so up-to-date zeitgeist-durchdesigned war es im Inneren. Auf dem Tisch lag die *Münchner Abendzeitung*, aufgeschlagen im Lokalteil.

»DROGENKRIEG IN DEUTSCHLAND – TSCHETSCHENISCHER CLAN MIT SITZ IN PASING STECKT HINTER TÄTOWIERMORDEN«, las Obermoser vor. »Sackzement! Wer hat mit der Presse geredet?« Weil er seinen eigenen Leuten vertraute, sah er zu Sisu, Fabian und Schröder.

»Wir sicher nicht, wir kennen hier ja keinen«, maulte Schröder. Er geriet schon wieder in den Unterzucker und wurde deshalb unleidlich. Fabian schnüffelte. Nicht wegen der Anschuldigung, sondern weil seine Nase zuschwoll.

Obermoser trat gegen den unschuldigen Garderobentisch. Der hielt das aus. »Kein Wunder, dass die Barajews sich vom Acker gemacht haben!«

»Die müssen aber noch hier sein«, beharrte der Schnauzbart und wiederholte: »Niemand hat das Haus verlassen, seit wir Stellung bezogen haben. Und als die Zeitungsfrau kam, war ja auch noch wer da.«

»Hm.« Obermoser strich sich über das Kinn. »Meine Großmutter kam aus Pasing. Sie hat erzählt, dass hier ein paar Nazi-Größen wohnten, die sich Fluchtwege in ihre Villen einbauen ließen.«

Er schickte ein paar vom Team in den Keller. Vermutlich hätten sie dort noch lange gesucht, wenn die frisch gesättigten Vierbeiner nicht schwanzwedelnd angelaufen wären. Sisu hielt ihnen einen der Mäntel, die an der Garderobe hingen, an die Schnauze. »Such!«, befahl sie. Die Hunde schleckten ihr die Hand und wedelten mit den Schwänzen. Sie setzten sich aber nicht in Bewegung. Womöglich verstanden sie kein Deutsch.

»Wie sagt man das auf Russisch?«

»*Poisk!*«, sagte Fassbinder, einen Kaffeebecher in der Hand. Er war inzwischen bequem aufs Gelände gelangt, weil einer der Kollegen die automatische Türöffnung bedient hatte. Und weil sich seine Sorge, es könnten Selbstschussanlagen vorhanden sein, als unbegründet erwiesen hatte.

»*Poisk!*«, wiederholte Sisu. Jetzt schnupperte der größte Pitti am Mantel und lief dann zur geschnitzten Holzvertäfelung neben der Treppe. Er scharrte daran.

»Ein Geheimgang, wie toll ist das denn!«, flüsterte Fabian. Er war dann auch nur ein klitzekleines bisschen enttäuscht, dass man nicht lange am Schnitzwerk drehen musste, bevor man den Sesam-öffne-dich-Knopf fand. Der weiße Kippschalter war im dunklen Holz deutlich zu erkennen. Obermoser bediente ihn, und ein Teil der Holzvertäfelung glitt auf und legte eine Treppe frei, die nach unten führte – jedoch nicht in den Keller, sondern in einen separaten Gang.

»Sie könnten den Fluchtweg hinter sich mit Sprengfallen ausgestattet haben!«, warnte Fassbinder.

Sisu sah ihn nur an und schüttelte den Kopf. Pure Paranoia!

»Das werden wir ja sehen«, meinte Obermoser und klopfte – noch bevor Sisu protestieren konnte – dem Pitbull auf den Po. »Lauf!«

Der Hund preschte voran und war kurz darauf im Dunkel des Ganges verschwunden. Sie warteten noch einen Moment, aber es explodierte nichts. Man hörte den Pitbull nur von fern jaulen.

Obermoser und seine Männer liefen voraus, die Waffen im Anschlag. Sisu und ihre Jungs folgten. Bis auf Fassbinder. Er lief am Schreibtisch zu Höchstleistungen auf, nicht bei der Verfolgung von Schwerstkriminellen, die bis an die Zähne bewaffnet waren. »Ich halte hier Stellung«, rief er ihnen nach und ging in die Knie, um die beiden Pitbulls zu tätscheln. Mit Menschen konnte er nicht, mit Tieren dafür umso besser.

Der Gang war schmal und niedrig und roch modrig. Aber er roch auch nach Deodorant und teurem Herren-Cologne. Hier mussten vor kurzem frisch geduschte Männer durchgelaufen sein.

Geduckt hasteten sie weiter. Der Gang machte einen Schlenker, dann zog er sich relativ gerade in Richtung der Würm. Als sie den Ausgang sahen, rief Obermoser: »Obacht! Ich will keine Überraschung erleben, falls die uns am Ende des Gangs auflauern.«

Der Geheimgang endete am Ufer der Würm. Und ja, die Barajews – Oberboss Dhokthar, seine beiden Adjutanten und sieben bullige Bodyguards warteten auf sie, mit großkalibrigen Waffen in den Händen. Abdrücken würden sie allerdings nicht.

Die neun Männer lagen mausetot im Gras.

Der Pitbull schleckte Barajew übers Gesicht und winselte.

Und Fabian nieste sich die Seele aus dem Leib.

BODYCOUNT: 55

Durch die Blume zu sprechen,
nützt manchmal nichts.
Manchmal muss man den Leuten den Strauß
einfach quer übers Gesicht ziehen.

MÜNCHEN, EINSATZZENTRALE

»Sie waren gestern Nachmittag noch dort? Und Sie hielten es nicht für nötig, mir das mitzuteilen?«

»Ich war doch aus einem völlig anderen Grund dort. Wie Kollege Fassbinder bestätigen kann, wurde eine beachtliche Drogenlieferung gestohlen, und ich wollte mich mit ihm darüber unterhalten. Barajew hat schon früher kooperiert. Wenn er gewusst hätte, wer sich die Drogen unter den Nagel gerissen hat, hätte er mir das gesagt.«

»Und hat er was gesagt?«

»Nein.«

»Weil er möglicherweise die Drogen selbst abgestaubt hat?«

»Möglich.« Steuber guckte trotzig. Er war in diesem Moment keiner von den glücklichen Dicken, die Cäsar um sich haben wollte.

Schröder kam mit einer großen Bäckertüte zurück. Er lehnte sich gegen den Tisch, auf dem Sisu und Fabian saßen.

»Hab ich was verpasst?«

»Das gegenseitige Zerfleischen hat begonnen«, raunte Sisu.

Fassbinder nickte. Fabian nieste und wischte sich mit dem Ärmel über die laufende Nase. Es war ja ein Leihärmel.

»Obermoser wirft Steuber vor, Barajew gewarnt und die

Zeitung informiert zu haben«, erläuterte Fabian mit schnupfenbedingt nasaler Stimme. »Ist das für uns?« Er wollte nach der Tüte greifen.

»Für euch? Nein, Finger weg. Das ist mein Frühstück.« Schröder öffnete die Tüte und der Duft von warmen Leberkässemmeln waberte heraus.

Eine junge Sekretärin klopfte an die offene Tür. »Er ist da.« Obermoser atmete tief durch. »Darüber reden wir noch!«, brummte er in Richtung Steuber. Und zur Sekretärin sagte er: »Danke, Frau Mayr, lassen Sie ihn hochbringen.«

Als Frau Mayr an Fabian vorbeiging, zwinkerte er ihr zu. Es prallte an ihr ab. Fabian zog sein Handy heraus und inspizierte sich in der Kamera-App.

Sisu, die das mitbekommen hatte, grinste. »Du siehst scheiße aus. Übermüdet, gestresst, ungeduscht, mit roter Nase. Deine Wirkung auf die Weiblichkeit ist perdu.«

»Ach ja?«, bockte Fabian. »Dir schaut auch schon seit Tagen keiner mehr nach!«

»Der Gruber schon.« Sisu zwinkerte. »Der war rattenscharf auf mich.«

»Der Gruber ist ein Arsch.«

»Was sich liebt, das neckt sich«, merkte Schröder Leberkäskrümel spuckend an.

Sowohl Fabian als auch Sisu wollten darauf etwas Bissiges erwidern, aber da führte Frau Mayr einen stylishen Jungmann herein. »Herr Loibl von der *Abendzeitung*.« Sie gurrte es förmlich. Vermutlich, weil Loibl so aussah wie Leonardo DiCaprio auf dem Cover der neuesten *GQ*-Ausgabe. Inklusive Anzug.

Fabian gab ein *pö!* von sich.

»Eifersüchtig?«, freute sich Sisu.

»Guten Tag«, sagte Loibl zu Obermoser, weil er auf den ersten Blick erkannt hatte, wer hier das Zepter schwang. »Ich
bin froh, dass Sie mich gerufen haben. Ich hörte, der Bara-
jew-Clan wurde auf einen Schlag tutti kompletti ausgelöscht?« Er zog ein ultramodernes, kleines Aufnahmegerät aus seiner Jackentasche. »Können Sie mir dazu schon
etwas sagen?«

Obermoser war kurz sprachlos. »Glauben Sie etwa, wir hätten Sie einbestellt, um Ihnen exklusiv Rede und Antwort zu
stehen?«

Loibl, der mit jeder Pore seines Hipster-Körpers die Überzeugung ausstrahlte, er wäre die Re-Inkarnation von Bob
Woodward und Carl Bernstein und würde enthüllungsjour-
nalistisch das *Drogengate* Deutschlands offenlegen, fragte
ungerührt: »Weshalb sonst?«

»Weshalb wohl sonst?«, schnarrte eine Männerstimme.

»Der Fixer!« Schröder verschluckte sich beinahe an seiner
Leberkässemmel. Fabian nieste vor Schreck dreimal hinter-
einander.

Wenn man Obermoser schon den Alpharüden ansah, dann
dem Fixer umso mehr. Er war der Superalpha.

Gut, es half, dass er mit vier von seinen Leuten in den Raum
marschierte. Sie machten in ihrer Durchtrainiertheit und
den Uniformen – waren die auf Körper maßgeschneidert? –
und ihrer Aura der Unbesiegbarkeit durchaus was her. Wie
so eine Prätorianergarde.

Der Fixer baute sich vor Loibl auf.

Obermoser trat ohne zu murren beiseite. Es hatte sich bis
zu ihm herumgesprochen, dass der Fixer ländergrenzen-

übergreifend von ganz oben als leitender Ermittler in den Tätowiermorden – die sich seit neuestem als Drogenkrieg entpuppt hatten – eingesetzt worden war.

»Warum komme ich wohl gerade mit einer Bundeswehrmaschine aus Berlin angeflogen? Sie haben recht: nur um mit Ihnen zu reden! Und Sie werden reden – glauben Sie mir!«

Fabian sah sich mit tropfender Nase um. Wie konnte der Fixer schon auf dem aktuellen Stand der Dinge sein? War der Raum hier verwanzt?

Schröder zog eine Serviette aus seiner Bäckertüte und reichte sie Fabian als Taschentuchersatz.

Journalist Loibls *Ich-bin-der-Größte*-Panzer bekam deutliche Risse. »Äh … ich verstehe nicht ganz.«

Fast bekam man ein wenig Mitleid mit ihm. Das Gefühl, sich in einem Rechtsstaat zu befinden, löste sich im Beisein des Fixers augenblicklich in Luft auf. Möglicherweise zu Unrecht. Aber der Fixer wirkte so, als würde er Loibl jeden Moment packen und im Handwaschbecken in der Ecke Waterboarding mit ihm betreiben.

»Haben Sie das hier geschrieben?« Der Fixer rührte sich nicht, aber einer seiner Männer hielt Loibl die Lokalseite der *Abendzeitung* entgegen. Sie war so gefaltet, dass einem der Artikel über die Barajews förmlich in die Augen sprang. Mittlerweile hatten alle den Artikel gelesen. Es stand nichts wirklich Ermittlungsgefährdendes darin. Mit Ausnahme der Tatsache, dass die Barajews ins Visier geraten waren. Und der Mutmaßung, dass sie hinter dem Drogenkrieg stecken könnten.

»Äh … ja, der Artikel ist von mir«, sagte Loibl. Leugnen war zwecklos, es stand das Kürzel DL rechts unter dem Artikel. Damian Loibl.

»Niemand, ich wiederhole, niemand wusste, dass wir in Sachen Tätowiermorde die Barajews ins Visier genommen haben«, röhrte der Fixer.

Sisu zog eine Schnute. Das war so nicht ganz richtig. Die ermittelnden Beamten wussten es. Sie sah sich um: Hatte einer der Anwesenden geplaudert? Jemand, der Loibl kannte?

»Ich frage Sie jetzt nur ein einziges Mal: Woher haben Sie Ihre Informationen?«

Fassbinder pustete auf den Schaum seines Cappuccinos. Er freute sich auf eine filmreife Szene, in der Loibl verkünden würde, dass er lieber ins Gefängnis gehen würde, als seinen Informanten preiszugeben, und der Fixer ihm daraufhin mit einem gezielten Schlag die Nase brach. Auch Sisu und Schröder warteten gespannt, und selbst Fabians Nase hörte kurz auf zu laufen.

Aber statt einer dramatischen Zuspitzung der Befragungslage stotterte Loibl nur »Ja, klar, kein Thema, hier!« Er drückte irgendwelche Tasten auf seinem Aufnahmegerät und gleich darauf tönte eine deutlich mit einem Stimmverzerrer bearbeitete Männerstimme: »Ich kann Ihnen sagen, wer hinter den Tätowiermorden steckt. Öhm. Derselbe, der auch den Drogenkrieg angezettelt hat: Dhokhar Barajew. Er will den gesamtdeutschen Drogenmarkt von Pasing aus übernehmen. Deshalb spielt er die beiden größten Clans gegeneinander aus. Öhm. Barajew hat die Wahims dafür bezahlt, den Meiers die neueste Drogenlieferung aus Südamerika für ihn zu stehlen. Aber die Wahims haben ihm die Drogen nie ausgehändigt. Dafür hat er sich gerächt! Indem er den Wahims und den Meiers die Tätowiermorde unterschiebt. Öhm. Schreiben Sie darüber. Helfen Sie mit, diesem Tschech… Tschetsch… diesem Russen das Handwerk zu legen!«

Einen Moment lang herrschte Stille in der Einsatzzentrale. Niemand redete, niemand tippte, keiner schien zu atmen.

»Das habe ich vom Anrufbeantworter meines Diensttelefons aufgenommen. Der Anruf ging gestern Nachmittag ein. Ich habe meinen Kontakt bei der Polizei angerufen und der hat herumgedruckst, da wusste ich, es steckt was dahinter. Mein Chefredakteur und ich fanden, dass das wichtig genug war, um es noch vor Drucklegung der heutigen Ausgabe in den Lokalteil aufzunehmen.«

Obermoser und seine Truppe sahen zum Fixer und seinen Männern. Und der Fixer sah zu Sisu, Fabian und Schröder.

»Warum kommt mir die Stimme bekannt vor?«, röhrte er.

Fassbinder, der jetzt mit seinem Eisenkrauttee auf die entgegengesetzte Seite des Raumes floh, weil der Leberkäsegeruch den Geschmack seines Lieblingstees rigoros übertrumpfte, sagte: »Nicht die Stimme kommt Ihnen bekannt vor, sondern das Sprachmuster. Genauer gesagt, das Füllwort in den Hesitationspausen.«

»Was?« Der Fixer runzelte die Stirn.

»Welchen Drogenboss kennen Sie, der ständig *öhm* sagt?«

Fassbinder hob eine Augenbraue.

Bevor der Fixer etwas sagen konnte, rief Fabian beinahe fröhlich: »Ich fress einen Besen – der alte Meier!«

Zum Teufel mit den Torpedos –
Volldampf voraus!

MITTENWALD, PARKPLATZ AN DER E533 / BUNDESSTRASSE 2, NÄHE SCHARNITZPASS

»Der Tankstellenbetreiber sagt, bei ihm war heute Vormittag nur ein einziges Fahrzeug mit Berliner Kennzeichen an der Zapfsäule.«

Der Fixer und seine Männer beugten sich über einen Laptop, auf dem Bilder der Überwachungskamera der Tankstelle zu sehen waren. »Der Wagen und die Halterin sind ihm besonders aufgefallen.«

Man sah einen schwarz lackierten Ford Tourneo Custom. Verdächtig war die Tatsache, dass die hinteren Scheiben abgeklebt schienen. Man konnte nicht ausmachen, wer – oder wie viele – in dem Wagen saßen. Möglicherweise befanden sich nur Adolf und Fritz, die beiden Dackel, im Auto. Andererseits wäre auch Platz für eine kleine Privatarmee gewesen.

Die Person, die an diesem kalten Januartag in Gebirgsnähe nur mit einem Tanktop und Jogginghosen aus dem Wagen stieg, tankte, bezahlte, wieder einstieg und losfuhr, war aber problemlos zu erkennen. Schon allein an ihren Tattoos und Piercings. Es war die Enkelin vom alten Meier. Und mit etwas gutem Willen waren die Altmännerbeine, die man

auf dem Beifahrersitz ausmachen konnte, durchaus Opa
Meier zuzuordnen.

»Bingo!«, sagte der Fixer. Er nickte Fassbinder anerkennend
zu. Nachdem die Kollegen in Berlin vermeldet hatten, dass
Meier und seine überlebenden Leute nach dem filmreifen
Drive-by untergetaucht waren, war Fassbinder es gewesen,
der erklärt hatte, er wisse ganz genau, wo man den alten Meier finden könnte. In seiner Berghütte in der nördlichen Kar-
wendelkette.

Fassbinder breitete eine Karte neben dem Laptop aus. »Es
gibt zwei Möglichkeiten, sich der Hütte zu nähern. Man
kann bis hier oben ...« Sein Zeigefinger pflanzte sich auf die
Karte. »... mit dem Wagen fahren. Die restliche Strecke muss
man zu Fuß bewältigen. Oder man fährt bis hier ...« Der
Zeigefinger wanderte weiter. »... und geht dann ebenfalls zu
Fuß. Ich war vor Jahren schon einmal vor Ort. Wir glaubten damals, dass er dort oben sein Geld oder seine Drogen
bunkert. Es ist aber wohl wirklich nur ein Hort der Erho-
lung für ihn und seinen engsten Familienkreis. Für den Zugriff würde ich die erste Möglichkeit empfehlen. Falls der
alte Meier unterwegs Männer postiert hat und die das Feuer eröffnen sollten, hat man hier mehr Deckung. Außerdem
ist die Strecke, die man zu Fuß bewältigen muss, deutlich
kürzer.«

»Also gut, meine Leute und ich nähern uns auf der Kurz-
strecke. Obermoser, Sie und Ihre Leute beziehen am zweiten Parkplatz Stellung. So kesseln wir sie ein. Aber nur ich
und meine Truppe nähern sich der Hütte, verstanden?«

»Äh ... die Hütte liegt auf österreichischem Staatsgebiet«,
warf Obermoser ein. »Wir sollten erst ...«

»Ja, machen Sie mal, verständigen Sie die zuständigen österreichischen Behörden«, meinte der Fixer. »Meine Leute und ich erledigen in der Zwischenzeit, was jetzt getan werden muss! Und zwar hurtig – bevor wir das Tageslicht verlieren.«

Er sah zum Himmel. Es dämmerte schon.

Obermoser sah aus, als wolle er etwas einwerfen, aber da winkte der Fixer sein Team bereits zu dem Mannschaftswagen, mit dem sie vom Hubschrauberlandeplatz gekommen waren. Obermoser zuckte mit den Schultern. Es war nicht seine Beerdigung.

»Sie vier bleiben hier«, sagte er zu Sisu, Fabian, Schröder und Fassbinder, damit er auch etwas befohlen hatte.

Fassbinder nickte. Fast erleichtert. Nur Sisu bockte. Sie ging zum Fixer. Man konnte ihr vieles nachsagen, aber mangelnden Mut nicht. »Hören Sie, das ist auch mein Fall! Ich …«

»Reichen Sie Ihre Beschwerde schriftlich ein. Jetzt und hier hat nur einer das Sagen, und das bin ich. Und ich will niemanden dabeihaben, den ich noch nicht im Einsatz erlebt habe.«

Fabian hatte das Gefühl, dass er Sisu irgendwie Rückendeckung geben sollte. Schniefend trat er näher. »Sie müssen damit rechnen, dass der Ford voll besetzt war. Und es passen acht Leute rein. Wäre es da nicht doch gut, wenn wir mitkämen?«

»Wir sind zu sechst. Das passt schon!« Der Fixer kannte seine Männer. Von denen zählte jeder doppelt, so gut waren sie. Darum waren sie auch nur zahlenmäßig unterlegen, in Kampfkraft und Kompetenz stand es zwölf zu acht. Vielleicht kein Kinderspiel, aber nah dran.

Seine Männer – Hofstetter, Arslan, Schubert, Engels und Böhme – schwangen sich in das geländegängige Fahrzeug, das sich der Fixer für den Einsatz ausbedungen hatte.

»Wahim und Barajew sind tot«, verkündete der Fixer, mit einem Bein schon im Wagen. »Wenn wir hier fertig sind, ist Meier entweder ebenfalls tot oder in Handschellen.«

Es schwang deutlich mit, dass der Fixer die erste Lösung und somit ein *Adios, Meier!* favorisierte.

Fabian schniefte.

Ironie wird nie verstanden.
Sonst hieße sie ja Irooft oder Iroimmer.

IN DEN BERGEN BEI MITTENWALD (AUF ÖSTERREICHISCHEM STAATS-GEBIET, OHNE BEFUGNIS)

»Scheiße, es hat den Leon erwischt!«

Die Stimme von Hofstetter schrie es über das Rattern des Schnellfeuergewehrs hinweg. Dennoch konnte man das pure Entsetzen heraushören.

Der Fixer spähte um den kleinen Felsvorsprung herum, der ihm als Deckung diente.

Für solche Momente war er bei der Polizei. Um Schweinen wie denen in der Hütte den Garaus zu bereiten – den echten Blofelds dieser Welt. Verbrechergenies und ihren Handlangern. Nur dafür. Sicher nicht für den immer unerträglicher werdenden Papierkram.

Na gut, ursprünglich war er Bulle geworden, weil sein Vater und sein Großvater es vor ihm gewesen waren. Aber dann hatte er Blut geleckt und mit einer Stringenz, die ihresgleichen suchte, Karriere gemacht. Wenn man ihn auf ein Problem ansetzte, dann wurde es gelöst. Zu einhundert Prozent. Ausnahmslos immer. Ihn umgab die Aura einer nachgerade übernatürlichen Unfehlbarkeit. Deshalb nannten ihn auch alle *Der Fixer*. Auch er selbst nannte sich so. Er sprach von sich gern in der dritten Person.

Einer wie er kam auch mit einem unabgestimmten Zugriff

über die Ländergrenze hinweg durch. Zumal ihm die Österreicher wegen einer streng geheimen Sache in Wien immer noch was schuldig waren. Die Toten der letzten Tage rechtfertigten alles. Wenn es denn sein musste, sogar sein Karriereende. Denn die Mörder in der Hütte würden diesen Berg nicht mehr lebend verlassen, dafür würde er sorgen. Er, der Fixer. Für ihn ging Gerechtigkeit notfalls über Recht.

»Runter!«, rief er jetzt Hofstetter zu, der ganz so aussah, als wolle er Leon zu Hilfe eilen. Sie konnten es sich nicht leisten, noch einen Mann zu verlieren. Ihre Gegner kannten kein Erbarmen. Auch wenn man zugeben musste, dass der Idiot Leon wie ein verdammter Anfänger in den Feuerhagel hineingelaufen war.

Als das Feuer losging, hatten sie alle schnellstmöglich Deckung gesucht. Arslan lag neben einem ausgehöhlten Stamm, der als Brunnen diente. Holzspreisel stoben in die Luft, wann immer die Schüsse in den Stamm drangen. An einer Stelle rieselte bereits Wasser heraus. Lange würde es nicht mehr dauern, dann würde der Stamm zerbersten und der Kollege wäre dem Kugelhagel hilflos ausgeliefert. Immerhin würde es keine zivilen Opfer geben – jetzt im Winter wanderte hier kaum jemand, und schon gar nicht um diese Uhrzeit.

Viele Möglichkeiten, sich Schutz zu suchen, gab es hier oben – direkt vor der Meier'schen Hütte – nicht. Es war ein Juwel von einem Ferienhäuschen in den Bergen. Wenn sich der alte Meier auf der Terrasse an einem kühlen Bier erfrischte, dann hatte er einen ungehinderten Blick auf die umliegenden Gebirgszüge der Karwendel-Alpenwelt. Alle störenden Bäume hatte er fällen lassen. Von denen es hier oben, auf 1620 Metern, aber ohnehin nicht allzu viele gab. Der Fixer holte tief Luft. Der Klettersteig war ein nur mittelschwerer Aufstieg, aber in voller Zugriffsmontur dann doch anstrengender gewesen als erwartet. Zumal man trotz der jahreszeittypischen Temperaturen um den Gefrierpunkt das Gefühl hatte, in einer Sauna bergzuwandern.

Plötzlich endeten die Schüsse. Ebenso abrupt, wie sie begonnen hatten. Der Fixer lugte erneut um den Felsvorsprung herum.

Drüben, vor der Terrasse, wollte sich Hofstetter zu Leon robben. Der Fixer pfiff und unterband dieses Vorhaben mit einer zackigen Bewegung in Halshöhe. Hofstetter blieb, wo er war. Er senkte den Kopf wie zum Gebet.

Der Fixer konnte die Blutlache sehen, die sich unter Leon bildete. »Scheiße!«, murmelte er verhalten. Nicht so sehr, weil ihn das Ableben von Leon Böhme reute, sondern weil seine Truppe jetzt dezimiert war. Aber es nützte ja nichts. Er bedeutete Schubert und Engels, sich der Hütte zu nähern, während er ihnen Rückendeckung gab.

Arslan rollte sich eigeninitiativ hinter dem Brunnen hervor, sprang auf die Beine und lief zur Holzhütte. Natürlich setzte daraufhin das Gewehrfeuer wieder ein. Arslan hatte aber mehr Glück als Leon. Er schaffte es bis zur Hüttenwand, wo er sich neben das geöffnete Fenster kniete, aus dem der Lauf des Schnellfeuergewehrs ragte.

Wenn das hier alles vorbei war, musste der Fixer sich diesen Arslan mal vorknöpfen. Auch ein osmanischer Elite-Krieger in zwanzigster Generation hatte gefälligst abzuwarten, bis er von ihm das Okay erhielt, bevor er seinen Säbel zückte. Metaphorisch gesprochen, sie waren alle mit den üblichen Schnellfeuerwaffen ausgerüstet. Jedenfalls hatte hier nur einer das Kommando. Der Fixer war nicht zum Fixer geworden, weil unter seiner Ägide jeder sein eigenes Instant-Süppchen kochen konnte.

Das Feuer wurde wieder eingestellt. Irgendwann mussten denen da drinnen ja mal die Kugeln ausgehen.

Schubert und Engels robbten von ihren Verstecken aus auf dem Bauch zur Tür der Hütte, dann pressten sie sich – einer links, einer rechts – mit dem Rücken an die Holzwand und nickten dem Fixer zu. Der holte tief Luft und rannte ebenfalls zur Tür. In diesem Moment setzten die Schüsse wieder ein. Nein, denen wurden die Kugeln nicht knapp. Die mussten ein ganzes Munitionslager hier oben haben.

Hofstetter kniete noch mit gesenktem Kopf. Sprach der etwa wirklich ein Gebet für Leon? Das zwischen dem Hofstetter und dem Leon hatte in den letzten Wochen eine unschöne intime Note bekommen, die der Fixer beim nächsten Personalgespräch ohnehin hatte unterbinden wollen. Wegen ihm konnten die gern ein Paar werden, aber einer von ihnen musste sich dann versetzen lassen. Na ja, das hatte sich jetzt auch erübrigt. »Hofstetter!«, zischte er.

Hofstetter riss sich zusammen, sprang auf und flitzte durch den erneuten Kugelhagel zur Hütte.

Sollte es hier oben Gämsen oder Murmeltiere gegeben haben, so hatten die mittlerweile alle die Flucht ergriffen. Die Schüsse hallten vermutlich bis ins Tal hinunter.

Der Fixer atmete tief durch. Jetzt galt's!

Er sah seinen Männern in die Augen. Wegen der Schutzbrillen sah man zwar nur Spiegelglas, aber die Geste zählte. Er nickte.

»Zugriff!«, röhrte der Fixer und kickte mit dem schweren Stiefel die Tür auf.

Er, Schubert und Engels stürmten die Hütte. Hofstetter baute sich im Türrahmen auf und gab ihnen Deckung. Arslan hechtete aus dem Stand heraus durch das offene Fenster in die Hütte, wie Jackie Chan. Alle hielten ihre Waffen im Anschlag, bereit, auf jeden und alles zu feuern, was sich bewegte.

Und allen stockte gleich darauf der Atem. Auch dem Fixer. Er hatte mit vielem gerechnet, aber *damit* nicht …

Es hatte seinen Grund, warum der Kugelhagel nur dann auf sie herabprasselte, wenn sie sich bewegten. Die drei Schnellfeuergewehre im Innern der Hütte waren mit Bewegungsmeldern an der Außenwand der Hütte gekoppelt. Die Hütte selbst war leer. Keine Menschenseele weit und breit.

Nur die Gewehre.

Und neunundvierzig Sporttaschen.

»Was ist das für eine verdammte Kackscheiße?«, meldete sich da eine Stimme im Rücken der Männer.

Sie wirbelten herum. Es sprach für ihre immense Professionalität, dass sie im Herumwirbeln nicht einfach blind drauflos ballerten, denn sonst hätten sie einen der ihren umgenietet. Die Stimmte gehörte Leon, der zwar immer noch profus aus seiner Oberschenkelwunde blutete, aber nach kurzem Knockout wieder zu sich gekommen war.

»Alter!«, rief Hofstetter und lief freudestrahlend auf ihn zu, prallte aber gleich darauf hammerhart gegen den blitzschnell ausgefahrenen Arm des Fixers.

»Arslan, binden Sie Böhme den Oberschenkel ab. Und ich verbitte mir Gefühlsausbrüche im Dienst, verstanden?!«

Woran sich dann auch alle hielten, bis auf ihn selbst. Genervt über die Gesamtsituation kickte er sich seinen Frust vom Leib und katapultierte eine der Sporttaschen gegen die Decke.

Woraufhin es in der Hütte zu schneien begann …

**BODYCOUNT:
UNVERÄNDERT
WO WAREN WIR? 56? 65?
EGAL: VIELE!**

An das Böse im Menschen zu glauben,
ist optional. Aber das Dumme
im Menschen ist Fakt.

BERLIN, EINSATZZENTRALE

In den frühen Morgenstunden marschierte der Fixer wieder in Berlin an seinen Schreibtisch.

Böhme und Hofstetter waren im Krankenhaus – Leon Böhme zum Nähen, Hofstetter zum Händchenhalten. Die anderen hatte er zu Bett geschickt.

Schwer ließ sich der Fixer auf den ergonomischen Drehstuhl fallen – wobei es aus seinen Haaren immer noch leicht rieselte, und das waren keine Schuppen – und rief auf seinem Computer die neuesten Ermittlungsergebnisse auf.

Er war groggy, aber er blieb wach. Der Fixer schlief nie. Er hielt als Einziger die Stellung. Also, nicht ganz als Einziger, die Nachtschicht war ebenfalls anwesend. Aber Aktenschieber waren für ihn nur notwendiges Beiwerk für den eigentlichen Job draußen an der Front. Er war ein Mann der Tat, immer der Erste, der dem Feind entgegensprintete. Hier, gewissermaßen im Zeltlager seiner Truppen, reichte es, wenn er als Anführer Gesicht zeigte. Gesicht und Präsenz.

Seine Leute waren damit zufrieden.

Der leitende Oberstaatsanwalt Dierolf von Lechte nicht.

Der hatte sich auf seinen hochpreisigen, italienischen Ledersohlen leise angeschlichen und röhrte jetzt – ausnahmsweise knapp über Augenhöhe des Fixers, weil der saß: »Darf ich mal fragen, warum Sie es sich an Ihrem Schreibtisch gemütlich machen, anstatt dem Mörder nach Italien zu folgen? Haben Sie Ihre Sonnencreme vergessen? Arbeiten wir hier nach dem Lustprinzip? Oder wollen wir womöglich doch Erfolge erzielen?«

Der Fixer hob seinen Hintern vom Schreibtischstuhl und baute sich vor dem Oberstaatsanwalt auf. Das hätte sehr viel größeren Männern – körperlich wie auch charakterlich – Angst eingejagt, aber Dierolf von Lechte war kein Hasenfuß. Angsthasen schafften es nie in die Oberstaatsanwaltschaft.

»Entschuldigung?«, röhrte der Fixer.

»Ja, entschuldigen Sie sich ruhig!« Von Lechte verstand ihn absichtlich falsch.

Der Fixer zählte auf zehn und atmete dabei tief durch. Es gab eine Zeit und einen Ort, um dieses Rumpelstilzchen mit einem gezielten Schlag auf den schütterhaarigen Scheitel in den Linoleumboden zu rammen – aber nicht hier und nicht jetzt.

»Ich saß bereits im Flieger, als die Meldung kam, dass Meier und seine Enkelin in ihrem Ford Tourneo am Brenner von den Überwachungskameras fotografiert worden sind. Es ist mir rätselhaft, wie sie die Sporttaschen so schnell in der Hütte deponieren, die Selbstschussanlage aufbauen und sich dann aus dem Staub machen konnten. Ich gehe davon aus, dass sie Hilfe hatten.« Der Fixer fuhr sich durch die stoppelkurzen Haare, was zu weiteren weißen Flocken auf seinen Schultern führte. »Selbstverständlich arbeite ich eng mit den italienischen Kollegen zusammen. Allerdings verliert sich die Spur des Wagens kurz vor Verona. Möglicherweise haben sie das Fahrzeug gewechselt.«

»Für morgen Vormittag ist eine Pressekonferenz anberaumt. Soll ich der Medienmeute etwa sagen, dass wir nichts weiter als ein paar Sporttaschen vorzuweisen haben?«

»Das sind immerhin Drogen im Wert von annähernd vierzig Millionen!«, hielt der Fixer dagegen. Dass seinetwegen eine Tasche fehlte, erwähnte er nicht. »Wir haben jetzt das Beweismaterial, warum es zu einem ausgewachsenen Drogenkrieg kam. Ich finde, das ist durchaus ein Erfolg.«

Von Lechte schwieg und dachte kurz nach. Das war natürlich nicht ganz falsch. Er könnte das fraglos als einschneidenden Ermittlungserfolg verkaufen. Die Wahims und die Barajews waren führungslos und somit quasi ausgelöscht. Wer immer die kunstvoll präparierten Leichen gestohlen und in ganz Deutschland verteilt hatte, war mit hoher Wahrscheinlichkeit jetzt ebenfalls tot. Blieben nur noch der Drahtzieher des Ganzen und seine Enkeltochter. Oder – Gott weiß – vielleicht war die Kleine die Drahtzieherin. Frauenpower und so. Doch, ja, da ließe sich was draus machen.

»Ich hätte mehr von Ihnen erwartet«, meinte von Lechte trotzdem nur und wandte sich zum Gehen. »Bringen Sie mir den Kopf von Meier! Schnellstmöglich!«, sagte er und meinte das, anders als Salome, nicht wortwörtlich. Obwohl … wenn der Fixer ihm den Kopf von Meier auf einem Silbertablett servierte, könnte er auch damit leben. Hauptsache, diese unselige Geschichte hatte bald ein Ende, und das Ganze war unterm Strich ein triumphaler Erfolg.

Dann war von Lechte weg.

Der Fixer atmete genervt aus. »Siebenschön, leiten Sie vier Disziplinarverfahren ein – ich will, dass Messner, Fassbinder, Schröder und die Demirkan vom Dienst suspendiert werden. Wegen Befehlsverweigerung und Unfähigkeit. Keller, ich brauche für morgen früh einen Flieger nach Italien. Gehring, finden Sie heraus, ob Meier Connections nach Italien hat – familiär oder beruflich. Auch wenn er einfach nur mal im Urlaub in Rimini war, will ich das wissen.« Die Nachtschichtler nickten.

Der Fixer ging zum Kaffeeautomaten und zapfte sich einen doppelten Espresso. Auf die heiße Flüssigkeit pustend ging er an den Stellwänden vorbei, die Sekretär Ingo mit viel Liebe ausgeschmückt hatte. Aber mal ehrlich: Die Stellwände waren zur Verdeutlichung des jeweils aktuellen Ermittlungsstandes da, nicht zur Zier. Als optische Denkhilfe.

Doch Ingo hatte seine kreative Ader Amok laufen lassen, hatte mit viel Farbe gearbeitet und Fotos mit bunten Pinnadeln befestigt, hatte mit gelben, orangefarbenen und grünen Markern Zusammenhänge von Tatortfotos verdeutlicht und dazwischen immer mal wieder Smiley-Sticker aufgeklebt.

Wäre Ingo zu dieser späten – will heißen frühen – Stunde in der Einsatzzentrale gewesen, der Fixer hätte ihn zur Schnecke gemacht. Um Dampf abzulassen.

Weil Ingo aber erst um acht Uhr zum Dienstantritt einlaufen würde, traf der ablassende Dampf die Kollegin Keller. »Sorgen Sie dafür, dass unsere Kaffeefee Ingo morgen als Erstes die Stellwände abbaut. Herrschaftszeiten, wir sind hier nicht im Bastelkränzchen!«

Er schlug mit der Faust auf die Kaffeetheke, und weil er dabei mit dem Kopf zuckte, rieselte gleich darauf weißer Schnee herab – was alle, die es sahen, für einen Schuppenregen hielten …

Die drei schnellsten Lebewesen:
Ninjas, Geparden und Männer,
wenn es etwas zu naschen gibt.

BERLIN, EINSATZZENTRALE

Bastelkränzchen!
Ingo pustete sich eine geföhnte Haarsträhne aus dem Gesicht. Da arbeitete man sich jahrelang die Finger wund, gab alles, um der bisweilen seelisch sehr belastenden Arbeit etwas Leichtigkeit und Farbe zu verleihen, und wie wurde es einem gedankt? Gar nicht. Weniger als gar nicht. Mit Beleidigungen.
Bastelkränzchen!
Kein Wunder, dass er heute Morgen die fristlosen Kündigungen von Sisu und Fabian in seiner Mailbox vorgefunden hatte. Sie waren dem Dienstenthebungsverfahren zuvorgekommen, das der Fixer einzuleiten gedachte.
In diesem Laden wollte er auch nicht mehr bleiben, ob Kinski nun zurückkam oder wie ein geprügelter Hund das Weite suchte, machte keinen Unterschied. Oder um es mit der Gänsehirtin aus dem Grimm'schen Märchen zu sagen: *Seines Bleibens war nicht länger hier.* Ingo hatte bereits seine Fühler ausgestreckt.
Unlustig entfernte er das erste Foto von Stellwand Nummer eins. Eine Aufnahme des ursprünglichen Ermittlerquartetts. Er hatte *Helden der Arbeit* danebengeschrieben – Sisu, Fabian, Schröder und Fassbinder auf dem Workshop, bei dem

sie sich kennengelernt hatten. Zu viert an der Hotelbar beim Bier. Dabei sah Marcel Fassbinder nicht so aus, als wüsste er ein kühles Blondes zu schätzen. Weder in flüssig noch in echt. Der wirkte total asexuell. Und als ob er, wenn schon, kein Bier, sondern Blut trinken würde. Nichtsdestotrotz hatte Ingo ein Lächel-Smiley daneben geklebt. Und einen Untersetzer mit dem Logo der Brauerei. Das war doch eine schöne Erinnerung. Und erklärte, warum Sisu und Fabian die anderen beiden mit ins Boot geholt hatten.

Voller Stolz betrachtete Ingo seine kunstvolle Installation. Es hatte die Ermittlungen in keinster Weise behindert, dass er die Stellwände etwas zu üppig und bunt gestaltet hatte. Der Fixer war ein Furunkel am Gesäß des Präsidiums.

Ingo nahm das nächste Foto ab. Es zeigte Fabian, wie er sich über Ingos Schreibtisch beugte. Von Kollegin Kirschbaum geschossen – vermutlich wegen der appetitlichen Kehrseite von Fabian. Hm, dachte Ingo, das muss an dem Tag aufgenommen worden sein, als die peinlichen Dackel-Fotos von Kinski an die Presse gespielt worden waren. Wo doch niemand außer dem Fotografen und Ingo Zugriff auf die Fotos hatte. Natürlich ließ Ingo manchmal seinen Computer aufgeklappt, wenn er nur schnell Kaffee holte oder entsorgte. Schließlich war das hier die Einsatzzentrale. Hier konnte man jedem und jeder blind vertrauen. Oder etwa nicht?

Ingo grinste in sich hinein. Fabian hätte die Fotos niemals an die Presse gespielt. Wenn überhaupt, dann traute er das Sisu zu.

Die nächsten Fotos, Post-its, Querverweise betrafen die verschwundene Drogenlieferung.

Ingo hatte den Ablauf auf den Stellwänden genau rekonstruiert. Und zwar chronologisch. Angefangen mit der ersten Leiche, Malik Wahim. Laut Gerichtsmedizin war er ungefähr zwei Wochen vor Weihnachten verstorben, an einer Überdosis. Fremdverschulden war nicht zu erkennen. Letzter bekannter Aufenthaltsort: Frankfurt am Main. Ingo grinste erneut. Man stelle sich vor, wie Fassbinder von einem seiner Informanten davon erfährt: *Du, da ist gerade der jüngste Sohn vom Drogenboss Wahim gestorben – an einer Überdosis. Ironie des Schicksals!*

Weiter ging es auf Stellwand drei. Ingo hatte eigens ein Bild des Cargo-Schiffes besorgt, das mit den fünfzig drogengefüllten Sporttaschen am Tag vor Heiligabend in Bremen eingelaufen war. Ein Hafenarbeiter war seitdem spurlos verschwunden. Untergetaucht? Oder ermordet?

Daneben hing die Übersetzung des tschechischen Polizeiberichts über den Diebstahl der Leichen aus der Kryogenik-Anlage in Krásná am Tag nach Heiligabend. Die tschechischen Kollegen hatten einen Zeitungsbericht beigefügt, laut dem die Anlage ohnehin hätte geschlossen werden müssen, weil es laut einem Hamburger Gutachter zu gravierenden Fehlfunktionen gekommen war, die zu einer Art Gefrierbrand bei den kryogenisierten Leichen geführt hatten. Egal, wie fortschrittlich die Zukunft sein mochte, diese Leichen würden niemals mehr wiederbelebt werden können – weder als Ganzes noch in Teilen. Die armen Reichen, die auf ein irdisches Leben nach dem Tod gehofft hatten, würden jetzt oben auf ihren Wolken sitzen und sich schwarzärgern. Die beiden Inhaber des Kryogenik-Unternehmens waren längst abgetaucht. Interessant, dass der Gutachter aus Hamburg kam. Wie Schröder.

Der arme Schröder. Ingo war selbst ein Scheidungskind und

wusste, wie sehr alle Beteiligten darunter litten. Wann hatte Schröders Frau ihn gleich noch mal verlassen? Kurz vor Weihnachten. Kein Wunder, dass Schröder jetzt so verfressen war. Seelisches Leid machte hungrig. Ingo nahm sich vor, ihm ein Care-Paket mit Keksen zu schicken.

Mit Stellwand vier ging es weiter. Ingo wischte mit einem Schwamm die Logikkette weg, die der Fixer aufgemalt hatte: die Barajews wollten den Drogenmarkt für sich. Sie hatten von der Lieferung für Meier Wind bekommen und die Taschen gestohlen. Um der Konkurrenz die Polizei auf den Hals zu jagen, stahlen sie auch die gefrorenen Leichen und präparierten sie so, dass sich die Meiers und die Wahims gegenseitig verdächtigten und die Polizei sie alle für schuldig hielt. Wahim glaubte, die Meiers hätten seinen Sohn ermordet, woraufhin er nach alter Väter Sitte die Enkelin des alten Meier von seinen Kamikaze-Killern erschießen lassen wollte – ein Leben für ein Leben –, aber das schlug fehl. Der alte Meier schaltete eine Stufe höher und wollte nun Wahim mitsamt Restaurant zu Asche verkokeln. Aber auch das ging schief. Schließlich kam es zu dem fatalen Drive-by, das zwanzig Meiern und Wahims das Leben gekostet hatte. Unter anderem auch Wahim. Es gab Zeugen, die gesehen haben wollten, wie der alte Meier höchstselbst Wahim den Todesschuss versetzte, als der schon am Boden lag. Wahim hatte angeblich noch etwas gesagt. Hatte er mit seinem letzten Atemzug die ganze Schuld auf Barajew abgewälzt? Hatte Meier von Wahim erfahren, dass die Barajews seine Drogen gestohlen hatten? Oder drang diese Nachricht auf anderen Wegen zu ihm? Egal, jedenfalls rächte er sich final an Barajew und dessen Männern. Und anschließend … lagerte er die Sporttaschen in seiner

Berghütte und urlaubte nun mit seiner Enkelin an der Riviera?

Hm. Ingo schüttelte seine Föhnwelle. Sachen gab's.

Er nahm die Fotos von den Kühllastern von der fünften Stellwand. Seit Mitte Dezember waren zwei Kühllaster gestohlen worden. Der erste Kühllaster war eine Woche vor Weihnachten verschwunden – in Frankfurt am Main. Den zweiten Kühllaster hatte man am Tag nach den Weihnachtsfeiertagen als gestohlen gemeldet – in Dresden. Also nah an der Grenze zur Tschechischen Republik. Beide Laster waren laut Spusi erwiesenermaßen für den Transport der Tätowierleichen verwendet worden. Einer stand jetzt im Fränkischen, einer in München.

Ingo schritt weiter. Ein dumpfes Ahnen überkam ihn. Er versuchte, es abzuschütteln.

Er zog die Leichenfotos hervor. Alle Männer waren in der Manier des »Indianers« wie vor vierzig Jahren skalpiert, entäugt und tätowiert worden. Die Frauen hatte der Täter jedoch »nur« onduliert. Aus Hochachtung vor dem weiblichen Geschlecht? Oder weil er mit Frauen nicht konnte? Wie Fassbinder. Der konnte nicht mit Frauen. Hatte aber bestimmt eine penibelst saubere Handschrift. Im Gegensatz zu Fabian und Schröder, die beide eine Sauklaue hatten.

Ingo war keiner, der bei der Arbeit mitdachte. Er tippte, legte Berichte ab, kochte Kaffee. Er war für das Schöne und Leichte zuständig, die Arbeit des Henkers überließ er anderen. Aber wenn er denn mitdenken würde, dann …

… dann würde er jetzt denken, dass alle vier – Sisu, Fabian, Schröder und Fassbinder – denselben Fortbildungskurs besucht hatten. Allen war klar, dass sie bei der Polizei keine Zukunft hatten und sie sich eine Alternative suchen mussten. Da fand Fassbinder den toten Malik Wahim, und sofort reifte ein Plan.

Alle vier gingen zeitgleich in Weihnachtsurlaub, Fassbinder hatte sich sogar vier Wochen freigenommen. Schröder schickte Frau und Kinder ins Ausland und mimte den Verlassenen.

Die Leichen wurden von den Männern gestohlen und präpariert. Ingo hatte immer gedacht, Fassbinder würde einen Leichenwagen fahren, weil er doch so untot aussah, aber vielleicht war er mit einem Kühllaster unterwegs? Niemand hatte Fassbinders Wagen je gesehen.

Und hatte Sisu im Englischen Garten die Streifenwagen absichtlich behindert? Damit sie nicht mitbekamen, wie Fassbinder aus der Führerkabine des Kühllasters sprang?

Ingo schürzte die Lippen.

Fassbinder stand ohnehin kurz vor der Rente. Sisu und Fabian und Schröder hatten alle so was wie Burn-out. Da wäre es doch genial, als letzte große Tat die drei größten Drogenclans Deutschlands auszuschalten. Nicht für Ruhm oder Ehre, sondern eben weil …

Nein. Das war doch Quatsch. Ingo schüttelte den Kopf. Unsinn. Er war einfach noch nicht genug koffeiniert. Erst mal einen doppelten Espresso.

Mit etwas Glück arbeitete Ingo ab dem nächsten Ersten sowieso nicht mehr hier. Sollte doch sein Nachfolger – höchstwahrscheinlich eine Nachfolgerin, er war der Quotenmann im Sekretariatspool – sich um diese Dinge kümmern. Er würde eine ausführliche Notiz mit all seinen Überlegungen an die fristlosen Kündigungen heften, die Sisu und Fabian eingereicht hatten.

Da rief es glockenhell: »Ingo! Geburtstagsparty in der Kantine! Ich habe Torte mitgebracht!«

Ach ja, Eleonore wurde heute dreißig. Die beste Kuchenbäckerin der Welt. Ingo lief los.

Er hat die Notiz nie geschrieben …

Wenn man selbst der Psycho ist,
muss man keine Angst mehr haben.

MANILA,
THE BEAUFORT TOWERS

»Seid Ihr ganz sicher, dass die Philippinen kein Auslieferungsabkommen mit Deutschland haben? Was ist, wenn die sich auf diplomatischer Ebene dennoch einigen und uns zurückschicken?«

Schröder drückte seiner Frau einen zärtlichen Kuss auf die in Sorgenfalten gelegte Stirn.

»Alles ist gut, Schatz. Mit manchen Ländern kann man schachern – mit den Philippinen nicht. Wir sind hier genauso sicher wie in Nordkorea. Nur, dass es die Jungs hier angenehmer haben.«

Die *Jungs* waren die Beutekinder von Schröder, die irgendwo da unten im *Makati*-Park golften.

»Und außerdem, geliebtes Weib, hat uns keiner im Verdacht! Der Fixer denkt, dass es der alte Meier war. Selbst, wenn sie den lebend schnappen und er alles leugnet, wer sollte ihm Glauben schenken? Wir sind hier absolut sicher. Der Fixer irrt sich nicht! Wir sitzen das hier erst mal aus, bis wir davon ausgehen können, dass es auch so bleibt, und danach – in ein paar Monaten oder so – steht uns die ganze Welt offen.« Er küsste sie erneut.

Der Blick von der möblierten Fünf-Zimmer-Wohnung im

obersten Stock der Beaufort Towers, den Vorzeige-Hochhaustürmen im teuersten Wohnviertel Manilas, war gelinde gesagt beeindruckend. Für nur 3500 Euro monatlich. Ein Schnäppchen. Nein, besser als ein Schnäppchen. Ein Schnapp!

»Und ihr habt wirklich niemanden umgebracht?« Elke Schröder wischte ihrem Mann *Lalapan*-Reste aus dem Mundwinkel. Er war ganz verrückt nach dem frittierten Fleisch mit Kohl und Sambal-Sauce.

Weil Schröder deshalb nicht sofort antworten konnte, erklärte Fabian aus der Tiefe seines Herzens: »Wir haben definitiv niemanden umgebracht! Und wir haben auch keine einzige Unze von den Drogen für uns behalten!«

»Gut, im weitesten Sinne sind wir für die Kollateralschäden verantwortlich«, meinte Sisu, die neben Fabian auf der Luxuscouch vor dem Panoramafenster fläzte. »Also dafür, dass die Wahims die Meiers und die Meiers die Barajews umgenietet haben ...«

»Das wäre ohnehin passiert, nur nicht so schnell.« Fassbinder köpfte die Magnum-Champagner-Flasche, zur Feier des Tages schon die zweite, und schenkte reihum ein. »Ich wusste seit einigen Monaten, dass Barajew eine großangelegte Übernahme plante. Wir haben das Ganze mit unserer Aktion nur beschleunigt. Und es hat ja keine Unschuldigen getroffen – soll ich aufzählen, wie viele Menschen durch die Clans allein im Laufe der letzten zwölf Monate zu Tode gekommen sind?«

Elke Schröder war ein graziles Persönchen. Neben ihrem Grizzlybär von Ehemann wirkte sie noch filigraner. »Ich beschwere mich ja nicht. Im Gegenteil, ich bin beeindruckt.

Ihr habt das toll geplant. Und ihr müsst großartig geschau-
spielert haben, wann immer jemand dabei war. Hut ab!
Dank euch ist die Welt jetzt ein bisschen sicherer. Und ich
freue mich, dass meine Jungs für den Rest ihres Lebens ordentlich versorgt sind.«

Ordentlich versorgt war die Untertreibung des Tages.
Während des Feuers in der *Perle* und der Razzia auf dem
Anwesen der Barajews, als wildes Chaos herrschte beziehungsweise alle nur nach den bösen Buben suchten, hatte
sich Fassbinder unbemerkt vom Geschehen separiert und
Ausschau nach einem Computer gehalten und in aller Seelenruhe die Konten der Drogenbosse leergeräumt. Kein Ding
für ihn. Er hatte sich sein Studium der Informatik als Hacker
finanziert. Das war natürlich, bevor er zur hellen Seite der
Macht gewechselt und zur Polizei gegangen war. Insgesamt
einhundertzwanzig Millionen von den Konten der Wahims
und der Barajews durch vier – das ergab ein erkleckliches
Sümmchen. Selbst abzüglich der Ausgaben für Informanten, wie beispielsweise den Bremer Hafenarbeiter, durch den
sie an die Sporttaschen gekommen waren.

»Was macht ihr mit eurem Anteil?«, fragte Elke in die
Runde.

Marcel Fassbinder, der einen weißen Leinenanzug trug, lächelte. Gefühlt zum ersten Mal, seit die anderen ihn kannten. »Ich dachte an Fidji. Oder Tahiti. Meinen Lebensabend
möchte ich in der Südsee verbringen.«

»Ich will auf jeden Fall nach Havanna!« Sisu seufzte. Sie vermisste ihren Bagheera. Aber es würde neue Oldtimer geben. Zum Beispiel auf Kuba.

»Havanna, da wollte ich auch schon immer hin«, meinte
Fabian. Und lief gleich darauf rot an.

Schröder, Elke und Fassbinder grinsten sich zu. Die beiden würden schon noch zusammenfinden.

»Auf uns!«, sagte Schröder und hob sein Glas.

Alle lächelten.

»Auf uns!«

Kill them with kindness.
Then fart as you walk away …

DANKSAGUNGEN

Kein Mensch ist eine Insel, und wir alle stehen auf den Schultern von Giganten.
Thank you, Charlie Haynes from *Urban Writers' Retreat* – you guys helped a lot! And a huge thank you to Jessica Ellicott, my wonderful accountability partner and colleague!
Dieses Buch entstand in großen Teilen während der Pandemie-Lockdowns. Und was hat mir da in meiner »Einzelhaft« am meisten geholfen? Musik! Unter anderem der allwochenendliche *Lockdown Funk* mit DJ John Munich – danke, John!
Und natürlich eine Gruppenumärmelung für die üblichen Verdächtigen: Ich danke allen Suhrkamper:innen und allen im Team meiner Literaturagentur und Gott und meiner Mutter und überhaupt: Weltfrieden!

Konny und Kriemhild, beide über sechzig, führen nicht sonderlich erfolgreich eine Pension in der Provinz. Eines Tages wird die Idylle durch einen Mord gestört – und die Schwestern entpuppen sich als wahre Meisterdetektivinnen …

In die Beschaulichkeit der Bed-&-Breakfast-Pension der Schwestern Konny und Kriemhild platzt eine Band junger Musiker, die den Haushalt ordentlich auf den Kopf stellt – bis einer von ihnen tot aufgefunden wird.

Hat der Gärtner den Gast versehentlich mit seinem Aufsitzrasenmäher umgefahren? War es wirklich ein Unfall? Oder nicht doch Mord? Kurzentschlossen nehmen die Schwestern die Ermittlungen selbst in die Hand – ihr Haus, ihre Regeln.

All das vor den Augen eines zufällig anwesenden Hotelkritikers. Und der Pensionskatze: dem unsäglich hässlichen Sphynx-Kater Amenhotep. Das Chaos ist perfekt!

Tatjana Kruse, Der Gärtner war's nicht! – Die K&K-Schwestern ermitteln. insel taschenbuch 4565. 316 Seiten

**»Man sollte viel öfter tanzen.
Vor allem aus der Reihe.«**

Zwei taffe Schwestern, eine unauffindbare Leiche und ein liebes-
kranker Kommissar – es geht turbulent zu in Konnys und Kriemhilds neuestem Fall …
Konny und Kriemhild beobachten, wie der mächtigste Mann ihres Heimatortes eine Frau umbringt. Der bekommt das mit und
will auch Kriemhild aus dem Weg schaffen. Doch Kriemhild überlebt und beschließt, sich tot zu stellen, um auf eigene Faust den
Mörder zu überführen. Denn mangels Leiche ist die Polizei nicht
geneigt, gegen einen so prominenten Mitbürger zu ermitteln.
Während Kriemhild heimlich nachts nach Beweisen sucht, hat
Konny alle Hände voll damit zu tun, die Beerdigung ihrer vermeint-
lich toten Schwester zu arrangieren und alle Hinweise auf deren
fortgesetzte Existenz – und davon gibt es viele, weil Kriemhild nur
bedingt als Geist taugt – zu beseitigen …

Tatjana Kruse, Manche mögen's tot. Die K&K-Schwestern
ermitteln. insel taschenbuch 4710. 320 Seiten.

NF 464/1/3.19

Piraten, Meerjungfrauen und ein Schatz – Konny und Kriemhild auf einem Roadtrip in ein maritimes Abenteuer, bei dem Blut und Lachtränen fließen …

Drei Fremde schlagen die Pension von Konny und Kriemhild kurz und klein und verlangen von den beiden Schwestern, ihnen die Millionen auszuhändigen, die der Kommodore, Kriemhilds verstorbener Kapitänsgatte, ihnen schulde. Hat der Kommodore tatsächlich illegal einen antiken Schatz gehoben, seine Crew übers Ohr gehauen, den Schatz zu Geld gemacht und irgendwo gebunkert?

Auf der Suche nach der Wahrheit begeben sich Konny und Kriemhild – mit dem Kommodore im Handstaubsauger und Nacktkater Amenhotep in der Transportbox – auf einen Roadtrip in den hohen Norden. Dabei bekommen es die Frauen aus der Provinz mit knallharten Rockern, Hardcore-Kiffern, Hehlern und einer Frau zu tun, die behauptet, die Geliebte des Kommodore gewesen zu sein. Eine Achterbahnfahrt der Emotionen für die Schwestern und ein großes Vergnügen für die Leserinnen und Leser …

Tatjana Kruse, Meerjungfrauen morden besser – Die K&K-Schwestern ermitteln. insel taschenbuch 4655. 320 Seiten.

»Wir glauben nicht nur an Wunder –
wir verlassen uns drauf!«

Zwei taffe Schwestern, ein vorgetäuschter Selbstmord und eine SMS
aus dem Grab – es geht wieder turbulent zu in Konnys und Kriemhilds neuestem Fall …

Während der Beerdigung eines befreundeten Priesters erhalten
Konny und Kriemhild eine SMS des Geistlichen: »Ich wurde ermordet – rächen Sie mich!« Dieser Aufforderung können die beiden Schwestern unmöglich widerstehen, auch wenn die Polizei
das als geschmacklosen Scherz abtut. Kurzerhand quartieren sie
sich im Gästehaus des Klosters ein, in dem der Priester seinen
Lebensabend verbrachte.

Bei ihren unkonventionellen Ermittlungen treten sie nicht nur den
Klosterschwestern auf die Zehen, sie finden auch Blutdiamanten
sowie eine frisch skelettierte Leiche unter dem Refektorium. Noch
dazu will jemand die beiden mit vergiftetem Klosterlikör aus dem
Weg räumen …

Tatjana Kruse, Zwei Schwestern für ein Halleluja. Die K&K-
Schwestern ermitteln. insel taschenbuch 4796. 276 Seiten. Auch
als eBook erhältlich